CRIATURAS CRUÉIS

J.T. GEISSINGER

CRIATURAS CRUÉIS

Tradução de
Bruna Miranda

Rocco

Título original
RUTHLESS CREATURES

EDITORA ROCCO LTDA.
Rua Evaristo da Veiga, 65 – 11º andar
Passeio Corporate – Torre 1
20031-040 – Rio de Janeiro – RJ
Tel.: (21) 3525-2000 – Fax: (21) 3525-2001
rocco@rocco.com.br
www.rocco.com.br

Printed in Brazil/Impresso no Brasil

Preparação de originais
ANGÉLICA ANDRADE

CIP-BRASIL. CATALOGAÇÃO NA PUBLICAÇÃO
SINDICATO NACIONAL DOS EDITORES DE LIVROS, RJ

G274c

Geissinger, J. T.
Criaturas cruéis / J. T. Geissinger ; tradução Bruna Miranda. - 1. ed. - Rio de Janeiro : Rocco, 2024. (Rainhas e monstros ; 1)

Tradução de: Ruthless creatures
ISBN 978-65-5532-438-9
ISBN 978-65-5595-262-9 (recurso eletrônico)

1. Romance americano. 2. Literatura erótica americana. I. Miranda, Bruna. II. Título. III. Série.

24-89189 CDD: 813
CDU: 82-31(73)

Gabriela Faray Ferreira Lopes - Bibliotecária - CRB-7/6643

Para Jay, meu veneno preferido

O amor é um veneno. Um doce veneno, sim, mas mata do mesmo jeito.

George R. R. Martin

Criaturas Cruéis

G.T. Geissinger

3:02 3:56

1. **Desperado**
Rihanna
2. **Beautiful Girl**
Junge Junge
3. **My Oh My**
Camila Cabello
4. **Black Magic**
Jaymes Young
5. **Is This Love?**
James Arthur
6. **Superposition**
Young the Giant
7. **Infinity**
Jaymes Young
8. **Fall For You**
Leela James
9. **Don't Give Up on Me**
Andy Grammer
10. **All Over Again**
Leela James
11. **Rise Up**
Andra Day

1

NAT

— Sinto muito. Não posso mais fazer isso. Tá na cara que eu sou o único que tá se esforçando aqui.

A voz do outro lado da linha está séria. Sei que Chris está falando a verdade. Ele realmente sente muito que as coisas entre nós não estejam dando certo. Mas isso não é uma surpresa. Eu sabia que isso aconteceria. Se eu ao menos me importasse. Porém, se eu me importasse, não estaríamos nesta situação.

— Ok. Eu entendo. A gente se vê, então.

Na pequena pausa que se segue, ele passa de triste para irritado.

— É isso? É só isso que você tem a dizer? Estamos namorando há dois meses e só o que você tem a dizer é "a gente se vê, então"?

Ele quer que eu fique chateada, mas na verdade estou aliviada. Óbvio que não posso dizer isso em voz alta.

Em pé, em frente à pia da cozinha, olho pela janela aberta para o pequeno quintal cercado. O dia lá fora está ensolarado e há um aroma de outono no ar, um dia típico de setembro no lago Tahoe.

Época perfeita para se casar.

Expulso esse pensamento terrível da mente e volto o foco para a conversa.

— Não sei o que mais você quer de mim. É você que está terminando comigo, lembra?

— Lembro, e eu achei que você teria uma reação diferente. — O tom de voz dele é seco. — Acho que você estava me iludindo.

Chris não é um cara ruim. Não é irritadiço como o último cara com quem eu saí, nem grudento e chorão como o anterior. Na verdade, ele é muito legal. Acho que vou apresentá-lo para minha amiga, Marybeth. Os dois formariam um casal fofo.

— É que tem muita coisa rolando no trabalho. Não tenho muito tempo pra investir em um relacionamento. Você sabe como é.

Mais uma pausa, desta vez, mais longa.

— Você ensina pintura com dedos pra crianças.

O tom dele me irrita.

— Eu ensino *arte*.

— É. Pra crianças de doze anos. Não quero insultar você, mas seu trabalho não é estressante.

Não tenho energia para discutir, então fico em silêncio. Ele entende isso como uma deixa para continuar a me confrontar.

— Meus amigos me avisaram sobre você, sabia? Disseram que eu não deveria namorar alguém com seu histórico.

Meu "histórico". Que gentil da parte dele.

Como a garota cujo noivo desapareceu um dia antes do casamento, cinco anos atrás, minha "bagagem" está mais para um contêiner inteiro. Para ficar comigo, a pessoa precisa ter um certo nível de autoestima.

— Espero que possamos continuar amigos, Chris. Sei que não sou perfeita, mas...

— Você precisa seguir com sua vida, Nat. Desculpa, mas alguém precisava te dizer isso. Você tá vivendo no passado. Todo mundo sabe.

Eu sei. Vejo como olham para mim.

King's Beach — uma cidadezinha praiana na região norte do lago — tem uma população de quatro mil habitantes. Mesmo anos depois do ocorrido, parece que todos ainda rezam por mim à noite.

Quando não respondo, Chris suspira.

— Não foi o que eu quis dizer...

— Foi, sim. Tudo bem. Escuta, se não se importar, vamos nos despedir agora. Eu estava falando sério quando disse que queria continuar sendo sua amiga. Você é um cara legal. Sem ressentimentos, tá?

Depois de um minuto, ele diz, sem emoção:

— Claro. Sem ressentimentos. E sem sentimentos também, sei que essa é sua especialidade. Se cuida, Nat.

Chris desliga, me deixando com o silêncio.

Suspiro, fechando os olhos.

Ele está errado sobre eu não ter sentimentos. Tenho muitos. Ansiedade. Cansaço. Uma leve depressão. Uma melancolia inabalável com um toque de desespero.

Viu? Não tenho esse coração gelado que ele me acusa de ter.

Coloco o telefone de volta no gancho da parede. Ele toca de novo.

Hesito, sem saber se quero atender ou começar a beber como faço todo ano neste exato dia e nesta exata hora, mas decido que tenho uns dez minutos de sobra antes de começar meu ritual anual.

— Alô?

— Você sabia que o número de casos de esquizofrenia aumentou drasticamente por volta da virada do século XX, quando se tornou comum ter gatos de estimação?

É minha melhor amiga, Sloane. Ela não gosta de começar uma conversa de um jeito normal, o que é um dos motivos para eu amá-la.

— Qual o seu problema com gatos, afinal? Isso é patológico.

— Eles são assassinos em série peludos cujas fezes podem transmitir amebas comedoras de cérebro, mas essa não é a questão.

— Qual é a questão?

— Estou pensando em adotar um cachorro.

Tento imaginar Sloane, tão independente, com um cachorro, e olho para Mojo, que dorme no chão da sala sob um feixe de luz. Ele é uma mistura de pastor alemão — quarenta e cinco quilos de pelos pretos e castanhos bagunçados, com um rabo que lembra uma pluma, sempre balançando.

David e eu o resgatamos quando ele tinha apenas alguns meses de vida. Agora, tem sete anos, mas age como se tivesse setenta. Nunca vi um cachorro dormir tanto. Acho que deve ser uma mistura de cachorro com bicho-preguiça.

— Você sabe que vai ter que recolher o cocô dele todo dia, né? E passear. E dar banho. É tipo ter um filho.

— Exato. Vai ser um bom treino pra quando eu tiver filhos.

— Desde quando você pensa em ter filhos? Mal consegue manter uma planta viva.

— Desde que vi um homão daqueles no Sprouts hoje de manhã. Meu relógio biológico começou a ressoar como o Big Ben. Alto, misterioso, bonito... E você sabe que eu adoro uma barba malfeita. — Ela suspirou. — A dele era épica.

Sorrio com a imagem mental dela babando por um cara no mercado. Geralmente é o contrário. Ela é professora de ioga e suas aulas estão sempre cheias de homens solteiros esperançosos.

— Barba épica. Essa eu quero ver.

— É tipo uma semibarba que tomou esteroides. Ele tinha um ar meio piratesco. Isso é uma palavra? Enfim, ele tinha uma vibe misteriosa. Gostosão. Ai, ai.

— Gostosão, é? Não parece ser ninguém da cidade. Deve ser turista.

Sloane solta um grunhido.

— Eu devia ter perguntado se ele precisava de uma guia turística pra mostrar as paisagens.

Eu rio.

— As paisagens? Esse é o novo apelido dos seus peitos?

— Para de inveja. É por isso que dizem que eles são meus atributos. Saiba que eles já me fizeram ganhar vários drinques. — Ela para de falar por um segundo. — Por falar nisso, vamos pro Downrigger's hoje.

— Não posso, foi mal. Tenho outros planos.

— Aff. Eu sei quais são seus planos. Tá na hora de mudar as coisas. Começar outra tradição.

— Sair e ficar bêbada em vez de ficar em casa?

— Exato.

— Não, obrigada. Vomitar em público não é minha vibe.

Ela bufa.

— Eu tenho certeza de que você nunca vomitou na vida. Você nunca se engasga com nada.

— É *muito* estranho que você saiba isso sobre mim.

— Não temos segredos, garota. Somos melhores amigas desde antes de termos pentelhos.

— Que lindo. Já consigo imaginar isso num cartão — respondo, seca.

Ela me ignora.

— Além do mais, eu pago. Isso deve apelar pro seu espírito mão de vaca.

— Tá me chamando de mesquinha?

— Prova A: no Natal passado você me deu um vale-presente do Outback, com o saldo de vinte dólares, que você ganhou.

— Foi uma piada!

— Aham — diz ela, cética.

— Eu disse, era pra você dar de presente pra outra pessoa. É uma piada. É engraçado.

— Sim, é engraçado se seu lobo frontal tiver sofrido uma lesão por causa de um acidente de carro. Para o resto de nós, seres normais, não é, não.

Meu suspiro é longo e dramático.

— Tá. Esse ano eu vou comprar um suéter de cashmere pra você. Satisfeita?

— Passo pra te buscar em quinze minutos.

— Não. Eu não vou sair hoje.

— Não vou deixar você ficar mofando em casa por causa do aniversário do seu jantar de ensaio que nunca aconteceu, enchendo a cara com o champanhe que deveria ter bebido na sua festa de casamento — diz ela, firme.

Ela não fala mais nada, mas as palavras pairam no ar.

Hoje é o aniversário de cinco anos do desaparecimento de David.

Quando uma pessoa está desaparecida há cinco anos ou mais, o estado da Califórnia a considera legalmente morta. Mesmo se estiver perdida por aí, na prática, ela é considerada falecida.

É uma data que me assombra há muito tempo.

Dou as costas para a janela e para o dia ensolarado lá fora.

Por um instante, penso em Chris. Lembro da amargura na voz dele quando disse que eu estava vivendo no passado... e como todo mundo sabia disso.

Todo mundo, inclusive eu.

— Tá bom. Passa aqui em quinze minutos — respondo.

Sloane solta um gritinho de empolgação.

Desligo antes que possa mudar de ideia e vou vestir uma saia.

Se vou ficar bêbada em público, pelo menos vou ser uma bêbada bonita.

O bar Downrigger's é um lugar tranquilo na região do lago, com um deque panorâmico e vistas incríveis, a Serra Nevada de um lado e o lago Tahoe do outro.

O pôr do sol vai ser lindo hoje. O sol já está em um tom laranja resplandecente, descendo até a linha do horizonte. Sloane e eu nos sentamos na parte interna, perto de uma janela, à uma mesa que nos dá uma vista da água e do bar lotado. Reconheço a maioria das pessoas.

Afinal, moro aqui a vida inteira.

Assim que nos sentamos, Sloane se inclina sobre a mesa e sussurra:

— Olha! É ele!

— Ele quem?

Olho ao redor, confusa.

— O pirata! Sentado no fundo do bar!

— O cara da barba épica? — Eu me viro para olhar ao redor. — Qual deles...

Não preciso terminar a frase, porque logo o encontro, ocupando uma boa parte do bar, ofuscando o banco onde está sentado. As primeiras impressões são rápidas.

Ombros largos. Cabelo escuro e bagunçado. Uma mandíbula marcada que não vê uma lâmina há semanas. Jaqueta preta de couro, calça jeans preta e coturnos; tudo parece ser ao mesmo tempo caro e desgastado, escolhido aleatoriamente. Grandes anéis de prata decoram seu polegar e seu dedo do meio da mão direita.

Um é uma espécie de anel de sinete. O outro é uma caveira.

Óculos escuros escondem os olhos.

É estranho que ele esteja usando óculos escuros dentro do bar. É como se estivesse escondendo alguma coisa.

— Não estou sentindo a vibe pirata, estou sentindo uma vibe roqueiro. Ou chefe de uma gangue de motoqueiros. Ele parece um personagem da série *Sons of Anarchy*. Aposto que é traficante.

— E daí? — sussurra Sloane, encarando-o. — Ele poderia ser Jack, o Estripador e mesmo assim eu deixaria ele gozar nos meus peitos.

— Tarada — respondo, com uma voz carinhosa.

Ela não se deixa afetar pelo comentário.

— Tudo bem, eu gosto de homens com essa vibe de macho alfa, pica das galáxias. E daí? Não me julga.

— Vai pra cima, então. Vou pegar uma bebida e assistir daqui pra ter certeza de que ele não vai sacar uma faca ou algo assim.

Chamo o garçom. Ele assente e sorri, indicando que vem à mesa assim que possível.

— Não, isso é coisa de gente desesperada. Eu não corro atrás de homem, não importa o quão bonito seja. Não é digno.

— A menos que você seja um cachorro, o jeito como você tá arfando e babando também não é digno. Vai laçar o garanhão, vaqueira. Vou ao banheiro.

Eu me levanto, deixando a Sloane mordendo o lábio, cheia de dúvidas. Ou talvez seja tesão.

Não me apresso no banheiro, lavando as mãos e checando meu batom no espelho. É um tom de vermelho vibrante chamado Doce Veneno. Não sei por que escolhi esse, já que mal uso maquiagem hoje em dia, mas não é todo dia que seu noivo desaparecido é presumido morto, então por que não?

Ah, David. O que aconteceu com você?

Uma onda de desespero toma conta de mim.

Me apoio na pia para me equilibrar, fecho os olhos e solto uma respiração trêmula.

Não sinto uma onda de luto tão intensa há tempos. Geralmente é um sentimento mais leve, que aprendi a ignorar. Uma pontada de dor no peito. Um lamento de angústia soando na minha cabeça que posso diminuir até se tornar quase inaudível.

Quase, mas não completamente.

Dizem que o tempo cura todas as feridas, mas tem que ser muito idiota para acreditar nisso.

Feridas como as minhas não se curam. Só aprendi a controlar o sangramento.

Passando as mãos pelo cabelo, respiro fundo até me sentir no controle de novo. Tenho uma rápida conversa comigo mesma, coloco um sorriso no rosto e abro a porta para sair.

Bato em alguma coisa gigante e imóvel.

Caio para trás, tropeçando e perdendo o equilíbrio. Antes que eu atinja o chão, uma mão grande pega no meu braço e me segura.

— Cuidado.

A voz é firme, rouca e agradável. Olho para cima e vejo meu próprio reflexo em um par de óculos escuros.

É o pirata. O traficante. O pica das galáxias com a barba épica.

Um arrepio que parece eletricidade desce pelas minhas costas.

Os ombros dele são gigantes. *Ele* é gigante. Quando estava sentado, parecia grande, mas de pé, é absurdamente alto. Um viking.

Ninguém me chamaria de pequena e delicada, mas esse cara me faz parecer minúscula.

O cheiro dele é como as notas de um vinho Cabernet caro: um aroma de couro, defumado e com notas de carvalho.

Sei que meu coração está acelerado porque quase caí de bunda no chão.

— Desculpa. Não vi pra onde estava indo.

Por que estou pedindo desculpas? Ele que estava parado na frente do banheiro.

Ele não responde. Nem solta o meu braço, ou sorri. Ficamos parados em silêncio, sem nos mexermos, até ficar óbvio que ele não tem intenção alguma de sair da minha frente.

Arqueio as sobrancelhas e lanço um olhar interrogativo.

— Com licença, por favor.

Ele inclina a cabeça. Mesmo sem conseguir ver seus olhos, sei que ele está me analisando dos pés à cabeça.

Quando a cena está prestes a ficar desconfortável, ele solta meu braço. Sem dizer uma palavra, abre a porta do banheiro masculino e desaparece.

Nervosa, faço uma careta para a porta fechada por um segundo e volto para a companhia de Sloane. Eu a encontro com uma taça de vinho branco na mão e outra na mesa para mim.

— Seu pirata foi ao banheiro — digo, ao me sentar. — Se correr, consegue pegá-lo na saída e transar rapidinho no corredor antes de ele levar você para o Pérola Negra para mais uma rodada de piração.

Ela toma um grande gole do vinho.

— Você quer dizer pegação. E ele não tá interessado.

— Como você sabe?

Ela aperta os lábios.

— Ele disse.

— Não!

Estou chocada. Isso nunca aconteceu antes.

— Sim. Eu me aproximei dele, bem Jessica Rabbit, coloquei os peitos pra jogo, e perguntei se ele queria me pagar uma bebida. A resposta dele foi "Não estou interessado", e ele nem olhou pra mim!

Balanço a cabeça e bebo um gole do vinho.

— Bom, então é isso. Ele é gay.

— Meu *gaydar* me diz que ele é totalmente hétero, amiga, mas obrigada pelo apoio.

— Casado, então.

— Pff. Sem chance. Ele não é domesticado.

Penso no cheiro dele quando nos esbarramos na porta do banheiro, o aroma de feromônios sexuais exalando daquele corpo, e concordo.

Um leão andando por Serengeti não tem esposa. Ele está ocupado demais caçando algo em que possa cravar suas presas.

O garçom se aproxima para anotar o pedido. Quando vai embora, Sloane e eu passamos alguns minutos de papo furado até ela perguntar como estão as coisas com Chris.

— Ah. Ele. Então...

Ela me lança um olhar decepcionado.

— Não acredito.

— Antes que você comece a me julgar, foi *ele* que terminou *comigo*.

— Não sei se você sabe disso, mas um homem espera, em algum momento, transar com a mulher com quem tá namorando.

— Não seja sarcástica. O que eu posso fazer se minha vagina se aposentou?

— Se não colocar um pau nessa caverna logo, o buraco vai fechar de vez. Você nunca mais vai conseguir transar.

Por mim, tudo bem. Minha libido desapareceu junto com meu noivo. Mas preciso distrair Sloane antes que nossa conversa vire uma sessão de terapia.

— Não teria dado certo mesmo. Ele acha que gatos são tão inteligentes quanto humanos.

Ela faz uma expressão de choque.

— Já vai tarde.

— Estou pensando em apresentar ele para a Marybeth.

Sorrio, sabendo que isso vai fazê-la mudar de assunto.

— Sua colega de trabalho? A que se veste como se fosse Amish?

— Ela não é Amish. É uma professora de educação infantil.

— Ela ensina a fazer manteiga e consertar carroças?

— Não. Ciência. Mas gosta de fazer bordado. E tem cinco gatos.

Dando de ombros, Sloane levanta a taça como se fizesse um brinde.

— É um par perfeito.

Brindo com ela.

— Que os dois tenham um futuro longo e cheio de bolas de pelos.

Bebemos. Viro a taça inteira de vinho, ciente de que Sloane está me observando.

Quando coloco a taça de volta na mesa e peço mais uma para o garçom, ela suspira. Em seguida, estende a mão sobre a mesa e aperta a minha.

— Eu te amo, sabia?

Sabendo aonde a conversa vai dar, olho pela janela, para o lago lá fora.

— Acho que toda essa couve que você come tá começando a afetar seu cérebro.

— Eu me preocupo.

— Não precisa. Eu tô bem.

— Você não tá bem. Tá sobrevivendo. É diferente.

E é exatamente por isso que eu deveria ter ficado em casa.

Com a voz baixa, respondo:

— Demorei dois anos pra conseguir dirigir sem pensar: *E se eu não fizer essa curva? E se eu bater nesse muro?* Mais um ano pra parar de pesquisar "Jeitos indolores de cometer suicídio". Mais um ano pra parar de chorar aleatoriamente. E mais um pra conseguir entrar em lugares sem procurar pelo rosto dele. Vivo com o fantasma de um homem com quem achei que iria envelhecer, o peso insuportável de perguntas que nunca terão respostas e a culpa avassaladora de saber que a última coisa que eu disse pra ele foi: "Se você se atrasar, eu te mato." — Desvio o olhar da janela e a encaro. — Então, considerando tudo isso, estar sobrevivendo já é alguma coisa.

— Ai, amiga — sussurra Sloane, com os olhos marejados.

Engulo o nó na garganta. Ela aperta minha mão.

— Sabe do que a gente precisa? — pergunta Sloane.

— Terapia com eletrochoques?

Ela solta minha mão, se encosta na cadeira e balança a cabeça.

— Você e suas piadas de mau gosto. Eu ia dizer "guacamole".

— Você vai pagar? Porque o guacamole aqui é uns dez paus por duas colheradas e ouvi dizer que eu sou mão de vaca.

Ela sorri de um jeito carinhoso.

— É um dos seus muitos defeitos, mas pessoas perfeitas são um porre.

— Ok, mas já vou avisando que não como nada desde o café da manhã.

— Amada, eu sei que preciso manter distância quando você come. Lembra aquela vez que a gente dividiu um balde de pipoca quando assistimos *Diário de uma paixão*? Quase perdi um dedo.

— Mal posso esperar pra ficarmos velhas e você ter demência. Essa sua memória fotográfica é um saco.

— Por que *eu* que vou ter demência? Você que se recusa a comer vegetais.

— Estou prestes a comer abacate amassado. Não conta?

— Abacate é uma fruta, gênio.

— É verde, certo?

— Certo.

— Então é um vegetal.

Sloane balança a cabeça para mim.

— Você não tem jeito.

— Concordo.

Sorrimos uma para a outra. Na hora, meu olhar desvia sem querer para o outro lado do restaurante.

Sentado sozinho com as costas para a janela e uma caneca de cerveja na mão, o estranho com quem esbarrei na porta do banheiro me encara.

Agora que ele tirou os óculos escuros, consigo ver seus olhos.

São de um tom de castanho-escuro intenso, como uma cerveja Guinness preta, sob sobrancelhas grossas e cílios pretos espessos. Focados em mim com uma intensidade assustadora, eles não se movem nem piscam.

Eles queimam.

2

NAT

— Terra para Natalie. Responda, Natalie.

Desvio os olhos da armadilha poderosa que é o olhar daquele estranho e me viro para Sloane. Ela me encara com as sobrancelhas levantadas.

— O quê? Desculpa, não ouvi.

— É, eu sei, você estava ocupada sendo comida com o olhar daquela criatura que destruiu o ego da sua melhor amiga.

Envergonhada, solto um suspiro dramático.

— Não existe homem no mundo que possa destruir seu ego. Seu ego é feito do mesmo material que a NASA usa nos foguetes pra eles não entrarem em combustão ao voltarem pra atmosfera.

Ela enrola uma mecha do cabelo escuro no dedo e sorri.

— É verdade. Por falar nisso, ele ainda tá olhando pra você.

Eu me remexo na cadeira. Não sei por que minhas orelhas estão quentes. Não sou do tipo que fica desconcertada por causa de um rosto bonito.

— Talvez eu o lembre de alguém que ele não gosta.

— Ou talvez você seja idiota.

Mas não sou. O olhar dele não é de desejo. Parece mais que eu estou devendo dinheiro para ele.

O garçom volta com outra rodada de bebidas e Sloane pede uma porção de guacamole e tortillas. Assim que ele se afasta, ela suspira.

— Ah, não. Lá vem a Diane Myers.

Diane é a fofoqueira da cidade. Ela deve ser recordista mundial de fofoca. Conversar com ela é como passar pela tortura chinesa da água: um pingo constante, sem parar, até você enlouquecer.

Sem nos cumprimentar, Diane puxa uma cadeira vazia da mesa atrás da nossa, senta ao meu lado e se aproxima, enchendo o ar com um cheiro de lavanda e naftalina.

Em um tom baixo, ela diz:

— O nome dele é Kage. Não é estranho? Tipo o ator, Nicholas Cage, mas com K. Sei lá, é um nome *muito* estranho. A menos que você seja um cantor, claro, ou algum tipo de lutador clandestino. Enfim, na minha época, os homens tinham nomes de respeito, como Robert, William ou Eugene, ou algo...

— De quem estamos falando? — interrompe Sloane.

Tentando ser discreta, Diane aponta com a cabeça para o estranho. Seus cachos cinza, cheios de laquê, se mexem.

— Do Aquaman — sussurra ela.

— Quem?

— O homem perto da janela que parece aquele ator que faz o Aquaman. Sei lá o nome. O grandão que se casou com a menina do *Cosby Show*.

Eu me pergunto o que ela faria se eu jogasse minha taça de vinho inteira naquele penteado horroroso. Provavelmente gritaria como um Lulu da Pomerânia.

Imaginar a cena me dá uma certa satisfação.

Enquanto isso, ela continua falando.

— ... muito, muito estranho ele ter pagado em dinheiro. Pessoas que andam com tanto dinheiro em espécie assim não são confiáveis. Não querem que o governo saiba o que fazem e tal. Como chamam isso? Viver por baixo dos panos? Isso, acho que é isso que dizem. Em fuga, por baixo dos panos, escondendo algo. Seja o que for, precisamos ficar de olho nesse tal de Kage. Fiquem de olhos bem abertos, vocês duas. Ainda mais você, Natalie, meu bem, porque ele é seu vizinho agora. Não esqueça de trancar a porta e deixar as cortinas fechadas. Cuidado nunca é demais.

Ajusto a coluna ao ouvir isso.

— Espera, o que você disse? Meu vizinho?

Ela me encara como se eu fosse ingênua.

— Não me ouviu? Ele comprou a casa do lado da sua.

— Não sabia que aquela casa estava à venda.

— Não estava. De acordo com os Sullivan, esse tal de Kage bateu à porta e fez uma oferta irrecusável. Uma maleta cheia de dinheiro, acredita?

Me viro para encarar Sloane, boquiaberta.

— Quem paga por uma casa com uma maleta de dinheiro?

Diane continua tagarelando.

— Viu só? É tudo absurdamente estranho.

— Quando eles se mudaram? Nem sabia que tinham ido embora.

Diane olha para mim de cara feia.

— Não me leve a mal, meu bem, mas você vive um pouco isolada na sua bolha. Ninguém culpa você por ser distraída assim, claro, considerando tudo pelo que passou.

Pena. Não há nada pior do que pena.

Eu a fuzilo com o olhar, mas antes que eu consiga dar uma resposta inteligente sobre o que vou fazer com o penteado dela, Sloane me interrompe.

— Então o estranho gostosão e rico vai ser seu vizinho. Sortuda da porra.

Diane balança a cabeça.

— Ah, não. Não acho que seja sorte. Nem pensar. Ele parece um criminoso, com certeza, e se alguém sabe julgar caráter, esse alguém sou eu. Tenho certeza de que você concorda. Deve se lembrar de que, na verdade, fui eu quem…

— Com licença, senhoritas. — O garçom a interrompe, graças a Deus. Coloca uma tigela de guacamole e uma cesta de chips de tortilla na mesa e sorri. — Apenas drinques e aperitivos para vocês hoje, ou querem dar uma olhada no cardápio completo?

— Vou jantar álcool, obrigada.

Sloane me lança um olhar severo e se vira para o garçom:

— Queremos ver os cardápios, por favor.

— E mais uma rodada — adiciono.

— Claro. Já volto.

Assim que ele vai embora, Diane volta a falar, se virando para mim.

— Você quer que eu ligue para o chefe da polícia e peça pra um carro passar na sua rua à noite? Odeio imaginar você sozinha e vulnerável naquela casa. Foi tão terrível o que aconteceu com você, tadinha.

Ela dá uns tapinhas na minha mão.

Sinto vontade de dar um soco na garganta dela.

— E agora, com esse elemento perigoso no bairro, você precisa tomar cuidado — continua ela. — É o mínimo que posso fazer. Seus pais eram grandes amigos meus antes de se aposentarem e mudarem para o Arizona por causa da saúde do seu pai. A altitude no nosso pequeno paraíso pode ficar difícil com a idade. Quase dois mil metros acima do nível do mar não é para qualquer um, e você sabe como o clima fica seco...

— *Não*, Diane, não quero que você ligue pra polícia ficar de babá pra mim.

Ela parece ofendida pelo meu tom.

— Não precisa ficar irritada, querida, estou apenas tentando...

— Se meter na minha vida. Eu sei. Obrigada, mas vou passar.

Ela se vira para Sloane, buscando palavras de apoio que não vêm.

— A Nat tem um cachorro grande e uma arma ainda maior. Vai ficar bem.

Em choque, Diane se vira de novo para mim.

— Você tem uma *arma* em casa? Meu Deus, e se você levar um tiro por acidente?

Olho para ela com uma expressão séria.

— Quem me dera.

Na verdade, já que você está aqui, Diane, pode nos ajudar com um dilema que estávamos discutindo antes de você chegar. Adoraríamos sua opinião sobre o assunto — diz Sloane.

Diane arruma o cabelo.

— Ah, mas é claro! Como sabem, tenho uma vasta gama de conhecimentos em vários assuntos. Perguntem à vontade.

Essa vai ser boa. Tomo um gole do vinho e tento conter o sorriso.

Com uma expressão neutra, Sloane diz:

— Sexo anal. Bom ou não?

Depois de um breve silêncio, Diane diz com uma voz esganiçada:

— Ah, olha só, lá está Margie Howland. Não a vejo há anos. Preciso dar um "oi".

Ela se levanta e solta um "tchauzinho" apressado.

Eu a observo ir embora e digo em um tom seco:

— Você sabe que em menos de vinte e quatro horas a cidade inteira vai achar que estávamos aqui conversando sobre os prós e contras do sexo anal, né?

— Ninguém dá ouvidos àquela velha doida.

— Ela é melhor amiga do administrador da escola.

— E daí? Você acha que vai ser demitida por comportamentos lascivos? Você é praticamente uma freira.

— Que exagero, né?

— Não. Você saiu com três caras nos últimos cinco anos, e não transou com nenhum deles. Se fosse uma freira *de verdade*, pelo menos poderia transar com Jesus.

— Acho que não é assim que funciona. Além do mais, eu transo bastante. Comigo mesma. E meus acessórios à pilha. Relacionamentos são complexos demais.

— Acho que você não pode chamar esses seus envolvimentos curtos, puritanos e sem emoções de relacionamentos. Precisa transar com alguém pra poder usar esse rótulo. E, talvez, sentir algo pela pessoa.

Dou de ombros.

— Se eu achasse alguém de quem eu gostasse, eu faria isso.

Ela me encara, ciente de que meus problemas com homens têm mais a ver com eu não conseguir me conectar a ninguém do que com encontrar a pessoa certa. Mas ela deixa essa passar e muda de assunto.

— Por falar em sexo, seu novo vizinho está ali te encarando como se você fosse o jantar.

— Literalmente. Não é de um jeito bom. Ele faz tubarões-brancos parecem amigáveis.

— Para de ser tão negativa. *Nossa*, ele é muito gostoso. Você não acha?

Controlo o desejo de me virar e olhar para onde Sloane está olhando e bebo mais um gole do vinho.

— Não faz meu tipo.

— Amiga, aquele homem é o tipo de qualquer mulher. Não vai me dizer que não está ouvindo seus ovários gemendo.

— Me dá um tempo. Acabei de levar um pé na bunda meia hora atrás.

Ela zomba de mim.

— Ah, sim, você parece estar *tão* triste. Qual é a próxima desculpa?

— Por que você é minha melhor amiga mesmo?

— Porque eu sou maravilhosa, óbvio.

— Hum. Discordo.

— Escuta, por que você não dá uma de boa vizinha e vai lá se apresentar? Depois convida ele pra conhecer sua casa. Especificamente seu quarto, onde nós três podemos explorar nossas fantasias sexuais, com bastante lubrificante, enquanto Lenny Kravitz canta "Let Love Rule".

— Ah, vai dar uma de bi pra cima de mim agora?

— Pra cima de você não, idiota. Pra cima dele.

— Vou precisar de muito vinho pra começar a considerar um *ménage*.

— Bom, pensa sobre o assunto. E se tudo der certo, podemos começar um relacionamento sério e virar um trisal.

— O que caralhos é um trisal?

— A mesma coisa que um casal, mas com três pessoas.

Eu a encaro.

— Por favor, me diz que você tá brincando.

Sloane sorri enquanto se serve de mais guacamole.

— Tô brincando, mas essa expressão na sua cara é quase tão boa quanto a da Diane.

O garçom volta com os cardápios e mais Chardonnay. Uma hora depois, detonamos dois pratos de enchiladas de camarão e duas garrafas de vinho.

Sloane cobre a boca para disfarçar um arroto.

— Acho melhor a gente pedir um táxi, amiga — diz ela. — Tô bêbada demais pra dirigir.

— Concordo.

— Por falar nisso, vou dormir na sua casa.

— Te convidei, por acaso?

— Não vou deixar você acordar amanhã sozinha.

— Não vou estar sozinha. Eu tenho o Mojo.

Ela sinaliza para o garçom trazer a conta.

— A menos que você vá pra casa com seu novo vizinho gostosão, não vai se livrar de mim, miga.

Foi uma boa resposta, já que ela sabe que não tenho intenção alguma de ir para casa com o misterioso e hostil Kage, mas a possibilidade de Sloane passar o dia seguinte inteiro me vigiando para se certificar de que não vou cortar os pulsos no aniversário do meu quase-casamento é deprimente e joga um balde de água fria em qualquer sensação de bebedeira que eu pudesse estar sentindo.

Olho para a mesa do estranho.

Ele está com o celular no ouvido. Não falando, só escutando e às vezes assentindo. Ergue o olhar e me pega observando-o.

Nossos olhares ficam fixos um no outro.

Meu coração vai parar na garganta. Sinto uma mistura estranha de empolgação, tensão e medo descer pela minha coluna.

Sloane tem razão. Você deveria ser amigável. Vocês vão ser vizinhos. Seja lá qual for o problema dele, não deve ser você. Pare de levar para o pessoal.

O coitado deve ter tido um dia ruim.

Ainda olhando para mim, ele murmura algo no telefone e desliga.

— Já volto — digo para Sloane.

Eu me levanto, atravesso o restaurante e vou até a mesa de Kage.

— Oi. Meu nome é Natalie. Posso me sentar?

Não espero pela resposta para me acomodar.

Ainda em silêncio, ele me encara com aqueles olhos sombrios e misteriosos.

— Minha amiga e eu bebemos vinho demais e não conseguimos dirigir pra casa. Geralmente isso não é um problema, a gente pegaria um táxi e viria buscar o carro dela de manhã. Mas ela acabou de me falar que, a menos que eu vá embora com você, ela vai dormir na minha casa hoje. O motivo de eu não querer que isso aconteça é uma longa história, mas vou te poupar dos detalhes. Ah, e antes que pergunte: não, não costumo pedir carona para estranhos. Mas eu soube que você comprou a casa do lado da minha em Steelhead, então pensei em matar dois coelhos com uma cajadada só e pedir uma carona, já que não é fora de mão para você.

O olhar dele recai sobre minha boca. Os músculos da mandíbula tensionam. Ele não responde.

Droga. Ele acha que estou dando em cima dele.

Morrendo de vergonha, continuo:

— Juro que isso não é uma cantada. Só quero uma carona. Por falar nisso, hum... Bem-vindo à cidade.

Ele fica em silêncio e parece refletir por um instante enquanto fico ali sentada, com o coração na boca, ciente de que cometi um grande erro.

Quando ele finalmente abre a boca para falar, a voz sai rouca e baixa:

— Desculpa, princesinha. Se você está procurando um príncipe encantado, fez uma puta escolha errada.

Ele se levanta de repente, esbarrando na mesa, e se afasta. Sinto a humilhação queimar dentro de mim.

Beleza, então. Acho que não vou passar lá e pedir uma xícara de açúcar emprestada.

Com as bochechas pegando fogo, volto para nossa mesa.

Sloane está boquiaberta.

— O que aconteceu?

— Perguntei se ele podia me levar pra casa.

Ela pisca devagar. Quando se recupera do choque, pergunta:

— *E aí*?

— E aí ele deixou bem claro que prefere prender o pau na porta de um carro. Vamos?

Ela se levanta, pega a bolsa pendurada na cadeira e balança a cabeça.

— Nossa. Ele rejeitou *nós duas*. Talvez você tenha razão sobre ele ser casado. — Quando nos aproximamos da entrada, ela adiciona: — Ou talvez ele só seja tímido.

Ou talvez ele seja um assassino em série e me faça um favor.

Mas provavelmente não. Não tenho tanta sorte assim.

3

KAGE

O fato de ela ser maravilhosa não deveria fazer diferença alguma, mas faz. Ela é tão absurdamente linda que quase começo a rir quando a vejo se aproximar.

Estava pronto para qualquer coisa, menos para aquilo. Fiquei surpreso.

Odeio surpresas. Geralmente, quando sou pego de surpresa, alguém sai sangrando.

Mas agora aprendi. Na próxima vez que a vir, vou estar preparado. Não vou deixar aquele rosto, nem aquelas pernas, nem aqueles olhos incríveis me distraírem do meu objetivo.

Nem o cabelo. Nunca vi um cabelo tão escuro e brilhoso. Parece ter saído de um conto de fadas. Queria enfiar as mãos naquelas ondas escuras e puxar a cabeça dela para trás e...

Merda.

Sei que não devo misturar negócios com prazer. Preciso me concentrar no que vim fazer aqui.

Seria mais fácil se ela não fosse tão bonita.

Não gosto de quebrar coisas bonitas.

4

NAT

Acordo de manhã com uma dor de cabeça terrível e Mojo roncando na minha cara.

— Meu Deus, cachorro — resmungo, cutucando seu peito peludo. — Dá pra roncar mais baixo? A mamãe tá de ressaca.

A resposta dele é rosnar um grunhido, se enfiar mais no travesseiro e soltar um peido tão forte que muda a temperatura do quarto.

Eu me deito de costas e suspiro, me perguntando se fiz algo de ruim em outra vida para merecer isso. Às vezes acho que essa é a única explicação lógica para a grande merda que é minha existência.

Quando o telefone toca, vou me debatendo na direção da mesa de cabeceira até alcançar o celular. Aperto o botão para atender, mas antes que consiga falar algo, Sloane já está alugando meu ouvido.

— Descobri. Ele é viúvo.

— O quê? Quem?

— Para de ser lerda. Você sabe quem. O bonitão rejeitou as mulheres mais bonitas da costa oeste porque... — ela faz uma pausa dramática — ... ele tá de luto!

Para Sloane, os únicos motivos reais para um cara não se interessar por ela são ele ser gay, casado, ter uma lesão cerebral ou ter perdido a esposa recentemente. Muito recentemente. Tipo, há uma semana. E acho que no fundo ela acredita que, se um homem em alguma dessas condições for exposto ao charme dela por tempo suficiente, também vai ceder.

Queria ter esse nível de autoconfiança.

Passo a língua pelos dentes e torço para uma fada-madrinha aparecer com um copo d'água e uma aspirina. E uma cerveja.

— Por que você tá me ligando tão cedo, sua bruxa sem coração?

Ela ri.

— Não é cedo. São dez da manhã. Já dei duas aulas de ioga, tomei café da manhã e reorganizei o guarda-roupa. E você prometeu que ia me ligar às dez, lembra?

Não lembro, mas deve ter sido por causa do vinho branco e do jantar... e de todo o vinho tinto que bebi ao chegar em casa. Ainda bem que não toquei no uísque.

Ainda. Tenho o dia inteiro pela frente.

— Por que prometi que ia ligar?

O silêncio que segue é tenso.

— Vamos levar seu vestido para o Segundas Chances.

Meu Deus.

Gemendo, jogo o braço sobre o rosto e fecho os olhos, como se isso fosse me esconder da realidade.

— Nem tenta inventar uma desculpa — diz ela, séria. — Vamos colocar seu vestido de noiva à venda, Nat. Hoje. Você precisa se livrar daquela coisa. Já assombrou você demais.

Eu até poderia acusá-la de ser dramática, mas *assombrou* é uma boa palavra. Vejo essa porcaria até nos meus sonhos, em meio a correntes e gemidos. Não consigo passar pelo closet onde ele está guardado sem sentir um calafrio. Virou algo alienígena, e não de um jeito legal.

— Ok. Mas... Mas e se...

— Por favor, nem pense nisso. — Ficamos em silêncio por um segundo e então ela dá o braço a torcer. — Se o David voltar, você compra outro vestido.

Mordo o lábio com força. Ter uma amiga que conhece você tão bem é, ao mesmo tempo, um privilégio e uma maldição.

Quando passo tempo demais em silêncio, ela fica nervosa.

— Olha, esse vestido que você guarda tá carregado. Tem muita energia negativa nele. Muitas lembranças ruins. Se precisar de um vestido em algum momento, vai comprar um novo. Não vai usar um que faz você chorar toda vez que olha pra ele, né? — Quando hesito para responder, ela repete. — *Né?*

Solto um grande suspiro que faz meus lábios tremerem.

— Sim. É. Tem razão.

— Claro que tenho. Agora vai tomar um banho, se arrumar e comer alguma coisa. Chego daqui a uma hora.

— Sim, mamãe — resmungo.

— Sem malcriação, mocinha, senão vai ficar de castigo.

— Ha-ha.

— E eu vou esconder todos os seus brinquedos. Especificamente os que vibram.

— Você é uma péssima amiga — respondo, em um tom monótono.

— Vai me agradecer depois. Nem deve mais conseguir gozar com um pênis de verdade porque fica se detonando com esses aparelhos potentes. Sua preciosa é uma área de construção.

— Vou desligar.

— Não esquece de comer!

Desligo a ligação sem responder. Nós duas sabemos que meu café da manhã vai ser composto por bebidas.

Cinco anos. Não sei como sobrevivi até agora.

Eu me arrasto para fora da cama, tomo uma ducha e me arrumo. Quando chego na cozinha, Mojo está deitado no chão como um grande tapete peludo, na frente da geladeira, sorrindo para mim.

— Precisa ir fazer xixi antes do café da manhã, amigão?

Ofegante, ele balança o rabo, mas não sai do lugar, dando sua resposta.

Esse cachorro tem uma bexiga do tamanho de uma piscina. Se não fosse tão pesado, eu pensaria que tem uma perna falsa, ou até duas, onde guarda o xixi.

— Café da manhã primeiro.

Depois de alimentar Mojo e levá-lo para o quintal para ele se aliviar e cheirar os arbustos à procura de esquilos, volto para casa. Ele se deita no lugar de sempre no tapete da sala e logo pega no sono enquanto eu me sirvo de uma mimosa com mais álcool do que suco.

Não consigo fazer o que estou prestes a fazer sem álcool.

Tive a ideia quando estava no quintal observando Mojo mijar em um arbusto. É idiota, mas, se hoje é o último dia em que vou ter meu vestido de noiva, preciso vesti-lo uma última vez. Uma espécie de despedida. Um passo simbólico em direção ao futuro.

Em parte, estou torcendo para não caber mais. Mexer com fantasmas pode ser perigoso.

Estou parada na frente da porta do armário do quarto de hóspedes e minhas mãos começam a tremer.

— Ok, Nat. Aguenta firme. Coragem. Sei lá. — Respiro fundo. — Você consegue. Precisa parecer calma quando a Sloane chegar, senão ela vai surtar.

Ignorando a estranheza de falar comigo mesma em voz alta, tomo um grande gole da mimosa, coloco a taça na cômoda e abro a porta devagar.

E lá está ele. A capa protetora preta que guarda a lembrança de todos os meus sonhos perdidos. É um sarcófago, uma tumba de nylon, e dentro dela, o meu sudário.

Nossa, que sinistro. Relaxa um pouco, Morticia.

Viro o restante da mimosa. Passo alguns minutos andando de um lado para o outro e sacudindo as mãos, criando coragem para abrir a capa. Quando finalmente o faço, o vestido se espalha.

Eu o olho fixamente. Meus olhos se enchem de lágrimas.

É tão lindo, este vestido amaldiçoado idiota. Uma fabulosa mistura de seda, renda e pérolas, feita sob medida; a roupa mais cara que já tive na vida.

A que mais amei e a que mais odiei.

Tiro a roupa até ficar apenas de calcinha, pego o vestido do cabide e piso dentro da saia. Puxo-o até os quadris, tentando ignorar meu coração, que bate acelerado. Deslizo as alças sobre a cabeça e levo as mãos às costas para fechar o zíper.

Então vou até o espelho do outro lado do quarto para me ver.

O corpete tem um decote em "V" profundo, costas nuas e cintura marcada. Ele é coberto por renda, pequenos cristais e pérolas. A cauda bordada combina com a saia estilo princesa. O longo véu está pendurado em outra capa protetora no closet, mas não tenho coragem de montar o look inteiro. O vestido já é traumático o suficiente.

Assim como o fato de ele não servir mais.

Faço uma careta e aperto o tecido frouxo na cintura.

Perdi peso desde a última prova duas semanas antes do casamento. Nunca tive um corpo curvilíneo, mas até o momento não tinha percebido que estou magra demais.

David não iria gostar deste corpo. Ele sempre me encorajava a comer e malhar mais, a me parecer mais com a Sloane.

Eu havia esquecido o quanto isso me magoava.

Me viro devagar para um lado e para o outro, perdida em memórias e encantada com os cristais reluzentes sob a luz, brilhando, até o barulho da campainha tocando me tirar do transe.

Sloane chegou. Mais cedo do que eu esperava.

Meu primeiro instinto é arrancar o vestido e enfiá-lo no armário. Depois, percebo que deixá-la me ver assim — com o vestido e calma — é o melhor jeito de assegurá-la de que estou bem. Que ela não precisa me vigiar.

Quer dizer, se eu consigo fazer isso, provavelmente consigo fazer qualquer coisa, certo?

— Pode entrar! — grito na direção da entrada, e então me posiciono na frente do espelho, tranquila, aguardando.

A porta da frente abre e fecha. Passos ecoam na sala e param.

— Estou aqui!

Ouço os passos de novo. Sloane deve estar usando botas; parece um alce passeando pela casa.

Passo as mãos pelo corpete, esperando a cabeça de Sloane aparecer pela porta. Mas a cabeça que aparece não é dela.

Em choque, me viro e encaro Kage, horrorizada.

Ele faz o batente da porta parecer minúsculo. Está vestido de preto dos pés à cabeça — jeans preto, couro e coturnos. Segura uma caixa marrom lacrada com fita adesiva nas mãos largas.

A expressão no rosto dele é de surpresa.

Ele me encara com os lábios entreabertos. Desce o olhar intenso pelo meu corpo e solta um suspiro alto.

Sinto como se tivesse sido pega no flagra de pernas abertas me masturbando na cozinha. Cubro o peito com os braços e grito:

— O que você tá fazendo aqui, porra?

— Você me disse para entrar.

Meu Deus, essa voz. Um barítono rouco e aveludado. Se eu não estivesse tão em choque, talvez achasse isso atraente.

— Pensei que fosse outra pessoa!

Ele me olha sem piscar, dos pés à cabeça, com a intensidade de um laser. Em seguida, umedece os lábios.

— Você vai se casar? — A voz dele se transforma num rosnado.

Pode ser vergonha, surpresa, ou o fato desse homem ter sido tão rude comigo ontem, mas de repente estou furiosa. Sinto o rosto pegando fogo, mas dou um passo na direção dele.

— Não é da sua conta. O que você tá fazendo aqui?

Por algum motivo, ele parece estar entretido com minha raiva. Vejo um indício de sorriso se formar nos seus lábios e sumir logo em seguida. Ele estende a caixa na minha direção.

— O carteiro deixou isso na minha varanda. É para você.

— Ah.

Fico ainda mais envergonhada. Kage está sendo um bom vizinho. A julgar pelo comportamento dele ontem, eu diria que era mais provável ele tacar fogo na caixa e jogá-la por cima da cerca do que vir entregar pessoalmente.

Minha raiva se dissipa.

— Ok. Obrigada. Pode deixar aí em cima da cômoda.

Ao perceber que ele não se mexe e continua ali, parado, me encarando, cruzo os braços sobre o peito e o encaro de volta.

Depois de um instante de puro constrangimento, Kage faz um gesto de desdém com a mão para o vestido.

— Não combina com você.

Sinto meus olhos arregalarem e não tento disfarçar.

— *O que você disse*?

— Muito cheio de firulas.

Sorte dele que não coloquei o véu, senão eu iria usar o tecido para enforcá-lo.

— Só pra você saber: no futuro, quando você vir uma mulher em um vestido de noiva, a única resposta aceitável é dizer que ela está linda.

— Você é linda — responde ele, seco. — Mas não por causa dessa droga de vestido espalhafatoso.

Ele vai até a cômoda, deixa a caixa e sai pisando duro, me deixando sozinha, boquiaberta e com o coração palpitando.

Quando ouço a porta da frente se fechar, ainda estou parada tentando entender o que acabou de acontecer.

Pouco depois, ouço um barulho estranho. É um som repetitivo, *tum tum tum*, como se alguém estivesse batendo um tapete para tirar a poeira. Vou até a janela e olho para fora, tentando identificar a origem do barulho.

Então eu o vejo.

A rua onde moro é uma ladeira que sobe alguns metros entre uma casa e outra. A elevação garante uma boa visão do quintal dos vizinhos, então consigo ver por cima da cerca da casa ao lado, assim como pela janela da sala.

As cortinas costumam ficar fechadas, mas estão abertas.

No meio da sala há um saco de pancadas pendurado em uma estrutura de metal, do tipo que boxeadores usam. Parece ser o único móvel da casa.

E ali está Kage, batendo com força no saco de pancadas.

Ele está sem camisa. Fico congelada, observando-o bater repetidamente no saco, analisando os movimentos entre as sequências de socos, assistindo a seus músculos superiores vibrarem.

Vendo suas tatuagens se flexionando a cada golpe.

Todo o peito, as costas e os braços de Kage são cobertos de tatuagens. Apenas o abdômen está livre, e fico grata por isso, pois assim tenho uma vista perfeita da barriga sarada e definida.

É óbvio que ele malha religiosamente. O corpo dele é incrível. Também está claro que está puto com alguma coisa e está descontando no coitado do equipamento.

A menos que algo tenha acontecido logo após ter saído da minha casa, o motivo da raiva tem a ver comigo.

Ele dá um soco final no saco, dá um passo para trás e solta um rugido de frustração. Fica parado ali, arfando, abrindo e fechando as mãos, até se virar para a janela.

Nossos olhares se encontram.

Nunca vi um olhar como aquele. É tão sombrio que chega a ser aterrorizante.

Respiro rápido e, sem pensar, recuo um passo. Levo a mão à garganta. Ficamos parados assim — o olhar fixo um no outro, sem desviar — até ele quebrar a conexão ao caminhar até a janela e puxar a cortina com força.

Quando Sloane chega, vinte minutos depois, ainda estou parada no mesmo lugar, fitando a janela da sala de Kage e ouvindo o *tum tum tum* dos socos.

5

NAT

— Eu disse que ele era viúvo. É a única explicação.

Sloane e eu estamos almoçando. Já deixamos o vestido no brechó e agora estamos debruçadas sobre nossas saladas, analisando cada segundo do meu encontro com Kage.

— Então você acha que ele me viu de vestido e…

— Surtou — conclui ela, assentindo. — Você fez ele se lembrar da falecida esposa. Porra, deve ter sido muito recente. — Ela reflete por um instante com a boca cheia de alface. — Deve ser por isso que mudou pra cá. Ele devia ter lembranças demais dela onde morava. Nossa, como será que ela morreu?

— Provavelmente foi um acidente. Ele é jovem; deve ter o quê, uns trinta e poucos anos?

— No máximo, trinta e cinco. Talvez não tenham passado muito tempo juntos. — Ela solta um suspiro de empatia. — Coitado. Não deve estar lidando bem com isso.

Eu me sinto um pouco mal pela forma como o tratei de manhã. Fiquei com tanta vergonha de ter sido pega usando o vestido de noiva e tão chocada de vê-lo ali que acho que fui meio escrota.

— O que tinha na caixa que ele trouxe?

— Materiais de pintura. Tinta e pincéis. O estranho é que não me lembro de ter comprado nada disso.

Sloane olha para mim com uma expressão de empatia e esperança.

— Isso quer dizer que você tá trabalhando em algo novo?

Remexo a salada para evitar o olhar curioso dela.

— Não quero falar sobre isso pra não azarar.

Na verdade, está mais para "não quero mentir, mas se eu falar que ainda não voltei a pintar e pelo visto comprei materiais que não lembro de ter comprado, você vai me levar daqui direto para um terapeuta".

Talvez Diane Myers tenha razão: eu vivo em uma bolha. Uma linda bolha de negação que me desconecta do mundo. Pouco a pouco estou perdendo contato com a vida real.

— Ah, amiga, que bom! É um baita progresso!

Quando ergo o olhar, Sloane está sorrindo para mim. Agora me sinto uma babaca. Vou ter que jogar umas tintas em uma tela quando chegar em casa para não ser consumida pela culpa.

— E você lidou muito bem com a ida ao brechó. Não chorou nem nada. Estou muito orgulhosa.

— Quer dizer que posso pedir mais uma taça de vinho?

— Você é uma adulta. Pode fazer o que quiser.

— Que bom, porque ainda é O Dia Que Não Pode Ser Nomeado, e quero apagar antes das quatro da tarde.

A hora em que eu deveria ter me casado cinco anos atrás.

Ainda bem que hoje é sábado, senão teria que explicar muita coisa quando caísse bêbada no meio de uma aula.

Sloane está prestes a fazer um comentário de reprovação quando o celular dela apita com a notificação de uma nova mensagem.

Ela o pega na bolsa, olha para a tela e sorri.

— Hum, aí sim, garoto. — Ela olha para mim e sua expressão muda completamente. Então, balança a cabeça e começa a digitar. — Vou dizer que preciso remarcar.

— Para quem? Remarcar o quê?

— É o Stavros. Esqueci que a gente ia sair hoje.

— *Stavros*? Você tá saindo com um grego magnata de exportação?

Ela para de digitar e revira os olhos.

— Não, menina, é o cara de quem eu te falei.

Quando a encaro, inexpressiva, ela insiste:

— O que apareceu na minha aula de ioga usando uma calça de moletom cinza colada, sem cueca, e todo mundo conseguiu ver o formato do pau dele?

Arqueio uma sobrancelha, pois com certeza me lembraria dessa história se ela tivesse contado.

— Ah, fala sério. Eu falei dele. O cara que mora na beira do lago. Quase cem metros de praia privada. Trabalha com tecnologia. Lembrou agora?

Não lembro de nada, mas resolvo assentir.

— Claro, Stavros. Calça de moletom cinza. Lembrei agora.

— Tá na cara que não lembra.

Ela suspira. A gente se encara por um segundo até eu perguntar:

— Com quantos anos alguém pode ter Alzheimer precoce?

— Não tão cedo. Você nem fez trinta ainda.

— Talvez seja um tumor cerebral.

— Não é um tumor cerebral. Você meio que… — Ela estremece e percebo não quer me magoar. — Esquece do mundo.

Então a fofoqueira da Diane *tem razão*. Resmungo, coloco meus cotovelos sobre a mesa e apoio minha cabeça nas mãos.

— Desculpa.

— Não precisa pedir desculpa. Você passou por um trauma pesado. Ainda tá superando. Não existe um prazo para o luto.

Se pelo menos um corpo fosse encontrado, eu poderia seguir com a vida.

Sinto tanta vergonha desse pensamento que meu rosto começa a queimar. Mas a realidade é que não dá para seguir com a vida.

A pior coisa sobre nunca encontrar uma pessoa que desapareceu é que as pessoas que a amam não conseguem superar o luto. Ficam presas em um eterno crepúsculo de ignorância. Sem um desfecho real, incapazes de passar pelos estágios do luto, seguem existindo nesse limbo estático. Como plantas perenes no inverno, adormecidas sob o chão congelado.

São as perguntas sem resposta que mexem com você. A terrível incerteza que prende sua alma com unhas e dentes.

Ele morreu? Se sim, como? Será que sofreu? Por quanto tempo?

Entrou para uma seita? Foi abduzido? Começou uma vida nova em outro lugar?

Está morando sozinho na floresta?

Bateu a cabeça e esqueceu quem é?

Será que um dia vai voltar?

A lista é infinita. Uma série infinita de perguntas na sua cabeça, e as respostas nunca vêm.

Para pessoas como eu, as respostas não existem. Há apenas a vida suspensa. Apenas a lenta e constante calcificação do meu coração.

Mas de jeito nenhum vou deixar o coração da minha melhor amiga calcificar também.

Ergo a cabeça e digo com a voz firme:

— Você vai sair com o cara da calça de moletom cinza.

— Nat...

— Não tem motivo pras duas passarem o dia tristes. Ponto final.

Ela olha para mim com os olhos semicerrados por um segundo, em seguida suspira e balança a cabeça.

— Não tô gostando disso.

— Tô nem aí. Responde o cara falando que você vai encontrar com ele hoje e termina de almoçar.

Faço questão de terminar a salada como se não comesse há dias, já que Sloane é igualzinha a uma avó: sempre se sente melhor quando me vê comer.

— Eu sei o que você tá fazendo — diz ela, em um tom seco, ao me encarar.

— Não sei do que você tá falando — respondo, com a boca cheia de salada.

Ela olha para o céu e solta um grande suspiro. Em seguida, deleta o que estava escrevendo no celular e começa de novo. Envia a mensagem e joga o celular de volta na bolsa.

— Feliz?

— Feliz. E quero um relatório completo amanhã.

— O que você vai fazer hoje à noite sem mim? — pergunta ela, no tom interrogatório de um policial.

Penso rapidamente.

— Vou me levar pra jantar no Michael's.

O Michael's é um cassino pequeno e elegante na parte do lago que é no estado de Nevada, onde turistas ricos vão jogar e perder dinheiro. Acima dele, há uma churrascaria de onde você pode assistir as pessoas jogando 21 enquanto se acaba de comer um filé-mignon superfaturado. Lá é caro demais para mim, mas assim que respondo, fico animada com a ideia.

Ver outras pessoas tomando decisões ruins é, para mim, o que me ver comendo é para Sloane.

— Sozinha? Só psicopatas comem sozinhos.

— Valeu. Mais alguma pérola motivacional pra compartilhar?

Ela faz uma cara de desaprovação, mas continua em silêncio, então sei que estou livre.

Agora só preciso achar algo para vestir.

Quando entro no Michael's às seis da tarde, já estou meio altinha.

Peguei um táxi para não ter que dirigir, porque meu plano para hoje é pedir a garrafa de champanhe mais cara do cardápio — foda-se, vou passar no cartão — e ficar acabada.

Ter tirado o vestido de noiva de casa me deixou mais leve. Como se eu tivesse tirado um peso das costas que carregava há tempo demais. Procurei no fundo do guarda-roupa e encontrei outro vestido que não usava há tempos, mas com menos bagagem emocional. É um vestido vermelho de seda colado que destaca as melhores partes do meu corpo de um jeito natural.

Calcei um salto com tiras de amarras douradas, coloquei algumas pulseiras douradas e fiz um coque bagunçado que eu espero que me dê um ar meio *boho chic*. Passei um pouco de Doce Veneno nos lábios para completar o look.

Vai que conheço alguém no bar.

Solto uma risada só de pensar, porque é ridículo.

A recepcionista do restaurante me leva até uma boa mesa no canto do salão. Atrás de mim, há um aquário gigante, e o cassino está à direita. Tenho uma boa visão do restaurante, que é ocupado por casais idosos e jovens que parecem estar no primeiro encontro.

Peço uma taça de champanhe e me acomodo na cadeira, satisfeita por ter tido a ideia de vir aqui. Não posso ser tão rabugenta em público quanto seria em casa, sozinha, comendo macarrão com queijo com Mojo e chorando ao ver fotos do meu noivado.

Minha satisfação dura dois minutos, porque então o vejo, sentado do outro lado do restaurante, fumando um charuto e bebericando uísque.

— Tá de brincadeira comigo — resmungo.

Como se tivesse me ouvido, Kage levanta o olhar e encontra o meu.

AAAAAH! (Isso foi meu estômago berrando.)

Eu lanço um sorriso discreto para ele e desvio o olhar, nervosa. Queria saber por que fazer contato visual com esse homem é tão visceral. Toda vez que o vejo, parece que ele está espremendo meu estômago com aquela mão gigante.

Não contei para Sloane sobre o comentário dele. Passei o dia inteiro tentando não pensar na frase "Você é linda", dita com aquele tom rouco e aquele *olhar* com o qual estou começando a me acostumar. Aquela mistura de intensidade e hostilidade, com um toque de algo que pareceria ser curiosidade se eu não fosse esperta o bastante.

Fico observando o cassino até o garçom se aproximar e sorrir para mim.

— Senhorita, o cavalheiro naquela mesa pediu que você se junte a ele para jantar.

O rapaz gesticula para onde Kage está sentado me observando como um caçador encara um cervo pela mira do rifle.

Sinto o coração acelerar e hesito, incerta do que fazer. Seria rude recusar, mas eu mal conheço esse homem. O pouco que sei sobre ele é, no mínimo, confuso.

E hoje. Por que eu tinha que encontrar com ele *de novo* hoje?

O sorriso do garçom se alarga.

— Sim, ele disse que você ficaria relutante, mas ele prometeu se comportar.

Se comportar? O que isso quer dizer?

Antes que eu possa começar a imaginar, o garçom me ajuda a sair da cadeira e me guia pelo cotovelo pelo restaurante. Aparentemente não tenho opção.

Chegamos à mesa de Kage. Fico surpresa de vê-lo em pé. Ele não parece ser do tipo que se importa com formalidades.

O garçom puxa a cadeira do outro lado da mesa, se curva e dá um passo para trás, me deixando ali, em pé, envergonhada, com o olhar intenso de Kage em mim.

— Sente-se, por favor.

É o "por favor" que me convence. Eu me sento na cadeira e engulo em seco.

Ele também se senta. Depois de um segundo, ele fala:

— O vestido.

Olho para Kage, me preparando para mais um insulto sobre meu vestido de noiva cheio de firulas, mas o olhar dele está focado no que estou usando agora. Provavelmente odiou esse aqui também.

Tímida, mexo em uma das alças finas.

— É velho. Simples.

Os olhos sombrios e intensos encontram os meus.

— Simples fica melhor em você. A perfeição não precisa de enfeite.

Que bom que não estou segurando um copo, porque provavelmente iria derrubá-lo.

Eu o encaro, impressionada. Ele retribui o olhar e parece que quer dar um soco na própria cara.

Está claro que não gosta de me elogiar. E que não é algo intencional, mas impulsivo.

Mas o que não está claro é o motivo de ele ficar com tanta raiva de si mesmo quando isso acontece.

Com minhas bochechas fervendo, respondo:

— Obrigada. Esse… deve ser o elogio mais gentil que já ouvi.

Kage range os dentes por um instante e toma um grande gole do uísque. Ao colocar o copo de volta na mesa, o barulho é tão alto que me assusto.

Ele está se arrependendo do convite. É minha deixa.

— Foi muito gentil da sua parte me convidar, mas estou vendo que você prefere ficar sozinho. Obrigada por…

— Fique.

Soa como uma ordem. Quando pisco, surpresa, ele suaviza o tom e murmura:

— Por favor.

— Ok, mas só se você tomar seu remédio.

— Ela é engraçada também. Que inconveniente — murmura ele para si mesmo.

— Inconveniente para quem?

Ele me observa sem responder.

Qual o problema desse cara?

O garçom volta com a garrafa de champanhe que pedi e duas taças.

Que alívio. Eu estava prestes a começar a roer meu próprio braço. Não me lembro da última vez que estive em uma situação tão desconfortável.

Ah, espera aí. Lembro, sim. Foi ontem à noite, quando o tal príncipe encantado elegantemente se recusou a me dar uma carona para casa. Ou será que foi hoje de manhã, quando ele me viu usando meu vestido de noiva e pareceu prestes a vomitar?

Com certeza daqui a uns cinco minutos vou ter outro exemplo para somar à lista.

Ficamos em silêncio enquanto o garçom abre a garrafa e serve a bebida. Ele nos informa que em breve alguém vai vir anotar nossos pedidos e desaparece enquanto viro minha taça como se estivesse no meio de uma competição de bebida valendo uma viagem grátis para o Havaí.

— Você sempre bebe desse jeito? — pergunta Kage quando repouso a taça na mesa.

Ah, verdade. Kage me viu enchendo a cara ontem também. Pouco antes de eu ir até a mesa dele. Não é para menos que ele me olhe com tanto... sei lá o quê.

— Na verdade, não — respondo, tentando manter a compostura enquanto enxugo a boca com o guardanapo. — Apenas em dois dias do ano.

Ele arqueia uma sobrancelha e espera pela explicação. Em um cinzeiro ao lado do seu cotovelo esquerdo, o charuto solta fumaça em pequenas espirais.

Será que é permitido fumar aqui?

Não que isso faça diferença para ele.

— É uma longa história.

Desvio do olhar intenso de Kage.

Apesar de não estar olhando diretamente para ele, seu olhar é uma força que consigo sentir no meu corpo inteiro. No meu estômago. Na minha pele. Fecho os olhos e solto um suspiro lento, tentando me acalmar.

E então — a culpa é do álcool — acabo me jogando no abismo à minha frente.

— Hoje devia ser o dia do meu casamento.

Depois de uma pequena pausa constrangedora, ele pergunta:

— *Devia* ser?

Limpo a garganta, ciente de que meu rosto está vermelho, mas não consigo me controlar.

— Meu noivo desapareceu. Há cinco anos. Não o vejo desde então.

Foda-se, ele iria saber disso mais cedo ou mais tarde. Diane Myers já teve ter enviado um relatório completo para o cara.

Quando percebo que Kage continua em silêncio, levanto o olhar. Ele está imóvel na cadeira, o olhar fixo em mim. A expressão dele não me diz nada, mas o corpo está rígido de um jeito diferente. Vejo a mandíbula já tensa ficar ainda mais estoica.

É nessa hora me lembro que ele acabou de ficar viúvo. Que vacilo.

Coloco a mão sobre o coração e digo, nervosa:

— Sinto muito. Foi muito insensível da minha parte dizer isso.

Ele franze o cenho, confuso. Está óbvio que não sabe do que estou falando.

— Por causa da sua... situação — completo.

Ele se inclina para a frente, cruza os braços sobre a mesa e se aproxima de mim.

— Que situação? — pergunta ele, baixinho, com um brilho no olhar.

Meu Deus, como esse cara é assustador. Grande, gostoso e muito assustador. Mas principalmente gostoso. Não, principalmente assustador.

Merda, acho que estou bêbada.

— Talvez seja um engano. Achei que...

— Achou o quê?

— Que quando você me viu com meu vestido de noiva... Que você é novo na cidade e parece muito, hum, um pouco... como posso dizer? Não bravo, mas um pouco triste? Que talvez você tivesse perdido alguém recentemente...

Eu me sinto ridícula e fico em silêncio.

O olhar dele é tão intenso e inquisitivo que me sinto como se estivesse em um interrogatório. Mas logo sua expressão muda e ele se encosta de novo na cadeira.

— Você achou que eu fosse casado.

Há um tom de piada na voz dele.

— É. Na verdade, achei que fosse viúvo.

— Nunca fui casado. Nem divorciado. Não tenho uma esposa falecida.

— Entendi.

Não entendi, nem um pouco, mas vou falar o quê? Pedir desculpas por eu e minha melhor amiga sermos cheias de teorias da conspiração e termos passado o almoço inteiro falando dele?

Não. De jeito nenhum.

Também na lista de tópicos proibidos estão: se você não tem uma esposa falecida, por que surtou quando me viu com o meu vestido de noiva? Por que olha para mim como se quisesse me atropelar e logo em seguida me elogia? E depois se odeia por ter me elogiado?

Por fim, mas não menos importante, qual é a do saco de pancadas?

Sem saber mais o que falar, levo o guardanapo aos lábios de novo.

— Bom, peço desculpas por isso. Afinal, não é da minha conta.

— Não é? — pergunta Kage, baixinho.

O tom dele sugere que é, sim. Agora estou ainda mais nervosa.

— Bom… não?

— Isso foi uma pergunta?

Um sorriso começa a se formar no canto da boca dele. Os olhos estão mais suaves e vejo pequenas linhas de expressão se formarem no canto.

Espera aí… ele está *zoando* comigo?

— Não estou no clima pra joguinhos — respondo, seca.

Com o mesmo tom baixo e sugestivo, ele responde:

— Eu estou.

O olhar dele desce para a minha boca. Ele morde o lábio inferior.

De repente, uma onda de calor sobe do meu pescoço até as orelhas.

Pego a garrafa de champanhe e tento me servir. Mas minhas mãos tremem tanto que derramo na mesa.

Kage tira a garrafa da minha mão, pega a taça e termina de enchê-la. Faz tudo isso com uma expressão quase de divertimento.

Não é que ele esteja se divertindo, na verdade, porque isso requer um sorriso.

Ele me entrega a taça de champanhe.

— Obrigada — respondo, quase sem ar, e viro a bebida.

Quando repouso a taça de volta na mesa, ele assume uma postura quase profissional.

— Acho que começamos com o pé esquerdo. Vamos recomeçar do zero.

Olha só, ele está sendo sensato. Que personalidade nova é essa?

Ele estende a mão do tamanho de uma luva de beisebol para mim.

— Oi. Meu nome é Kage. Muito prazer em conhecê-la.

Sinto como se eu estivesse em uma realidade paralela. Estendo a mão para ele enquanto me pergunto se vou tê-la de volta, porque ela se perde naquela palma gigante, quente e grossa.

Como seria ter essas mãos no meu corpo nu?

— Kage? — repito fracamente, ainda pensando na imagem das mãos dele passeando na minha pele. Sinto o corpo inteiro esquentar. — É seu nome ou sobrenome?

— Os dois.

— Claro. Oi, Kage. Meu nome é Natalie.

— Prazer em conhecê-la, Natalie. Posso chamar você de Nat?

Ele está sendo simpático, pelo visto. E ainda não soltou minha mão. Não consigo me livrar da imagem mental dele me acariciando enquanto estremeço e solto gemidos, pedindo por mais.

— Claro.

Por favor, tomara que ele não perceba que meus mamilos estão duros. Por favor, por favor, que ele não repare nisso. Por que eu não coloquei um sutiã?

— Então, Nat, o que você faz da vida? — pergunta ele, em um tom simpático.

— Sou professora. De arte. Do ensino fundamental.

Também posso ter fugido de um hospício. Aviso você daqui a pouco quando o meio das minhas pernas parar de latejar e o sangue voltar para minha cabeça.

Qual é o meu problema? Eu nem gosto *desse cara!*

— E você?

— Sou cobrador.

Isso me deixa surpresa. Ele poderia ter dito "assassino de aluguel" e eu não teria nem piscado.

— Tipo de ônibus?

A pressão da mão dele na minha é firme. O olhar está fixo no meu quando ele responde:

— Não. Tipo de dívidas.

6

NAT

É óbvio que tem algum significado oculto nessa resposta. Esse não é o tipo de homem que fica sentado em um escritório com um fone de ouvido, ligando para pessoas para cobrar dívidas de cartão de crédito.

Puxo a mão de volta, mas mantenho o contato visual, sentindo-me curiosa, desconfortável e extremamente excitada. É uma combinação confusa.

— Cobrador de dívidas. Um trabalho interessante. É por isso que se mudou para o lago Tahoe? Por causa do trabalho? — pergunto, tentando soar casual.

Kage se recosta na cadeira, pega o charuto e traga enquanto me analisa como se estivesse escolhendo bem as palavras.

Finalmente, ele responde:

— Deveria ser por causa do trabalho.

— Não é mais?

— Não sei mais o motivo.

Os olhos dele pairam sobre minha boca mais uma vez. Sua voz está rouca.

Sinto uma corrente elétrica me perpassar inteira. Todos os nervos do meu corpo estão ativados, gritando. Tudo isso porque esse estranho de olhos escuros me olhou de um determinado jeito.

Um jeito faminto, ambíguo. O jeito como um homem esfomeado olharia para um pedaço de carne que quer desesperadamente comer, mas sabe que está envenenado.

Lembro a primeira impressão que tive de Kage no bar ontem à noite, quando disse para Sloane que ele parecia ter saído de um episódio de *Sons of Anarchy*, e entendo, de uma forma bem intrínseca, que o homem sentado na minha frente vive sem se importar com as leis do mundo ao redor.

Também entendo que ele é perigoso.

E que ele me quer, mas também não me quer.

E que eu também o quero, mas não devia.

Porque quem brinca com fogo acaba se queimando.

O garçom se aproxima da mesa. Sem tirar os olhos de mim, Kage faz um gesto rápido com a mão para mandá-lo embora. Quando ficamos sozinhos, Kage diz:

— Então seu noivo desapareceu. E pelos cinco anos seguintes, no que seria seu aniversário de casamento, você fica bêbada.

— Parece pior quando você fala dessa forma. Eu deveria ter medo de você?

Nos encaramos sobre a mesa. A energia no ar está carregada. Ele não aparenta ter ficado surpreso com a pergunta.

— E se eu disser que sim? — diz ele, em um tom baixo.

— Eu vou acreditar e ir direto para a delegacia mais próxima. Está dizendo que sim?

Ele hesita.

— A maioria das pessoas que me conhece tem medo.

Meu coração bate tão forte que me impressiona ele não conseguir ouvi-lo.

— Quero um "sim" ou um "não".

— Acreditaria em mim se eu dissesse "não"?

— Acreditaria. Você não é o tipo de homem que se esconde atrás de mentiras — respondo de imediato, sem pensar.

Ele me analisa por um instante, em silêncio, girando o charuto entre os dedos polegar e anelar. Finalmente, diz com sua voz rouca:

— Você é bonita para caralho.

Solto o ar que estava prendendo.

— Isso não é uma resposta.

— Vou chegar lá.

— Chega mais rápido.

Ele parece formar um começo de um sorriso.

— Eu já disse que não sou um príncipe encantado...

— Isso não tem nada a ver com a minha pergunta.

— Se me interromper de novo, vou colocar você no meu colo bem aqui e dar uns tapas nessa sua bunda perfeita até você gritar — rosna ele.

Se qualquer outra pessoa falasse isso para mim, ainda mais nesse tom dominante e grosseiro, eu ficaria furiosa.

E, no entanto, quando ele fala, sinto uma vontade súbita de gemer de prazer.

Mordo a língua e o observo, sem saber se odeio mais a ele ou a mim no momento.

Ele apaga o charuto no cinzeiro, passa uma das mãos pelo cabelo e umedece os lábios. Em seguida, balança a cabeça e solta uma risada triste.

— Tudo bem. Quer uma resposta direta? Aqui vai. — Ele me encara e o sorriso some até que sua expressão fica completamente séria, com o maxilar tenso, os lábios apertados e um olhar sedutor. — Não. Você não precisa ter medo de mim. Mesmo se eu quisesse machucar você, eu não o faria.

Ergo as sobrancelhas.

— Isso não me soa muito reconfortante.

— É pegar ou largar. Só falei a verdade.

O garçom volta com um sorriso torto no rosto. Sem tirar os olhos de mim, Kage rosna para ele:

— Volte aqui mais uma vez sem ser chamado e vou dar um tiro na sua cabeça.

Nunca vi um homem dar meia-volta e sair às pressas tão rápido.

Estou me sentindo inconsequente, então decido perguntar:

— Já que está a fim de falar a verdade, por que comprou a casa com dinheiro vivo?

— Para lavar o dinheiro. Não conte isso para ninguém. Próxima pergunta.

Fico boquiaberta. Por vários segundos, não consigo falar. Quando finalmente consigo me recompor, continuo:

— Por que iria confiar algo assim a mim?

— Porque quero que você confie em *mim*.

— Por quê?

— Porque eu quero você. E tenho minhas suspeitas de que, para ter você, preciso ganhar um certo nível de confiança. Dá para ver que você não é do tipo que transa com qualquer um. Próxima pergunta.

Meu Deus, meu coração está batendo muito forte. Tão rápido que mal consigo respirar. Acho que ainda estou em choque.

— Você é sempre tão...

— Direto? Sou.

— Eu ia dizer contraditório. Ontem parecia que você me odiava. Ainda não tenho certeza de que não me odeia.

Ele muda de tom.

— Ontem você não estava sob minha proteção. Agora está.

Os olhos dele são hipnóticos. A voz dele é hipnótica. Esse homem está me enfeitiçando.

— Não faço ideia do que você tá falando.

— Não importa. O que importa é que você confie que está a salvo comigo.

Solto uma risada fraca.

— A salvo? Com você? Não mesmo. Acho que nunca estive em tanto perigo com nenhum outro homem na vida.

Ele parece gostar da resposta. Seus lábios se curvam, mas ele balança a cabeça.

— Você sabe o que eu quis dizer.

— Tenta de novo mais tarde. Meu cérebro não tá funcionando direito agora.

— Quero um "sim" ou um "não" — diz ele, em um tom ríspido.

— Usar minhas próprias palavras contra mim não vai funcionar.

— Decide logo. Não temos muito tempo.

— Por que não?

— Não vou ficar na cidade por muito tempo.

Essa resposta me cala por uns bons trinta segundos. Percebo que, aos poucos, estamos cada vez mais próximos sobre a mesa, presos em uma bolha, ignorando tudo e todos, mas não acho que consigo resistir.

Agora entendo como mariposas se sentem quando estão perto da luz.

— Por que você comprou uma casa se não pretende ficar aqui?

— Já disse o motivo.

Ele estende a mão por cima da mesa. Passa o polegar na minha bochecha, devagar e delicadamente, descendo até o queixo, enquanto seu olhar segue o caminho do dedo.

Sinto meus braços se arrepiarem. Meus mamilos estão formigando. Umedeço os lábios, lutando contra dois impulsos opostos: me jogar sobre a mesa e beijá-lo ou sair correndo e gritando.

Isso é loucura. Você é sensível demais para tudo isso. Levanta daí e vai embora.

Consigo ignorar a voz da razão na minha cabeça.

— Quanto tempo vai ficar aqui?

— Alguns dias. Preciso beijar você.

— Não.

Minha resposta é fraca e nada convincente.

— Então senta no meu colo e deixa eu meter meus dedos em você enquanto te dou comida na boca.

Para controlar a explosão de choque e desejo que essa frase absurda espalha pelo meu corpo, me encosto na cadeira e desvio o olhar, controlando uma risada incrédula.

— Deve ser o champanhe. Não é possível que você tenha dito isso.

— Eu disse, sim. E você gostou. — Depois de alguns segundos, ele continua: — Olha para mim.

— Não consigo. Isso é loucura. Eu conheço você há vinte e quatro horas. Ninguém nunca falou assim comigo antes, nem meu noivo.

Ele fica em silêncio, esperando que eu me recomponha, mas duvido que isso seja possível. Acho que esta conversa vai deixar uma marca em mim.

Quando finalmente reúno coragem para olhar na direção dele, estremeço ao encontrar seus olhos.

Pigarreio.

— Além do mais, parece algo que demanda uma boa coordenação motora. Talvez até mais um par de mãos.

Pela primeira vez, ele sorri para mim.

O sorriso surge devagar e sensual, uma curva leve nos lábios que termina com a exibição de dentes brancos e retos. É um belo sorriso e, ao mesmo tempo, aterrorizante.

Nervosa e suando, me levanto em um pulo.

— Bom, isso foi definitivamente... interessante. — Minha risada soa perturbadora. — Tenha uma boa noite.

Antes que ele possa responder, dou meia-volta e disparo em direção à saída.

Estou tão desconcertada que quase caio da escada. Arfando como um cachorro, passo pelas portas de vidro do cassino e me jogo no manobrista uniformizado que segura um grande guarda-chuva preto.

— Preciso de um táxi, por favor.

— Claro, senhorita.

Ele pega um rádio portátil e pede um carro para quem quer que esteja do outro lado da linha. Geralmente cassinos têm um estacionamento próximo com táxis à disposição para clientes, então estou torcendo para não ter que esperar por muito tempo.

Estou com medo de me desfazer em mil pedaços se não me afastar de Kage o mais rápido possível.

Então senta no meu colo e deixa eu meter meus dedos em você enquanto te dou comida na boca.

Ouço aquelas palavras de novo e de novo na minha mente. Que tortura.

A pior parte é que *consigo imaginar isso*. E meu corpo também consegue, porque estou molhada e pulsando entre as pernas, cada centímetro meu praticamente implorando para sentir as mãos grandes e grossas de Kage.

Quando conheci David, aos vinte anos de idade, eu era inocente. Não tive experiências loucas no ensino médio, nem na faculdade, e nem a vivência que Sloane teve quando foi estudar na Arizona State. Morei com meus pais enquanto estudava na pequena e sem graça Universidade de Nevada, em Reno.

Eu era uma boa menina. Uma menina de cidade pequena. Uma virgem.

Tirando aquela vez com meu tutor de matemática no ensino médio, mas acho que dez segundos não contam.

A questão é que não tenho a experiência necessária para lidar com um homem no auge da vida, tão bonito, viril e perigoso, falando essas coisas para mim.

É melhor parar em uma loja de conveniência no caminho de casa e comprar mais pilhas. Vou ter que resolver isso sozinha.

— Peço desculpas se eu ofendi você.

Meu corpo enrijece e solto o ar, assustada.

Kage está parado atrás de mim, falando baixinho, perto o suficiente para eu sentir o cheiro e o calor do seu corpo. Não está tocando em mim, mas está a poucos centímetros de distância. Sinto como se meu corpo estivesse pegando fogo por baixo do vestido.

— Foi mais um choque do que uma ofensa — respondo, sem virar o corpo nem a cabeça.

A respiração dele faz uma mecha de cabelo no meu pescoço balançar.

— Não é sempre que eu… — Ele repensa o que ia falar e começa de novo. — Não sou um homem paciente. Mas isso não é problema seu. Se você me pedir para eu te deixar em paz, vou respeitar sua decisão.

Não sei como responder. Na verdade, não sei como responder sem ser sincera. Porque se eu dissesse a verdade, já estaríamos nus em algum lugar.

Escolho minha resposta:

— Não sou o tipo de mulher que transa com estranhos. Ainda mais estranhos que vão sumir em poucos dias.

Kage continua atrás de mim, mas se aproxima e leva a boca até minha orelha. Em uma voz tão macia quanto veludo, ele diz:

— Quero provar cada pedacinho de você. Quero ouvir você gritar meu nome. E quero fazer você gozar tão gostoso que vai esquecer o seu. Não tenho tempo para ficar de joguinhos para te conquistar, por isso estou sendo tão direto. Se você pedir para eu te deixar em paz, tem minha palavra de que é isso que vou fazer. Mas, enquanto esse momento não chegar, preciso te dizer, Natalie, que quero te comer inteira, sua boceta, sua bunda, sua boca e tudo mais que você deixar, porque você é a mulher mais linda que eu já vi em toda a minha vida.

Ele respira fundo na curva do meu pescoço.

Quase desmaio no meio da rua.

Uma SUV preta para na frente do quiosque do manobrista. Kage roça no meu corpo ao passar por mim em direção ao banco do motorista, entrega o dinheiro para o manobrista e vai embora sem olhar de novo na minha direção.

7

NAT

— Ele disse isso *mesmo*?

— Palavra por palavra.

— Caralho.

— Essa foi a minha reação.

Sloane fica em silêncio.

— E você não ficou de joelhos, abriu o zíper da calça dele e começou a chupar o pau dele como se fosse um pirulito?

Suspiro e reviro os olhos.

— E ainda dizem que não há mais romance no mundo.

É a manhã seguinte. Estou em casa, fazendo a mesma coisa desde o momento em que o taxista me deixou aqui ontem à noite: andando para lá e para cá.

Não vi nenhuma luz acesa no vizinho quando cheguei em casa. Nenhum movimento sequer hoje de manhã. Nenhum sinal de Kage. Não faço ideia se ele está lá ou não.

— Fala sério, amiga, essa é a coisa mais safada que eu já ouvi. E já ouvi muita coisa.

Mordendo a ponta do polegar, me viro para andar na outra direção.

— Concordo. Mas é demais. Que tipo de mulher responderia "Claro, sr. Estranho, por favor, meta em todos os meus buracos, parece uma ideia ótima e nada perigosa"?

— Bom, para começar… eu.

— Ah, fala sério! Você não diria isso.

— Você me conhece mesmo? Claro que diria! Se ele estivesse a fim de mim, eu estava pronta pra ir pra casa com ele naquele outro dia sem nem saber o nome.

— Acho que tá na hora de reavaliar suas prioridades na vida.

Ela bufa:

— Escuta uma coisa, Irmã Teresa…

— É Madre Teresa, e para de me comparar com freiras.

— … esse *não* é o tipo de homem que você dispensa quando ele te oferece uma chance.

Paro de andar, olho para o teto e balanço a cabeça.

Ela ainda está falando.

— Se ele fala tanta putaria assim, logo de cara, aposto um milhão de dólares que você teria uns trinta orgasmos em dez minutos se aceitasse transar com ele.

— Você não tem um milhão de dólares, e isso é fisicamente impossível.

— É possível com ele. Porra, eu poderia gozar umas dez vezes só de olhar pra ele. Aquele rosto! Aquele corpo! Meu Deus, Natalie, ele derrete calotas polares com um olhar e você rejeitou o homem?

— Se acalma.

— Não vou me acalmar. Estou indignada em nome de todas as mulheres desprovidas de sexo no mundo inteiro.

— Dá licença, a única mulher desprovida de sexo aqui sou eu, tá?

— A questão é que ele é o tipo de foda que só se encontra uma vez na vida. Você pode ter lembranças maravilhosas dele quando tiver oitenta anos, sentada na sua cadeirinha de balanço em um asilo, usando fralda. Em vez disso, está agindo como se todo dia chovesse pau que nem confete na sua cabeça.

Depois de um segundo de silêncio, começo a rir.

— Meu Deus. A imagem. Vou ter que pesquisar esse meme depois.

— Me manda quando encontrar. Você prestou atenção no que eu disse?

— Sim. Disse que eu sou uma idiota. Já entendi.

— Acho que não entendeu, não.

— Vou ter que me sentar? Tô com o pressentimento de que lá vem uma palestrinha.

— Deixa eu explicar o quanto isso é perfeito.

— "Isso" quer dizer o pênis dele?

Ela me ignora.

— Primeiro, o cara é maravilhoso. Isso é óbvio. Segundo, ele tá doidinho por você. Terceiro, ele vai *embora* em poucos dias.

— E daí?

— E daí que não pode haver envolvimento emocional algum. É disso que você gosta, não é?

Resmungo e admito que isso é um pró.

— Além disso, vai ser um ponto final na sua seca. Pode até te ajudar a seguir em frente. Pensa que é um tipo de terapia.

— Terapia?

— Pra sua vagina.

— Meu Deus.

— O que eu quero dizer é que não vejo nenhum lado ruim nisso.

Talvez ela visse se eu tivesse contado a parte sobre ele comprar a casa para lavar dinheiro e enrolar para responder quando perguntei se deveria ter medo dele.

Pensando bem, talvez isso fizesse ela gostar ainda mais de Kage.

Pelo que ela me contou sobre Stavros mais cedo, parece que o trabalho na área de tecnologia é uma fachada para seu trabalho de verdade como contrabandista de armas. Ninguém precisa de tantos passaportes ou aviões de carga.

— É só que… eu não sei nada sobre ele. E se ele for um criminoso?

— Você está se candidatando a algum cargo público, por acaso? Quem liga se ele for um criminoso? Você não vai se casar com o cara, só vai quicar no pau dele por alguns dias até ele ir embora. Para de complicar as coisas.

— E se ele tiver uma IST?

Ela solta um grande suspiro.

— Já ouviu falar de uma coisinha mágica chamada camisinha? Todo mundo está usando.

— Você ainda pode pegar IST mesmo usando camisinha.

— Ok. Desisto. Aproveite seu celibato. O resto do mundo vai estar aqui, curtindo a vida sexual com parceiros completamente inapropriados, como pessoas normais.

Ficamos em silêncio por um instante até ela falar de novo:

— Ah. Entendi. Você não está preocupada com o envolvimento emocional *dele*, e sim com o *seu*...

Estou prestes a negar isso com todas as forças, mas paro para refletir por um instante.

— Ele é o primeiro homem que me causou esse tipo de reação desde o David. Os outros caras com quem saí pareciam mais meus irmãos. Tipo, eram legais e eu gostava de passar tempo com eles, e só. Não faria diferença alguma ficar em casa com Mojo ou sair com esses caras. Não tive vontade de transar com nenhum. Eles eram... seguros. Mas o Kage sobrecarregou meu sistema. Ele fez eu me sentir como se eu fosse o monstro de Frankenstein, conectada a um monte de eletrodos, recebendo energia. E eu nem conheço ele direito.

— Você não vai se apaixonar por ele se transar uma vez. Ou três.

— Tem certeza? Porque esse é exatamente o tipo de coisa terrível que acontece comigo.

— Ah! Escuta o que você acabou de falar!

— Só tô dizendo a verdade.

— E *eu* tô dizendo que você não pode passar o resto da vida com medo do que pode acontecer, Nat. E daí se você ficar toda mexida depois de transar com ele? E daí? O Kage vai voltar pra vida ele, você vai voltar pra sua e nada vai ser diferente, tirando o fato de que você vai ter ótimas lembranças e sua vagina vai estar maravilhosamente dolorida. *Nada pode te magoar mais do que tudo pelo que você já passou*. Você sobreviveu à pior coisa que poderia acontecer. Está na hora de viver de novo. Você quer continuar tendo essa mesma conversa comigo daqui a vinte anos?

Respiramos em silêncio por alguns minutos até eu conseguir responder.

— Não.

Ela solta um grande suspiro.

— Ok. Vou falar uma coisa. E essa vai doer.

— Mais do que o que você acabou de falar?

— O David está morto, Nat. Ele morreu.

As palavras ficam no ar enquanto sinto meu peito apertar e seguro as lágrimas se formando.

— Ele só pode estar morto. Ele nunca iria deixar você por vontade própria. — A voz dela fica mais suave. — Ele te amava muito. Não foi abduzido por alienígenas, não entrou para uma seita nem nada do tipo. Foi fazer uma trilha nas montanhas e sofreu um acidente. Escorregou e caiu em algum precipício. É a única explicação plausível.

— Ele era um grande atleta. — Minha voz falha quando finalmente consigo responder. — Conhecia aquelas trilhas de cor. Já tinha caminhado por lá um milhão de vezes. O clima estava perfeito...

— Nada disso impede acidentes — diz ela, gentil. — Ele deixou a carteira em casa, as chaves também. Não sumiu do nada. Não quis desaparecer. Não teve nenhuma movimentação na conta dele. Nenhum dos cartões de crédito foi usado. Você sabe que a polícia não desconfia de ter sido premeditado por ninguém. Sinto muito mesmo, amiga, e eu te amo demais, mas o David nunca vai voltar. E sem dúvidas ele iria odiar ver o que você fez consigo mesma.

Perco a luta contra as lágrimas. Elas escorrem silenciosamente pelas minhas bochechas, formando caminhos quentes até pingarem do queixo. Nem me preocupo em enxugar o rosto. Não há ninguém para me ver chorar, além do cachorro.

Fecho os olhos e sussurro:

— Ainda consigo ouvir a voz dele. Ainda sinto o toque dele. Ainda me lembro perfeitamente do sorriso quando ele me beijou antes de sair para fazer trilha na manhã do jantar de ensaio. É como se... — Respiro devagar antes de continuar. — É como se ele ainda estivesse *aqui*. Como posso ficar com alguém se eu sinto que estaria traindo o David?

Sloane solta um suspiro de empatia.

— Ah, amiga.

— Eu sei que é idiota.

— Não é idiota. É leal e romântico, mas, infelizmente, infundado. Você acredita estar traindo a lembrança que tem do David, não o homem de verdade. Nós duas sabemos que tudo que ele queria era ver você feliz. Não assim. Você vai honrar melhor a memória dele sendo feliz do que presa no passado.

Dessa vez não me aguento e começo a soluçar.

— Estou indo aí. Chego em dez minutos.

— Não! Por favor, não. Tenho que... — Tento respirar, mas saem apenas arquejos. — Preciso seguir em frente e parte desse processo é não usar você como animal de apoio emocional.

— Você poderia ter dito só "muleta" — diz ela, em um tom seco.

— Não tem o mesmo apelo. E gosto de imaginar você como uma iguana verde gigante que posso levar no avião comigo.

— *Iguana*? Eu sou a porra de um réptil? Não posso ser um cachorro fofinho?

— É iguana ou gato siamês. Achei que iria preferir ser uma iguana.

— Pelo menos você não perdeu o senso de humor — diz Sloane, rindo.

Limpo o nariz com a manga da camisa e solto um grande suspiro.

— Obrigada, Slo. Odeio tudo que você disse, mas obrigada. Você é a única pessoa que não fica cheia de dedos comigo como se eu fosse quebrar a qualquer momento.

— Você é minha melhor amiga. Eu te amo mais do que amo minha própria família. Entraria numa briga de faca por você. Não esquece disso.

Não consigo não rir.

— Você vai ficar bem depois que a gente desligar?

— Vou — digo, fungando. — Tá tudo bem.

— E você vai direto para a casa ao lado e se acabar com aquele pedaço de mau caminho?

— Não, mas a minha vagina agradece a preocupação.

— Ok, mas não vem reclamar pra mim quando o próximo cara que te chamar pra sair tiver verrugas genitais e mau hálito.

— Obrigada pelo voto de confiança.

— De nada. A gente se fala amanhã?

— Uhum. Até amanhã.

— Mas me liga se você escorregar e cair naquele gigantesco pa...

— Tchau!

Desligo na cara dela, sorrindo. Só a Sloane consegue me fazer chorar e rir em questão de segundos.

Que sorte é tê-la comigo. Tenho uma leve suspeita de que, todos esses anos, ela foi muito mais do que uma melhor amiga para mim.

Acho que ela salvou minha vida.

A campainha toca e me tira do meu devaneio. Pego um lenço da caixa na mesa de centro, limpo o nariz, passo a mão pelo cabelo e finjo ser uma adulta normal.

Quando chego à porta e espio pelo olho mágico, vejo um rapaz jovem que não conheço segurando um envelope.

Abro a porta e ele pergunta:

— Natalie Peterson?

— Sou eu.

— Oi. Meu nome é Josh Harris. Meu pai é dono dos apartamentos Thornwood na beira do lago.

Meu corpo paralisa. Paro de respirar. Meu sangue vira gelo.

David estava morando em Thornwood quando desapareceu.

— Sim?

É tudo que consigo dizer.

— Fizemos uma grande reforma recentemente. Mexemos no teto, em muita coisa interna. O último inverno foi pesado...

— E? — interrompo, em um tom mais alto.

— E achamos isso.

Josh me entrega o envelope.

De olhos arregalados, trêmula, olho para o envelope como se fosse uma bomba.

— Meu pai me contou o que aconteceu. Com você. Eu não morava aqui. Estava com minha mãe em Denver. Meus pais são divorciados, mas... — Ele parece tímido ao falar. Está claramente desconfortável. — Enfim, achamos esse envelope entre a parede e as caixas de correio do saguão. Elas são do tipo que abrem pela frente, sabe?

Ele está esperando que eu diga alguma coisa, mas perdi completamente a capacidade de falar.

Vejo meu nome e endereço na frente do envelope.

É a letra de David.

Acho que vou vomitar.

— Não sabemos o que aconteceu. A caixa estava bem mexida. Havia um espaço em um lado que havia começado a enferrujar e acho que... Acho que o envelope caiu na brecha e ficou preso. Encontramos quando fomos trocar as caixas.

Ele estende o envelope para mim. Estou estremecendo, aterrorizada.

Ao me ver paralisada, como uma louca, ele diz:

— Está... Tem seu nome e endereço.

— Tá, entendi. Só... um segundo — digo, sem fôlego.

Ele olha para um lado. Olha para o outro. Parece realmente arrependido de ter batido à minha porta.

— Desculpa. Me perdoa — digo, e então puxo o envelope da mão dele, dou meia-volta e corro para dentro, batendo a porta.

Eu me encosto nela, segurando o envelope com força e tentando respirar.

Alguns segundos depois, ouço a voz de Josh.

— Quer que eu... Quer que alguém esteja ao seu lado quando você abrir?

Preciso enfiar a mão na boca para controlar os soluços de choro.

Quando você acha que o mundo não passa de um monte de merda aleatória, a bondade de um completo estranho pega você de surpresa.

— Eu estou bem — digo, com uma voz tão trêmula que demonstra o quanto eu *não* estou bem. — Obrigada, Josh. Você é muito gentil. Obrigada.

— Ok, então. Boa sorte.

Ouço os passos se afastando até desaparecem.

Meus joelhos não conseguem mais aguentar o peso do meu corpo, então deslizo pela porta até o chão. Não sei por quanto tempo fico sentada, encarando o envelope nas minhas mãos suadas.

Está manchado. O papel está seco, levemente amarelado. Há um selo no canto superior direito: a bandeira dos Estados Unidos. Não passou por uma agência do correio, então não há uma data de quando David o colocou na caixa.

Mas deve ter sido um dia ou dois antes de ter desaparecido. Se tivesse sido antes, ele teria me perguntado se eu o recebi.

E por que ele me mandaria algo pelo correio, afinal? A gente se via todos os dias.

Viro o envelope lentamente. Com cuidado e reverência. Levo ao nariz, mas não há nenhum traço do cheiro de David. Passo os dedos no meu nome, escrito em tinta preta desbotada com sua letra precisa e inclinada.

Então solto um suspiro, viro de novo, passo um dedo pela aba onde a cola está enrugada e abro.

Uma chave prateada pesada cai na minha mão.

8

NAT

Fico olhando para a chave com o coração acelerado. É comum e nada memorável. Não há nada de especial nela.

Eu a viro. Do outro lado, no topo, está uma sequência de números: 30-01. Só.

Não há nenhum bilhete no envelope. Nada além dessa maldita chave prateada que poderia abrir qualquer coisa, desde uma porta até um cadeado. Não tem como saber.

Que porra é essa, David? O que é isso?

Depois de vários minutos paralisada e confusa, me levanto e vou até o notebook. Está na bancada da cozinha. Tenho que passar por cima de Mojo, adormecido no meio do chão.

Ligo o computador e pesquiso "Como identificar uma chave que encontrei".

Mais de 900 milhões de resultados.

A primeira página contém conselhos de chaveiros e fabricantes de chaves, além de imagens de diferentes tipos de chave. Clico nelas, mas não vejo nenhuma parecida com a minha. Os sites dos fabricantes também não ajudam.

Penso por um minuto e então me viro para abrir a gaveta da bagunça. Há uma cópia da chave da casa, do cadeado do barracão no quintal, do meu armário da academia, do carro e de um pequeno cofre no meu quarto onde guardo meus documentos, a escritura da casa e outros papéis importantes.

Nenhuma delas se parece com a chave do envelope.

Meu primeiro instinto é ligar para Sloane, mas como faz só dez minutos que afirmei que não iria mais depender tanto dela, me contenho.

Fico parada na cozinha, passando o polegar pela chave e pensando nas mil possibilidades.

David não era dado a extravagâncias. Não me enviaria uma chave pelo correio como parte de um jogo ou algo do tipo. Ele era sério, maduro, um adulto responsável. Talvez responsável demais, na verdade. Eu sempre brincava que ele tinha alma de gente velha.

Tínhamos dez anos de diferença, porém, às vezes, quando ele estava em um dia ruim, parecia que tínhamos cinquenta.

Ele era filho único e os pais dele haviam morrido em um acidente de carro pouco depois de ele se formar no ensino médio. David não tinha nenhuma família além de mim. Ele se mudou do Centro-Oeste para o lago Tahoe um ano antes de me conhecer e trabalhava com teleféricos no Resort Northstar. No verão, trabalhava como guia de passeios de barco no lago. Estava em ótima forma, era um atleta nato e adorava esportes ao ar livre. Fazia exercício sempre que podia.

Isso o ajudava a dormir melhor. Nos dias em que não conseguia malhar, ficava inquieto, andando de um lado para o outro como um animal em uma jaula.

Nessas noites, acordava de repente, tremendo e pingando suor.

Meu salário era melhor que o dele, mas isso não era um problema para nenhum de nós. Ele era bom em poupar e investir, e ambos éramos bem econômicos, então nos dávamos bem financeiramente. Meus pais deixaram a casa para mim quando se aposentaram e mudaram para o Arizona para morar em um condomínio com um campo de golfe, então eu tinha a sorte de não ter uma hipoteca para quitar.

Depois da nossa lua de mel, David viria morar comigo.

Obviamente, a vida tinha outros planos.

Quando ouço uma batida à porta, quase caio para trás. Mojo boceja e se vira.

A campainha toca e escuto uma voz vindo do outro lado da porta:

— Natalie? Você tá aí?

É o Chris.

Chris, que terminou comigo pelo telefone e agora está aparecendo aqui de surpresa, justamente quando estou em crise por causa de uma chave misteriosa que meu noivo desaparecido deixou para mim anos atrás.

Ele nunca foi bom de timing.

Quando abro a porta e o vejo ali, de uniforme, segurando o chapéu e com um sorriso tímido no rosto, sinto um aperto no coração. Já sei que essa não é uma conversa que quero ter.

— Oi.

— Oi, Nat. — Os olhos dele viajam por mim e seu sorriso fraqueja. — Tudo bem?

Policiais e sua maldita atenção aos detalhes. Apesar de ser um xerife e não um policial de verdade, ele tem a coisa dos sentidos aguçados. Aquela vigilância constante que o faz pensar que todo mundo está prestes a cometer um crime.

Meu rosto está seco, mas ele deve conseguir sentir o cheiro das lágrimas em mim.

— Tudo. E com você?

Sorrio para ele.

— Estou bem, obrigado. — Ele se mexe um pouco. — Só queria ver se você tá bem.

Eu me pergunto se a fofoqueira da Diane Myers o convenceu a fazer isso e arqueio as sobrancelhas.

— Sério? Por quê?

Ele olha para o chão por um instante, mordendo o lábio inferior.

Tem uma aparência jovem e adorável. Uma vibe meio Clark Kent nerd fofo, com óculos e covinha no queixo. Sinto uma leve pontada de arrependimento por nunca ter sentido nada real, porque ele seria um ótimo marido.

Mas não para mim.

Ele me olha, ainda com o queixo para baixo.

— Me senti mal por como terminamos no outro dia. Acho que fui meio babaca.

Ah. Isso. Já tinha esquecido.

— Que nada. Você foi um cavalheiro.

Ele me observa em silêncio por alguns segundos.

— Sério? Porque você parece estar chateada.

É impressionante como homens pressupõem que são a causa de qualquer emoção em uma mulher. Tenho certeza de que daqui a vinte anos, quando eu estiver na menopausa e lidando com ondas de calor, um idiota atrás de mim na fila do mercado vai achar que estou vermelha e suando porque ele é bonito demais.

— Esse é o fim de semana que costumo ficar chateada todo ano, Chris — digo, tentando não soar grosseira. — Ontem teria sido meu aniversário de casamento de cinco anos.

— Ah. Caralho. Eu não...

Ele arregala os olhos e me encara, surpreso.

— Relaxa. Estou bem, de verdade. Mas obrigada por vir. É muito legal da sua parte.

Chris está se contorcendo como se tivesse chutado o canto de uma mesa e quebrado o dedo do pé.

— Se eu soubesse que era esse fim de semana, tipo, *ontem*, eu não teria... Quer dizer, eu nunca... Porra. Que timing ruim.

— Você não sabia. Não morava aqui quando tudo aconteceu e eu nunca contei pra você. Então, por favor, para de se sentir mal com isso. Tá tudo bem, eu juro.

Ficamos parados, em um silêncio desconfortável, até ele perceber o envelope na minha mão.

Escondo-o nas costas, engulo em seco e aperto a chave.

Ele olha de novo para mim com uma sobrancelha arqueada e sei que estou com uma expressão de culpa no rosto.

Merda.

— Eu estava... mexendo em algumas gavetas e achei essa chave, hum, acho que meus pais deixaram aqui. — Tento dar de ombros de um jeito inocente, mas devo parecer muito culpada. — Estava tentando descobrir para que serve.

— Você pode mandar uma foto e ver se eles a reconhecem.

— Boa ideia! Vou fazer isso. Obrigada.

— Deve ser a chave extra da casa. Você tem uma fechadura Kwikset de entrada. — Ele gesticula para a porta. — Suas chaves são todas padrão. Você já tentou?

— Não. Literalmente acabei de achar.

— Deixa eu tentar.

Ele estende a mão.

A menos que eu queira parecer estranha ou culpada, não tenho opção a não ser entregar a chave.

Ele a pega e olha com cuidado.

— Não. Não é da porta da frente.

— Ah. Ok. — Eu estendo a mão para pegá-la de novo. — Vou guardar de novo, então...

— É a chave de uma caixa de segurança.

Minha mão para no ar. Minha voz fica mais aguda e tensa quando pergunto:

— Uma caixa de segurança?

— Isso. Tipo aquelas de banco, sabe?

Meu coração acelera. É quase impossível não arrancar a chave da mão dele e bater a porta. Em vez disso, prendo uma mecha de cabelo atrás da orelha e tento fingir que não estou surtando por dentro.

— De banco. Hum. E como você sabe?

— Tenho uma igual. Mesmo tamanho e formato, com essa parte de cima quadrada. Até os números são os mesmos. — Ele ri. — Bom, não *exatamente* os mesmos. Esse é o número da caixa de segurança.

Estou tão impaciente para ele ir embora que tenho dificuldade de me concentrar e só faço um ruído de concordância tipo "Ah, que interessante".

— Deve ser o mesmo banco que eu uso. Wells Fargo. Talvez outra agência, quem sabe. Mas esse tipo de chave é padrão para a rede inteira.

Meu coração bate cada vez mais rápido.

David não tinha uma conta no Wells Fargo. Usava o Bank of America.

Mesmo se fosse possível alugar uma caixa em um banco onde você não tem conta... por que ele faria isso?

Chris me entrega a chave. Eu a pego e minha mente está a mil por hora.

— Ótimo, obrigada. Vou ligar pros meus pais e avisar que encontrei. Nem devem se lembrar dessa caixa. Quando se mudaram, meu pai não estava bem de saúde.

— Com certeza, é bom você avisar logo. Se a taxa de administração ficar pendente por muito tempo, o banco abre as caixas e coloca os itens em leilão ou entrega para o tesoureiro estadual. — Ele solta uma risadinha. — Quer dizer, se não for só um monte de fotos sensuais. Nesse caso, acho que só destroem tudo.

Não pergunto por que ele sabe todas as regras sobre caixas de segurança. Seria uma palestrinha de uns trinta minutos sobre o assunto. Só fico assentindo e fingindo estar impressionada e grata.

— Vou ligar pra eles agora mesmo. Obrigada mais uma vez, Chris. Bom te ver.

Estou prestes a fechar a porta quando ele fala de repente:

— Acho que cometi um erro.

Deus do Céu, por que você me odeia? Eu fiz alguma coisa? Você é contra vibradores ou algo assim?

— Pra ser sincero, achei que terminar com você iria, sei lá, abrir seu olho. Fazer você perceber que talvez não devesse subestimar o que a gente já tinha. A gente se dá muito bem.

Sim, é verdade. Também me dou bem com meu cachorro, com meu cabeleireiro gay e com a bibliotecária da escola que tem oitenta anos de idade. Mas também não tenho vontade de transar com nenhum deles.

— Acho você um cara incrível, Chris — digo, em um tom gentil. — É a pura verdade. Você tinha razão quando disse que eu estava vivendo no passado…

Ele fecha os olhos e suspira.

— Isso foi muito babaca da minha parte.

— … e eu não culpo você por não querer perder tempo com alguém tão… tão problemática. Pra ser sincera, estava pensando que você se daria muito bem com a minha amiga, Marybeth.

Ele abre os olhos e faz uma careta.

— A que parece Amish?

Preciso conversar com ela sobre o guarda-roupa da gata.

— Ela não é Amish. Ela é maravilhosa. É inteligente e gentil, e acho que vocês se dariam muito bem juntos. O que acha? Interessado?

Ele me lança um olhar estranho. Não consigo entender o motivo até ele responder:

— Não, Nat. Não estou interessado. Vim aqui dizer que ainda gosto de você e que foi um erro terminar.

Merda.

— Sinto muito. Hum, não sei o que dizer.

— Você pode dizer que vai jantar comigo hoje à noite.

Ficamos nos encarando em um silêncio desconfortável.

— Acho que não vai rolar.

— Amanhã, então. Terça. Você escolhe.

— Chris... — começo, em um tom gentil.

Antes que eu consiga terminar de falar, ele se aproxima e me beija.

Bom, tenta. No último segundo, consigo virar a cabeça, e os lábios dele tocam minha bochecha.

Recuo, mas Chris agarra meus ombros e não deixa eu me afastar. Ele me puxa para o peito e me prende.

— Me dá mais uma chance. — Ele sussurra no meu ouvido com uma voz rouca. — A gente vai devagar, como você quiser. Sei que você passou por muita coisa e eu quero estar aqui por você...

— Me solta, por favor.

— ... para o que você precisar. A gente tem uma conexão, Nat. Uma conexão muito especial...

— Chris, para com isso.

— ... e você precisa de alguém pra cuidar de você...

— Eu disse *me solta*!

Eu me debato contra o peito dele, começando a entrar em pânico e sentindo hematomas se formarem onde ele está me apertando, mas meu corpo congela quando ouço alguém falar:

— Tire as mãos dela, cara, senão vou arrancar elas fora.

É uma voz masculina, grave e assustadora.

Chris olha para trás e vê Kage a alguns passos de distância, encarando-o com o olhar frio de um assassino.

Surpreso, Chris se afasta.

— Quem é você?

Kage o ignora e se vira para mim.

— Você tá bem?

Eu abraço a mim mesma, me assentindo.

— Tudo bem.

Ele me olha de cima a baixo, em silêncio, o olhar severo e analítico à procura de uma prova de que não fui ferida. Em seguida, seu olhar gélido se volta para Chris.

— Você tem dois segundos para sair dessa varanda, senão nunca mais vai conseguir andar sozinho.

Chris ergue o queixo e infla o peito.

— Não sei quem você pensa que é, mas eu sou...

— Um homem morto, se não for embora daqui. *Agora.*

Chris olha para mim como quem pede ajuda, mas ele está na minha lista do ódio agora. Quando o encaro, balançando a cabeça, ele se volta para Kage de novo e o observa com cuidado, analisando os ombros fortes, os punhos cerrados e o semblante mortal. Por fim, decide ser sensato.

Pega o chapéu caído, coloca-o na cabeça e se vira para mim.

— Ligo pra você mais tarde.

Então ele vai embora.

Dobro o envelope duas vezes e o guardo junto à chave no bolso de trás.

— Você tem um efeito interessante nas pessoas, vizinho — digo, séria, enquanto assisto Chris correr até seu carro estacionado na rua. — Mesmo nas que andam armadas.

Ele se aproxima e sua mandíbula está tão tensa quanto seu olhar.

— Ele tem sorte de eu não ter arrancado a cabeça dele. Tem certeza de que você está bem?

Sorrio.

— E você diz que não é um príncipe encantado.

— Longe disso — diz ele, com a voz baixa. — Mas não é não.

— Ele é inofensivo.

— Todo homem é perigoso. Mesmo os inofensivos.

— Você tem uma péssima opinião sobre o próprio gênero, pelo visto.

Ele dá de ombros.

— É a testosterona. A droga mais mortal da natureza.

E a mais sexy. Todos os feromônios masculinos que ele exala estão me deixando tonta. Desvio o olhar, tímida.

— Estive pensando no que você disse. Ontem à noite. — Pigarreio. — Você sabe.

— Sei. E? — pergunta ele, com a voz mais grave.

— E... — Respiro fundo, reunindo coragem, e olho nos olhos dele. — Estou lisonjeada. Você deve ser o homem mais atraente que já vi na vida. Mas não estive com ninguém desde meu noivo e estou num momento difícil, então não acho que seria bom começar um caso com um estranho gostosão. Seria divertido e maravilhoso, mas não seria bom pra mim.

A gente se encara. Ele está com uma expressão séria e intensa no rosto, os olhos escuros fixos nos meus.

Quando estou prestes a começar a rir de nervosismo, ele murmura em resposta:

— Ok. Eu respeito sua decisão. Obrigado por ser sincera.

Por que estou suando? O que está acontecendo com meu coração? Estou tendo uma crise?

— Então vamos ser apenas vizinhos — digo, enxugando as mãos suadas na calça jeans.

Ele solta o ar, passa uma das mãos pelo cabelo e olha para sua casa.

— Não por muito tempo. Vou colocar a casa à venda em poucas semanas.

Não sei por que isso faz eu me sentir tão para baixo. Afinal, você não consegue usar o dinheiro lavado se não vender o imóvel que comprou para lavar o dinheiro.

Preciso refletir sobre por que essa informação sobre a lavagem de dinheiro não me incomoda.

— Vou embora hoje, de qualquer forma.

— Hoje? E o seu trabalho?

Ele volta os olhos para os meus. Vejo uma escuridão, desejo e segredos.

— Já acabei.

— Ah. — Fico tão murcha quanto um pneu furado. — Acho que isso é uma despedida, então.

— Acho que sim.

Estendo a mão.

— Foi interessante conhecer você, Kage.

Ele olha para minha mão por um segundo e sorri. Depois, pega minha mão e ri para si mesmo.

— Você continua usando essa palavra.

— É uma boa palavra.

— Justo. Foi interessante conhecer você também, Nat. Cuide-se.

— Pode deixar.

Kage fica em silêncio por um segundo, então diz:

— Espera.

Ele tira uma caneta do bolso interno da jaqueta e um cartão de visita do outro. Vira o cartão, escreve algo no verso e me entrega.

— Meu número. Caso você precise.

— Precise do quê?

— Qualquer coisa. Se seu teto vazar. Se tiver problemas com o carro. Se o policial Babacão tentar te beijar de novo e precisar levar uma surra.

— Você sabe lidar com telhados, então? — pergunto, tentando segurar um sorriso.

— Não tem nada com que eu não consiga lidar.

Ele mantém a expressão séria e um pouco melancólica ao dizer isso, como se a sua força viesse de um lugar de dor.

Tenho a estranha sensação de que Kage não teve uma vida fácil. E parece ter se conformado com a ideia de que isso nunca vai mudar.

Ou talvez sejam os meus hormônios dando pane por eu estar perto dele.

Ele se vira para ir embora, mas para quando eu digo:

— Espera!

Ele não se vira, apenas vira a cabeça para o lado para me ouvir melhor.

— Eu… Eu…

Foda-se. Corro até ele, agarro sua jaqueta, fico na ponta do pé e dou um beijo na sua bochecha.

— Obrigada.

A palavra sai sem eu pensar.

— Pelo quê? — diz ele, depois de um segundo de silêncio.

— Por me fazer sentir algo. Fazia muito tempo que isso não acontecia. Não sabia que ainda era possível.

Ele me encara. Segura meu rosto com a mão gigante e passa o polegar lentamente pela minha bochecha. Inspira devagar, e seu peito enche. As sobrancelhas franzem até formar uma expressão de dor.

Em seguida, ele solta o ar, tira a mão do meu rosto e vai para casa sem dizer mais nada. Bate a porta ao entrar.

Cinco segundos depois, ouço o *tum tum tum* dos punhos no saco de pancadas.

9

KAGE

Se comunicar com alguém preso em uma penitenciária federal é complexo.

Os presidiários não podem receber ligações. Todas precisam partir de dentro e serem feitas a cobrar. Celulares não aceitam ligações a cobrar, então as chamadas precisam ser direcionadas a telefones fixos.

Ou seja, alguém precisa estar presente para atender a ligação. Ou seja, é necessário combinar um horário com antecedência.

A duração da chamada é limitada, não pode passar de quinze minutos. Quando o tempo acaba, a ligação é encerrada sem aviso algum. O detento não pode ligar de novo.

Manter a comunicação privada é ainda mais difícil.

Os guardas escutam tudo. Ficam próximos da área de visitação, observando com atenção. Monitoram todas as cartas que entram e saem; o mesmo vale para e-mails, que são de uso restrito e somente em circunstâncias especiais. Depois são examinados, palavra por palavra.

Em suma, se comunicar com alguém em uma penitenciária federal é uma merda.

A menos que o detento tenha subornado todo mundo no sistema carcerário para ter privilégios.

E pagado bem.

— Resolveu tudo?

A voz do outro lado da ligação é masculina, rouca e com um sotaque carregado. Max fuma dois maços de cigarro por dia, desde que o conheci, e isso fica óbvio na sua voz e no seu rosto. Os dentes também não ajudam.

— Resolvi.

Em uma palavra, conto a mentira mais perigosa da minha vida. Max já mandou matar pessoas por muito menos.

Sei disso porque fui eu quem apertou o gatilho.

Ele resmunga.

— Que bom. Não gosto de pontas soltas. Ela sabe de alguma coisa?

— Não. Não sabia de nada. Teria me dito se soubesse.

A risada dele é grave e sem humor.

— Por isso que eu mandei você pra fazer esse trabalho. Todo mundo fala quando é você quem faz as perguntas.

É verdade. Sou o melhor no que faço.

Geralmente esse tipo de elogio me dá uma certa satisfação, talvez até orgulho. Porém, hoje, me deprime.

Não preciso tentar adivinhar por que: sei qual é a razão.

A razão tem cabelos escuros como a noite, lábios vermelhos carnudos e olhos da cor do mar em dia de tempestade, um azul acinzentado e turbulento. A razão é doce e engraçada, esperta e sexy. Sincera. Corajosa.

E muito mais forte do que ela acha.

Desde a primeira vez que a vi, levei um soco no estômago. Ao menos foi assim que me senti.

— *Obrigada.*

— *Pelo quê?*

— *Por me fazer sentir algo. Fazia muito tempo que isso não acontecia. Não sabia que ainda era possível.*

Aqueles dez segundos mexeram mais comigo do que tudo que vivi nos últimos anos. Décadas. Estão marcados na minha mente. Nos meus ouvidos. No meu coração.

Não achei que ainda tinha coração, mas, pelo visto, tenho. Aquele vazio no meu peito voltou a ser preenchido por batidas fortes.

Por causa dela.

— Vou atrás das outras pistas. Aviso quando achar alguma coisa.

— Boa. Kage?

— Sim, chefe?

— *Ia rasstchityvaiu na vas.*

Estou contando com você.

— *Ia znaiu.*

Eu sei.

Fecho os olhos e imagino o rosto de Nat.

Se alguém descobrir que não terminei o trabalho que vim fazer aqui, nós dois estamos mortos.

10

NAT

Não consigo dormir. Passo a noite me virando na cama, inquieta, atormentada por pensamentos sombrios sobre o que pode estar na caixa de David e o motivo de ele não ter me contado sobre isso e ter se dado ao trabalho de me mandar a chave pelo correio em vez de entregá-la pessoalmente.

O mais estranho de tudo é não ter nem um bilhete explicando.

Tipo, eu devia simplesmente adivinhar? Se Chris não tivesse me dado a dica, não sei como eu iria identificar a chave.

É um mistério inquietante. E já tive mistérios o bastante na minha vida, muito obrigada.

Para completar, não consigo parar de pensar em Kage.

Um cobrador de dívidas? O que é isso, afinal?

Não sei se quero descobrir. Parte de mim quer saber, mas outra parte — a parte mais sábia — me diz para manter distância.

Ele se foi, então não importa.

Ouvi o barulho do carro dele ontem à noite e, pela janela da cozinha, observei as lanternas traseiras até ele virar a esquina e sumir de vista. Naquele momento, percebi que não sei de onde ele veio nem para onde vai, nem por que eu deveria me importar.

Bom, não me importo.

Acho.

Aguentar as aulas de segunda-feira é um inferno. Não tiro os olhos do relógio, contando os segundos para ir embora e ir direto ao banco.

Há apenas uma agência da Wells Fargo na cidade, então pelo menos não preciso sair rodando o estado inteiro para encontrar a certa. Esse não é o problema.

O problema é ter acesso à caixa de segurança.

David e eu não éramos oficialmente casados quando ele desapareceu. Tínhamos nossa licença de casamento, mas é necessário ter uma cerimônia realizada por uma pessoa habilitada para ser oficial.

Como sou apenas noiva e não esposa, não vou ter acesso à conta a menos que esteja no meu nome. O que não é o caso, porque eu teria que estar presente e apresentar um documento de identidade quando ele assinou o contrato.

De acordo com o Google.

Outro problema é a falta de um certificado de óbito.

Apesar de David ser considerado morto de acordo com a lei estadual, porque sumiu há cinco anos, não há um certificado de óbito. Nem posso entrar com um pedido legal. Apenas um cônjuge, pai, mãe ou filho pode fazer isso, e não sou nada disso.

Se eu tivesse um certificado, *talvez* conseguisse convencer um funcionário empático do banco a me deixar acessar a caixa, ainda mais se eu mostrasse a licença de casamento.

Ainda mais se a pessoa morasse na cidade há mais de cinco anos. Ninguém falou de outra coisa por meses.

Com certeza eu ganharia pontos de empatia.

Além disso, David não deixou um testamento, então não sou a executora dos seus bens… não que ele tenha deixado bens. David tinha menos de dois mil dólares na conta quando sumiu. Não havia nenhuma propriedade no nome dele. Os poucos investimentos que fizemos estavam no meu nome em uma corretora. O plano era colocá-lo como beneficiário em todas as minhas contas depois da lua de mel, mas isso não aconteceu, por motivos óbvios.

Logo, não sou esposa, nem família, nem executora. Não sou nada.

Mesmo assim, vou tentar.

Às dez para as quatro da tarde, estaciono perto do banco, desligo o motor do carro e olho fixamente para as portas de vidro da entrada enquanto faço um discurso motivacional para mim mesma mentalmente. Não tenho conta no Wells Fargo, então não tenho nenhum contato no banco, nenhum gerente de conta amigável ou atendente de caixa conhecido com quem poderia falar. Estou indo às cegas.

Ao passar pelas portas, paro por um instante e tento encontrar um rosto familiar entre os atendentes. Há três pessoas, mas não reconheço ninguém. Decido me aproximar da atendente jovem, ruiva e com um sorriso amigável.

Sei que vou para o inferno quando desejo que ela tenha uma vida amorosa trágica e sinta pena de mim quando eu contar minha triste história.

— Boa tarde! Como posso ajudar?

— Preciso acessar essa caixa, por favor.

— Claro. Só preciso checar a assinatura. Qual é o nome do signatário da conta?

— David Smith — digo, sorrindo.

— Só um segundo, por favor. — Animada, ela digita no teclado do computador. — Aqui está. David Smith e Natalie Peterson. — Ela olha para mim. — Presumo que seja você.

Meu coração acelera. *Estou registrada na conta. Como isso é possível? Talvez o Google tenha errado.*

— Sim, sou eu.

— Só preciso checar sua identidade, por favor.

Abro a bolsa, pego a carteira e entrego minha carteira de motorista, torcendo para que ela não perceba o quanto estou tremendo.

Se ela nota, não diz nada. O sorriso animado continua em seu rosto.

Ela segura minha habilitação ao lado da tela do computador e assente.

— Aham, é você mesmo. Nossa, como eu queria ter o seu cabelo. Até sua foto da carteira de motorista está bonita. Eu pareço um cadáver na minha.

O banco tem uma cópia da minha habilitação.

David a pegou na minha carteira e abriu a conta sem me falar nada.

O que caralhos está acontecendo?

Quando ela me devolve o documento, pergunto:

— Minha prima quer alugar uma caixa de segurança também. O que ela precisa fazer?

— Só precisa trazer dois documentos de identidade, assinar o contrato e pagar o depósito da chave e o primeiro ano do aluguel. O valor das caixas menores é cinquenta e cinco dólares por ano.

— Ela quer colocar a mãe como signatária também. A mãe precisa vir pessoalmente ou minha prima pode só colocar o nome dela?

A atendente balança a cabeça.

— Todos os signatários precisam estar presentes na abertura da conta, assinar e apresentar dois documentos com foto.

Então o Google tinha razão.

— Ótimo. Vou dizer pra ela.

— Aqui está o meu cartão — diz ela, sorrindo. — Fala para ela perguntar por mim quando vier, e eu resolvo tudo. Venha, por favor, vou te levar até a sala das caixas.

Coloco a carteira na bolsa e sigo a atendente do outro lado do balcão. Ela aperta um botão ao lado da bancada. A porta abre com um clique suave.

Fico feliz de ter passado mais desodorante do que o normal de manhã. Eu a sigo por um corredor cheio de escritórios, e em seguida entramos em outro.

— Aqui está.

Ela abre uma porta. Entramos em uma antessala com painéis de madeira. Ela pega um molho de chaves de um chaveiro preso no cinto. Destranca outra porta e finalmente entramos na sala das caixas de segurança.

É um cômodo retangular comprido, com três paredes completamente cobertas por caixas de metais de diferentes tamanhos. Encostada na única parede vazia, do outro lado da sala, está uma mesa de madeira vazia e algumas cadeiras de rodinha.

A sala está congelante, mas não é por isso que estou tremendo.

— Número da caixa, por favor?

Mexo na bolsa, encontro a chave e leio os números. A atendente vai até o outro lado da sala, para em frente a uma das caixas, usa outra chave do molho e puxa uma caixa de madeira comprida de dentro.

— Fique à vontade — diz ela, colocando a caixa de madeira na mesa. — Quando terminar, aperte aquele botão e eu volto para trancar tudo.

Ela gesticula para o botão vermelho em uma placa de metal ao lado da porta. Em seguida, vai embora, levando consigo o resto da minha compostura.

Eu me jogo na cadeira, largo a bolsa no chão e encaro a caixa de madeira na mesa à minha frente. Fecho os olhos e respiro fundo.

Dinheiro? Ouro? Diamantes? O que as pessoas guardam em caixas secretas?

O que o David guardou?

— Só tem um jeito de descobrir — sussurro.

Encaixo a chave na fechadura.

Minhas mãos tremem tanto que preciso de três tentativas para abrir a tampa. Quando finalmente consigo tirá-la, solto um longo e profundo suspiro.

O interior da caixa é simples. Dobradiças de metal. Comum, como a chave. Não sei dizer o que estava esperando, mas não era isso.

A única coisa ali é um envelope.

Um envelope branco simples, idêntico ao outro, que guardava a chave.

Se tiver outra chave dentro, vou surtar.

Porém, quando o pego, percebo que não há chave alguma ali. O peso é diferente. Leve. Passo os dedos pela aba e tiro uma folha de papel.

É uma carta, dobrada três vezes.

Engulo em seco, emocionada. Meu corpo treme quando abro a carta e começo a ler.

Nat,

Eu te amo. Primeiro de tudo, lembre-se disso. Você é a única coisa boa na minha vida, e agradeço a Deus todos os dias por você e seu lindo sorriso.

Amanhã vamos nos casar. Não importa o que aconteça depois, esse vai ser o dia mais feliz da minha vida. Ter você como esposa é um privilégio que não mereço, mas pelo qual sou muito grato.

Sei que temos muitas aventuras pela frente, e mal posso esperar para viver todas elas com você. Você me inspira de tantas formas. Sempre fiquei impressionado com sua beleza, seu coração, sua bondade e seu talento. Espero que saiba o quanto admiro você.

O quanto apoio você e sua arte.

Você me disse uma vez que se encontra na arte. Disse que, quando se sente perdida, se encontra nas suas pinturas.

Minha bela Natalie, espero que você me encontre lá também.

Nunca deixe de pintar ou olhar para o mundo sob suas lentes de artista. Espero que nossos filhos puxem isso de você. Espero que nosso futuro seja tão perfeito quanto nossas vidas têm sido até agora.

Acima de tudo, quero que você saiba o quanto te amo. Nenhum homem nunca amou tanto uma mulher.

Com todo o meu amor, para sempre,
David

Com a visão turva, encaro o papel balançando na minha mão trêmula. Então começo a soluçar e deixo o rosto cair na mesa.

Demoro muito tempo até conseguir me levantar.

Antes de sair do banco, pergunto à atendente que me ajudou se posso checar o saldo das contas, corrente e poupança. Confusa, ela diz que não temos nenhuma conta.

Então David só tinha um segredo. Um segredo estranho e desnecessário. Uma caixa de segurança, em um banco onde ele não tinha uma conta, com uma carta para mim que poderia ter me entregado antes, me poupando de todo esse trabalho.

Quando chego em casa e ligo para Sloane, ela fica tão confusa quanto eu.

— Não consigo entender. Por que enviar a chave pelo correio?

Estou deitada de costas no sofá. Mojo está jogado em cima de mim como um cobertor, com o focinho nas minhas canelas, balançando o rabo peludo no meu rosto. Estou tão emocionalmente exausta que poderia dormir por uma década inteira.

— Vai saber... — digo, cansada, esfregando os olhos. — A questão é: por que você acha que ele se daria ao trabalho de convencer um funcionário do banco a alugar uma caixa sem a minha presença? Parece suspeito.

— Aquele homem conseguia convencer qualquer pessoa a fazer qualquer coisa. — O tom dela é seco. — Um olhar e pronto.

É verdade. David era introvertido, mas tinha uma habilidade única. Um charme imperceptível. Um jeito de fazer você se sentir *especial*, como se soubesse todos os seus segredos, mas jamais fosse contar para ninguém.

— Você vai mostrar a carta pra polícia?

— Pff. Pra quê? Aqueles detetives não eram grande coisa. E eu ainda acho que aquela policial assustadora desconfiava que eu tinha algo a ver com o sumiço do David. Lembra como ela me ficava me olhando e perguntando se eu tinha *certeza* de que não estava esquecendo de contar algo?

— Verdade. Certeza que ela achava que você tinha enterrado o corpo dele no quintal.

Suspiro ao pensar no assunto.

— Não há nada na carta que ajude com a busca. Minha pergunta é... por quê?

— Por que uma caixa de segurança para guardar apenas uma carta?

— Isso.

Ela reflete por um instante.

— Bom, pensando bem, depois que você e o David se casassem, teriam vários tipos de papéis importantes pra guardar lá. Certidão de casamento, de nascimento, passaportes e tal.

— Acho que sim. Só comprei meu cofre depois.

Depois de ele desaparecer, no caso. Depois de a minha vida acabar. Depois do meu coração parar de bater para sempre.

A lembrança de Kage olhando para mim do outro lado da mesa no Michael's me faz perceber que não foi para sempre, afinal. Eu não imaginava, mas pelo visto ainda tenho um resto de vida aqui dentro.

Kage. Quem é você?

— É, então é isso — diz Sloane. — Era pra ser uma surpresa.

— David *odiava* surpresas. Não gostava nem quando dava a volta na casa e eu aparecia do nada. Levava o maior susto.

— Essa surpresa não era pra ele. Era pra você. E se tem alguém que acharia que uma caixa de segurança em um banco seria uma boa surpresa pra esposa, esse alguém é o David. Ele tinha a alma de um contador.

Isso me faz sorrir.

— Tinha mesmo.

— Lembra daquela vez que ele te deu uma carteira de aniversário?

— Com o cupom de vinte por cento de desconto pra uma massagem nos pés? Como se eu pudesse esquecer.

Rimos juntas e então ficamos em silêncio. Depois de alguns segundos, eu digo:

— Sloane?

— Oi, amiga.

— Você acha que sou um caso perdido?

— Não. Acho que você é uma mulher foda que passou por um monte de merda pela qual ninguém devia ter que passar. — A resposta dela é firme. — Mas são águas passadas. Vai dar tudo certo.

— Promete?

— Prometo.

Espero que ela tenha razão.

— Ok. Se você diz, eu acredito.

— Há anos que eu digo pra você me ouvir, bobona. Sou muito mais inteligente do que você.

Solto uma risada.

— Você não é nem um pouquinho mais inteligente do que eu.

— Sou, sim.

— Não é, não.

Ela responde com uma leve arrogância na voz.

— Sou, sim, e tenho provas.

— Mal posso esperar para ouvir essa — murmuro.

— Vossa Excelência, gostaria de apresentar para o tribunal a seguinte prova irrefutável: a vagina da acusada.

— Que maravilha — digo, bufando. — Você tem imagens pra ilustrar essa prova?

Ela ignora meu comentário e continua:

— A acusada tem atacado incessantemente a prova com aparelhos de prazer pessoal no nível máximo desde que conheceu Kage... sei lá qual é o sobrenome. Alguma objeção?

— Por que a obsessão com minha vagina? — pergunto, frustrada.

— Foi o que eu pensei — responde ela, ainda mais arrogante agora.

— Pra sua informação, advogada, não usei nenhum aparelho movido à pilha desde que conheci o homem.

— Sei. Só os dedos, então?

— Cala a boca, ridícula.

— Sinto muito, mas não vai se livrar tão fácil de mim.

— Por que toda ligação termina com você me fazendo querer pular de um prédio bem alto?

Ela ri.

— Isso é o amor, amiga. Se não dói, não é de verdade.

Engraçado como um comentário aleatório pode, no futuro, soar como uma profecia sinistra e acabar se tornando realidade.

11

NAT

Um mês se passa. Depois outro. Depois o Dia de Ação de Graças. Me mantenho ocupada com meu trabalho durante o dia e com Sloane, Mojo e minha arte à noite.

Voltei a pintar. Não as paisagens minuciosas que costumava fazer, mas imagens abstratas. Manchas de tinta na tela, grandes e violentas, emotivas e livres. As paisagens são o que vejo, mas as pinturas de agora... essas são o que eu *sinto*.

Não vou mostrá-las para ninguém. Estão mais para um vômito espiritual do que arte. Presumo que seja só uma fase, mas, por enquanto, estou curtindo.

É bem mais barato do que terapia. Funciona melhor também.

A carta de David mexeu comigo por um tempo, mas agora que dezembro começou, sinto que cheguei a um ponto em que me sinto grata por ter tido esse último contato. Uma última carta do além.

Finalmente aceitei que ele não vai voltar.

Sloane tinha razão: ele sofreu um acidente. Saiu para fazer trilha de manhã e tropeçou. As trilhas são difíceis e o terreno é íngreme. Os cânions da Serra Nevada surgiram pelo deslocamento de geleiras contra o granito, e alguns têm mais de mil metros de altura.

Nenhum nível de experiência ao ar livre poderia salvá-lo da trilha de pedras estreita que se desfez aos seus pés e cedeu, jogando-o no abismo.

Não há outra explicação lógica.

Demorei cinco anos para aceitar, mas agora que aceitei, sinto… Bom, não me sinto em paz. Não sei se algum dia vou me sentir em paz. Mas talvez aceite o que aconteceu. Talvez me sinta grata.

Grata por tudo que vivemos juntos, mesmo que não tenha sido para a vida toda.

Não para a minha, no caso.

E, mesmo que às vezes eu tenha a sensação de que alguém está me observando, penso que é um anjo da guarda, me protegendo lá de cima.

A única alternativa é que estou ficando paranoica, e não estou pronta para lidar com isso.

Minha campainha toca às seis da tarde, duas semanas antes do Natal. Está escuro lá fora, a neve cai devagar e não estou esperando ninguém, então levo um susto.

Também estou prestes a tirar uns biscoitos do forno. Um minuto e vão estar no ponto, dois minutos e vão virar torrada. O fogão é o mesmo desde que a casa foi construída nos anos 1960, e tenho certeza de que é possuído.

Corro até a porta, tirando as luvas. Quando a abro, estou distraída e olhando para baixo, então a primeira coisa que vejo são as botas pretas gigantes cobertas de neve.

Olho para cima e vejo mais preto: jeans, camiseta e casaco de lã com a gola levantada. Os olhos que me observam não chegam a ser pretos, mas o olhar é brilhante e sombrio.

Kage.

Meu coração dá um pulo.

— *Você.*

— Sim. Eu.

A voz dele continua aquele murmúrio baixo e delicioso, uma carícia na minha pele. Esse homem devia investir na carreira de DJ de uma estação de rádio pornô, se é que isso existe.

Fico parada, encarando-o como uma louca, até ele dizer:

— Você deixou suas luvas caírem.

É verdade. Chocada por voltar a vê-lo, deixei cair minhas luvas de Natal com o Papai Noel e as renas, que agora estão largadas no batente da porta entre nós.

Pelo menos não engoli a língua.

Antes que eu consiga me recuperar do choque, ele se abaixa, pega as luvas com as mãos gigantes e se levanta. Porém, não as entrega para mim. Fica as segurando como se fossem algo especial, de que só vai abrir mão pelo preço certo.

— Você voltou — digo. — Quer dizer, você tá aqui. O que tá fazendo aqui?

Não é algo muito amistoso de se dizer, mas realmente achei que nunca mais o veria. Achei que nunca mais teria que lidar com os hormônios histéricos que gritam quando ele aparece do nada.

— Tive um trabalho em Las Vegas — diz ele, me encarando. — Pensei em aproveitar a viagem para dar um oi. Acabei de chegar.

— Aproveitar a viagem? Vegas fica a oito horas de carro daqui.

— Vim de avião.

— Ah. Achei ter ouvido falar que cancelaram voos entre Reno e o aeroporto de Tahoe por causa do clima.

— Cancelaram, sim. Mas não o meu.

Ele me olha com tanta intensidade que meu coração parece explodir.

— Por que não o seu?

— Eu estava pilotando o avião. Ignorei o pedido para mudar de rota.

Eu o encaro, incrédula.

— Você é piloto de avião?

— Sou.

— Você disse que era cobrador de dívidas.

— Eu sou.

— Estou confusa.

— Eu sou várias coisas. Não importa. A questão é que eu fiquei longe o máximo que pude. Um pouco de neve não iria atrapalhar meus planos de vir aqui.

Sinto um pico de eletricidade correr pelo meu corpo.

Queria fingir não saber do que ele está falando, mas sei.

Esse homem atraente e estranho acabou de me informar que ele pensou sobre mim tanto quanto pensei nele, que tentou resistir à vontade de voltar para cá e que acha que isso é uma má ideia, por algum motivo, mas cedeu mesmo assim.

A gente se encara até eu recuperar os sentidos e convidá-lo a entrar.

Fecho a porta. A sala parece menor com Kage aqui, afinal, ele é muito *grande*. Eu me pergunto se ele tem que comprar móveis sob medida. E roupas. E camisinhas.

Melhor não pensar sobre isso.

Estamos cara a cara no meu pequeno saguão, que parece ainda menor graças ao corpo imenso dele, e ficamos nos observando.

— Acho que tem algo queimando — diz ele, por fim.

— É meu cérebro pensando. Você nunca colocou a casa à venda.

— Não.

— Você disse que iria colocar à venda algumas semanas depois de ir embora.

— Disse.

— O que aconteceu?

— Você.

Com certeza ele consegue me ouvir engolir em seco. Tento fazer as mãos pararem de tremer, mas é inútil.

— Você nunca ligou — diz ele.

— Meu teto não teve vazamentos.

A sombra de um sorriso surge no canto dos lábios dele e desaparece antes de ele voltar a falar.

— O que aconteceu com o policial Babacão?

— Não nos falamos desde aquele dia em que você quase arrancou a cabeça dele. — Pauso por um instante. — Eu já agradeci por aquilo?

— Não precisa agradecer. É o trabalho de um homem proteger... — Ele se interrompe de repente e murmura: — Merda. — Em seguida, desvia o olhar e diz: — É melhor eu ir embora.

Ele está desconfortável. Nunca o vi desconfortável.

É estranhamente atraente.

— Você não pode aparecer do nada e ir embora dez segundos depois — digo baixinho. — Fica pelo menos pra comer um biscoito.

O olhar dele encontra o meu, agora mais intenso.

— Não quero prender você.

Ele fala como se fosse exatamente o que queria fazer: *me prender*.

Se meu rosto ficar mais vermelho, ele vai achar que eu estou tendo um AVC.

— Você está fazendo biscoitos? — pergunta ele, mudando de assunto.

— É. Bom, agora já devem estar parecendo carvão, porque meu forno é uma merda, mas tenho outra leva pronta para assar.

— Você faz *biscoitos*?

Franzo o cenho para ele, irritada com o comentário.

— Por que a surpresa? Eu pareço incapaz de operar um eletrodoméstico?

— Nunca conheci uma mulher bonita que fizesse doces.

Isso me irrita ainda mais. Primeiro: não gosto de elogios ambíguos. Segundo: fazer biscoitos e doces não tem nada a ver com a beleza de uma mulher. Terceiro: ele fala como se mulheres bonitas se jogassem aos pés dele o tempo todo.

E devem se jogar mesmo, mas essa não é a questão. Não gosto de imaginar essa cena.

— E eu nunca conheci um cobrador de dívidas de dois metros e meio de altura que lava dinheiro com imóveis e pilota aviões no meio de tempestades de neve, então dá na mesma — retruco, em um tom seco.

Ele sorri. Perco o fôlego.

— Dois metros. Você é ciumenta?

Penso por um segundo.

— Não sei. Um homem nunca fez algo que me deixou com ciúmes. Você é do tipo que gosta de flertar com outras mulheres pra enlouquecer as namoradas?

Na pausa que ele faz antes de responder, sinto um tom sombrio.

— Não tenho namoradas.

Como estamos tão perto um do outro? Não lembro de me mexer, mas meus pés devem ter vontade própria porque, de repente, estamos a poucos centímetros de distância.

Bendito Espírito do Natal Passado, que homem cheiroso!

— Você é casado?

Meu coração bate frenético.

Ele olha minha boca ao responder:

— Você sabe que não.

Sim, já falamos disso, mas eu queria ter certeza de que ele não arranjou uma sra. Alfa Perigosa desde a última vez em que nos vimos, há alguns meses.

— Ocupado demais com o trabalho?

— Algo assim.

— Hum. Então é do tipo que pega e vai embora?

Ele levanta os olhos devagar, analisando meus traços, até nossos olhares se encontrarem.

É como se eu tivesse sido ligada na tomada.

Com uma voz rouca, ele diz:

— Nenhuma ficada. Nenhuma namorada. Nada desde a primeira vez que vi você.

A gente se encara em um silêncio ensurdecedor até o detector de fumaça começar a apitar.

Como meus nervos estão à flor da pele, me assusto com o barulho e corro até a cozinha. Está cheia de fumaça. Tossindo, abro a porta do forno e abano o ar para dissipar a fumaça.

Atrás de mim, ouço Kage dizer:

— Sai daí.

Ele joga o casaco em uma cadeira da cozinha e põe as luvas. A camiseta preta de manga curta realça tanto sua incrível coleção de tatuagens e músculos que preciso me lembrar de desviar o olhar para ele não me pegar babando.

Dou um passo para o lado e deixo que ele tire a forma cheia de biscoitos queimados do forno demoníaco. Depois, assisto admirada enquanto ele fecha a porta do forno com calma, liga a coifa e coloca a forma em cima do fogão.

— Lixo?

— Debaixo da pia.

Enquanto a fumaça é sugada pela ventilação, ele abre o armário debaixo da pia, puxa a lata de lixo e pega uma espátula do pote de utensílios na bancada. Raspa todos os biscoitos queimados do papel-manteiga e os joga no lixo.

— Você devia usar papel alumínio na forma. Fica mais fácil de limpar depois.

Talvez ele assista a programas de culinária quando não está batendo em um saco de pancadas, voando em meio a tempestades ou sendo absurdamente sexy.

— Obrigada, Gordon Ramsay. Vou lembrar disso da próxima vez — respondo, seca.

Ele para por um segundo em frente ao lixo, coloca a forma vazia de volta no forno, tira as luvas, joga-as na bancada e se vira para mim.

— Me interromper é uma das coisas que pode me fazer colocar você no meu colo, linda — diz ele, baixinho, ao se aproximar. — Sarcasmo é outra coisa.

Ele olha para minha boca e umedece os lábios.

É possível desmaiar em pé?

Nervosa e excitada ao mesmo tempo, recuo até minha bunda bater na mesa da cozinha. Fico parada, de olhos arregalados. Ele se aproxima mais até nossos narizes quase se tocarem e eu só ver seus olhos.

Ele fica quieto. Esperando. Quente como uma fogueira.

— Bom, ele é um chefe com uma estrela Michelin — digo. — Então é meio que um elogio.

Ao perceber meu nervosismo, ele murmura em resposta:

— Por favor, não tenha medo de mim. Eu disse que nunca vou machucar você. E é verdade.

Parece que acabei de correr uma maratona, então é difícil responder.

— Não é medo. É nervosismo. Você é muito… — Não consigo pensar em uma boa descrição até me lembrar do que Sloane disse quando o conhecemos. — "Não domesticado."

Vejo um sorriso aparecer devagar.

— Isso, sim, é um elogio.

— É como minha amiga descreveu você naquela noite no Downrigger's, quando você disse que não era um príncipe encantado.

— A morena superconfiante?

— Ela mesma.

Ele inclina a cabeça e me analisa.

— Ela contou que deu em cima de mim quando você foi ao banheiro?

— Contou.

— E que eu não estava interessado?

— Sim. Pra falar a verdade, nenhuma de nós acreditou nisso.

— Ela é bonita. Mas há um monte de mulheres bonitas por aí. — Ele ergue a mão e toca minha bochecha. Sua voz fica mais suave. — Você é única.

Solto o ar com força e fecho os olhos.

— Você tá acabando comigo.

— Me manda ir embora e eu vou.

— Não faço ideia do que tá acontecendo.

— Faz, sim.

— Eu falei que um caso não seria algo bom para mim.

— Não quero um caso.

Quando abro os olhos, ele está me encarando com tanta intensidade que perco o fôlego.

— Quero tudo que você puder me dar, Natalie, por quanto tempo você quiser me dar.

Joelhos, não se atrevam a fraquejar agora.

— A gente mal se conhece — digo, em um tom desesperado que reflete como me sinto.

— A gente se conhece o bastante. E vai se conhecer melhor com o tempo.

Quando não respondo, ele continua:

— Mas você vai ter que dar o primeiro passo.

Eu pisco, devagar, certa de que a cena deve ser cômica.

— Espera aí. O quê?

— Você ouviu.

— Você não chama de "primeiro passo" tudo que me disse desde que eu abri a porta?

Ele sorri.

— Justo. Você vai ter que dar o segundo passo, então. Não vou te pressionar. Isso vai ser no seu ritmo, não no meu.

— *Isso* o quê?

— A gente.

Ele fala como se fosse uma certeza. Algo inevitável. Como se ele tivesse ido para o futuro, visto o que acontecia, e estivesse apenas esperando eu processar tudo.

Se tem algo que eu odeio é não ser valorizada. É sentir que alguém acha que estou garantida.

Eu o encaro firme e digo:

— Sinto muito se isso for um insulto pra você, Romeu, mas se sua arrogância fosse energia nuclear, poderia abastecer o mundo inteiro.

Um segundo se passa, e então ele joga a cabeça para trás, gargalhando.

Meu susto é tão grande que caio sentada à mesa da cozinha.

Ele ri sem parar, o peito largo arfando e as mãos segurando o estômago, até finalmente suspirar e olhar para mim enquanto balança a cabeça.

— Você é linda quando fica com raiva.

— Não me faça chutar sua canela. Só pra você saber, eu me irrito fácil.

Kage apoia os braços na mesa ao meu redor e me encara.

— Que bom. Quero que você seja sincera comigo. Que me fale quando eu passar do limite. Que brigue comigo, se precisar. Porque pode ter certeza de que eu não sou um homem fácil. Tenho certeza de que vou te irritar.

— Jura? Estou chocada — ironizo.

— Engraçadinha.

— Sempre. Acho que isso é algo que *você* precisa saber sobre *mim*. E, já que estamos sendo sinceros ou sei lá, não sei se eu gosto dessa coisa de "colocar você no meu colo". Não gosto da ideia de levar tapas.

— E se eu garantir que você vai gostar?

Controlo o impulso de revirar os olhos.

— Isso é o tipo de coisa que *todo* homem fala.

Ele mostra um sorriso perigoso.

— Vamos deixar de lado por enquanto. Mais alguma coisa que eu deva saber?

Os olhos dele estão cheios de desejo e não consigo me concentrar.

— Vou fazer uma lista.

Ele ri.

— Ótimo.

A gente se encara até ele aproximar a boca da minha orelha.

— Ainda tem meu número? — sussurra Kage.

— S-sim.

— Ótimo. Me liga.

Kage cheira meu pescoço e um gemido de prazer baixinho sobe pela garganta dele. Então, se endireita e pega o casaco da cadeira onde o deixou.

Ele vai embora tão rápido quanto chegou, fechando a porta ao passar.

Poucos minutos depois, quando Mojo aparece na cozinha, bocejando, ainda estou no mesmo lugar, sentindo as batidas do meu coração fazendo meu corpo vibrar e o toque suave dos lábios dele no meu pescoço se espalhando por toda parte.

12

NAT

No dia seguinte, ligo para Sloane na hora do almoço e conto a história toda. Quando termino, ela fica em silêncio por um tempo até eu ouvir um assovio devagar do outro lado da linha.

— Nossa. Esse cara é dos bons.

— O que você acha que eu devo fazer?

— Três palavras. A primeira é "transar", a segunda é "com" e a terceira é "ele".

— Muito sutil.

— Tá bom, então. O que *você* quer fazer?

Nervosa, me viro e ando pela sala dos professores. O sanduíche de peru que trouxe para almoçar está intacto na mesa. Nem sei por que preparei isso hoje de manhã. Devo ter achado que meu estômago já teria voltado ao normal a este ponto.

Mas não voltou. Kage consegue confundir meu corpo inteiro. Tenho certeza de que, se eu o ver nu, vou morrer de uma parada cardíaca na hora.

— É só que ele é... *demais* pra mim. Entende?

Ela faz um ruído de compreensão.

— E ele é tão misterioso — continuo. — Tão bonito. Deve ser o homem mais lindo que já vi na vida.

— Não é areia demais pro seu caminhãozinho, se é isso que você tá pensando. Você poderia pegar qualquer homem dessa cidade. Até os casados.

— Não sei por que você meteu adultério no meio disso, mas obrigada pelo elogio.

— O que eu quis dizer é que você é o tipo de mulher que faz os homens perderem o juízo. Poderia transformar o papa num ninfomaníaco.

— Você devia escrever romances.

— Estou falando sério. Essa vibe de menina-virgem-com-um-corpo--que-devia-ser-pecado. Os homens piram nessas coisas. Você está entre as dez fantasias sexuais mais comuns dos homens.

— Sinto muito cortar o seu barato, mas não sou virgem há mais tempo do que a Oprah saiu do ar.

— Não importa. Quantos pênis você já viu?

— Você sabe a resposta. E por que você fala como se tivesse uma lista das "dez fantasias sexuais mais comuns dos homens"?

— Porque eu tenho. Quer saber todas?

— Não — respondo, séria.

Ignorando minha resposta, ela começa a listar:

— A primeira é fazer um ménage, óbvio. Homens *aaaaaamam* isso, e amam ignorar o fato de que a maioria iria decepcionar duas mulheres em vez de uma. É uma fantasia de punheta certeira. Em seguida, tem exibicionismo, voyeurismo, virgens...

— Quando quiser voltar a falar da minha vida romântica inexistente, fica à vontade.

— ... encenar papéis, garganta profunda, amarrar ou vendar...

— Já foram dez? Tenho uma reunião depois do almoço e não posso me atrasar.

— ... tapas, dominação e anal.

Fico em silêncio por tanto tempo que Sloane pergunta:

— Você tá aí?

— Tô. É que essas três últimas...

— O quê?

Quase consigo imaginá-la se inclinando para a frente, segurando o celular com força.

— Tenho a impressão de que essas são as favoritas do Kage.

O suspiro de Sloane é baixo e empolgado.

— Ai, meu Deus. Eu sabia que ele era perfeito.

— Anal? Não, obrigada. Esse buraco é apenas para saída.

— Amiga, é *incrível.*

Duvido muito.

— Como você sabe que tá tendo um orgasmo com toda aquela dor de algo se rasgando?

Ela bufa.

— Não é pra deixar ele meter no seco, bobinha. Tem que lubrificar bem.

Um dos meus colegas de trabalho passa sorrindo e acenando para mim. Sorrio de volta, cruzando os dedos para que ninguém consiga ouvir a voz alta de Sloane. Já tenho problemas demais para resolver.

— Mudando de assunto — digo, falando ainda mais baixo. — Tapas? Como se eu fosse uma menina malcomportada? Parece bobo.

— Não vai parecer bobo quando estiver deitada no colo dele com a bunda ardendo e a boceta encharcada.

Não consigo me controlar e começo a rir.

— Pode rir à vontade, menina, porque eu te garanto que não vai rir quando ele te amarrar na cama e fizer maldades com você.

Resmungo e levo uma das mãos à testa.

— Isso é demais pra mim. Meu conceito de fetiche é deixar a luz acesa enquanto fazemos papai-mamãe.

— Argh. Eu sei. Que horror.

— Preciso ir. Minha reunião começa daqui a pouco.

— Happy hour hoje? Vou pro La Cantina com o Stavros e os amigos dele às cinco. Você devia chamar o Kage. Ver como esse cão de guarda se comporta perto de outros cães.

Estou prestes a recusar, mas, na verdade, é uma boa ideia.

Nunca vi Kage interagir com ninguém além de Chris, e aquela não foi a melhor das circunstâncias. Acho que posso aprender muito sobre ele com outras pessoas por perto. Como age, o que diz…

O que não diz.

— Beleza. Vou chamar ele. Mando mensagem se a gente for.

— Maravilha. Mal posso esperar pra ver você, amiga. E seu homem gostosão. Não me odeie se eu me vestir como uma piranha.

— Não seria você se não se vestisse.

Assim que desligamos, ligo para Kage.

Jamais admitiria isso para ele, mas decorei o número.

Passei mais tempo do que deveria encarando aquele cartão de visita que ele me deu com o número no verso. Na frente, estava o contato de um alfaiate de ternos de Manhattan.

Kage deve ficar incrível de terno. Espero nunca o ver usando um, senão todo o meu autocontrole vai por água abaixo em um piscar de olhos.

Um homem bonito usando um terno é a minha criptonita.

Após um toque, alguém atende sem dizer nada. Espero um instante, então digo, hesitante:

— Alô? Kage? É a Natalie.

— Você ligou.

A voz rouca dele carrega um tom surpreso e contente.

E eu achando que eu era previsível.

— É. Liguei. Oi.

Eu devia enfiar o meu sanduíche de peru na boca agora para me impedir de falar algo idiota. Sinto o impulso vindo à tona. Ele derrete meu cérebro, como um sorvete em dia de sol.

— Oi de volta. Estava pensando em você.

Calma, coração. Controle-se. Meu Deus, como sou ridícula.

— Ah, é? — pergunto, tentando fingir normalidade.

— É. Meu pau tá duro pra caralho.

Eeee meu rosto pega fogo. Maravilha. Vai ser ótimo ir para a reunião parecendo um pimentão amassado.

— Posso pedir um favor?

— O que quiser.

— Pode pegar mais leve com isso? Um milhão de vezes mais leve?

— Isso o quê?

— Com toda essa postura de macho. Me faz perder a linha de raciocínio.

Eu sinceramente não sei como responder ao uso da palavra "pau" cinco segundos depois de ter começado uma conversa. Ainda mais quando ela é seguida de "duro pra caralho". Devo ter perdido essa aula de etiqueta.

Depois de um curto silêncio, ele ri. É uma risada profunda, sincera e, em suma, maravilhosa.

— Você é engraçada.

— Isso é um "sim"?

— É um "sim". Perdão. É que você me deixa...

— Sei como é.

— Você não sabe o que eu ia dizer.

— Tenso? Nervoso? Fora de si? Confuso?

Outra pausa.

— Você sabia mesmo o que eu ia dizer.

— Eu sou boa nisso.

— Em ler mentes?

— Em identificar emoções. Fiz anos de terapia.

Paro de falar e fecho os olhos, balançando a cabeça para minha própria idiotice. Nunca tive esse tipo de problema com nenhum homem, mas com Kage, não confio na minha língua. Falo coisas idiotas o tempo todo.

— Esses anos te ajudaram?

Ele parece interessado, então respondo sinceramente:

— Não muito. Me sentia mal de qualquer forma, só tinha jeitos melhores de descrever tudo.

Ouço alguns barulhos do outro lado da ligação, como se ele estivesse se mexendo. Então o ouço suspirar.

— Sinto muito que você tenha passado por algo tão difícil.

— Ah, não. Por favor, não sinta pena de mim. A coisa que eu mais odeio no mundo é pena.

— Não é pena. É empatia.

— Acho que não é muito diferente.

— É, sim. A primeira é condescendência. A segunda é entender o que alguém está sentindo porque você já passou por algo similar. E não quer que mais ninguém sofra dessa forma. E queria poder fazer algo a respeito. — A voz dele fica mais baixa. — Eu queria poder fazer algo por você.

Sinto um aperto no peito que forma um nó na minha garganta. Depois de engolir em seco algumas vezes, digo baixinho:

— Nesse caso, obrigada.

Depois de alguns instantes em silêncio, ele murmura:

— Se não for um problema para você, eu gostaria de te beijar na próxima vez que te ver.

— Achei que eu tinha que dar o primeiro passo.

— Você deu. Você me ligou. Minha vez agora. O que me diz?

Gosto que ele esteja pedindo permissão. Não parece o tipo de homem que pede permissão para nada.

— Eu digo… talvez. Mas não posso garantir nada. Meus sentimentos por você são muito imprevisíveis. Posso querer te beijar e logo depois querer empurrar você na rua. Vamos dar um passo de cada vez.

Ele ri.

— Justo.

— Então… — Respiro fundo e tomo coragem. — O motivo de eu ter ligado é para saber se você tá livre hoje à noite.

Percebo a surpresa dele em meio ao silêncio.

— Você está me chamando para sair?

Eu resmungo.

— Me deixa, tá? Não sou boa com essas coisas.

— Não sei, não. Você parece muito boa. Parece até uma profissional.

Fico irritada com o tom brincalhão.

— Você tá me provocando?

— Um pouco, quem sabe?

— Bom, pode parar!

— Desculpa — diz ele, sem parecer nada arrependido. — Adoro provocar.

Congelo ao perceber a insinuação.

— A gente acabou de concordar em pegar leve nisso, não foi?

— Não sei do que você está falando — diz ele, inocente.

Aham, tá bom.

— Voltando. Você tá livre hoje?

— Não sei. Depende. Aonde você vai me levar? — pergunta, em um tom reflexivo.

Abaixo o celular, jogo a cabeça para trás e fecho os olhos por um instante. Então, levo-o de volta à orelha.

— O que aconteceu? Caiu a ligação?

— Tô aqui. Só tirei um momento pra sentir pena de todos os homens que já chamaram mulheres pra sair.

— Não é fácil se aventurar assim, né?

— É horrível. Não sei como vocês conseguem.

— Somos persistentes por natureza. — Ele abaixa a voz de novo. — No meu caso, incansável.

A sala dos professores está vazia. Acabou a hora do almoço e preciso ir para a reunião de equipe em dois minutos.

Não me importo.

— Já percebi. Logo depois de ter reparado que você tem a tendência de mudar em um piscar de olhos e deixar qualquer mulher zonza.

— É, mas já viu o tamanho dos meus bíceps? Me disseram que são impressionantes.

O tom de brincadeira na voz dele me faz inclinar a cabeça.

— Você tá flertando comigo?

— Você parece tão surpresa quanto eu fiquei quando descobri que você faz biscoitos.

— É que você muda de humor tanto quanto eu troco de sapatos. Nunca conheci alguém que fosse de intenso a bobo tão rápido.

— Bobo? — Ele soa enojado. — Nunca fui bobo na vida.

Machão demais, né?

— Demais. Como pode ver.

Não consigo deixar de rir, porque ele está flertando de novo. Não esperava conhecer um Kage tranquilo.

— Você tá de bom humor hoje.

— Você me ligou. Me chamou para sair. Está claramente vidrada nos meus vários atributos…

— Não exagera.

— … o que quer dizer que meu plano está funcionando perfeitamente.

— Que plano?

Ele muda de novo, indo de brincalhão a absurdamente sexy em um estalar de dedos.

— O plano de ter você para mim — rosna ele.

Decido que esse é um bom momento para me sentar. Afundo na cadeira e umedeço os lábios. As batidas do meu coração nos meus ouvidos são altas como ondas se chocando contra rochas.

— Você está calada.

— Só processando.

— Você já sabe que eu sou bem direto.

— O que eu não sabia é que não teria aviso algum. Nunca estou preparada. Estamos em um ritmo normal, falando como dois quase estranhos…

— Já passamos disso. Não somos estranhos.

— … e aí, do nada, *bum*! Christian Grey aparece e começa a estalar seu chicote de couro e me dar ordens.

Mais uma pausa.

— Não sei quem é esse tal de Christian Grey, mas acho que eu iria gostar dele.

É disso que tenho medo.

— Preciso falar uma coisa antes de sairmos juntos.

— Parece uma ameaça.

— É que você é intenso demais, Kage. Você é muito… provocante. Direto. — Minhas bochechas estão pegando fogo. — Sexual.

Ele espera e, quando não continuo, pergunta:

— E?

— E eu não sou assim.

Kage abaixa a voz:

— Não entendi se você está me dizendo que gosta disso ou que não gosta.

— Na verdade, é meio complicado. — Hesito, incerta do quanto devo revelar, mas decido que é tarde demais para desistir. Se eu não quisesse falar sobre o assunto, não devia ter comentado. — Pra ser sincera, eu gosto. As coisas que você fala me assustam, mas também…

— O quê? — A voz dele desce mais uma oitava.

— Me excitam — sussurro, com o coração acelerado.

Silêncio. Ouço a respiração dele. Soa diferente. Mais pesada.

— Preciso que você saiba que nunca vou te machucar. Preciso que você acredite nisso. Confie em mim, sem medo. Até isso acontecer, fica por sua conta. Você é quem manda. Você dita as regras. Tem minha palavra de que não vou fazer nada que você não me peça para fazer.

Fico hesitante ao pensar em ter que pedir para ele fazer alguma coisa.

— Viu, essa é a questão. Eu não… — *Seja madura, Natalie. Conte a verdade.* Com a voz tão estável quanto possível, continuo: — Não sei se consigo ser tão direta quanto você. Pra ser sincera, sou bem conservadora. — Pigarreio. — Na cama.

— Acha que eu não sei disso?

— É tão óbvio assim?

— O óbvio é que você é tão doce que eu quero te morder inteira. Se estiver preocupada em me decepcionar, não fique. Você é perfeita. Um tesão. Se não gostar de alguma coisa que eu disser ou fizer, é só me falar. Quero tudo às claras, porque não quero fazer algo sem querer que foda com tudo. Para isso, você vai ter que se comunicar comigo. Vai ter que falar, as coisas boas e as ruins. — Ele ri. — Algo que, até agora, você tem feito muito bem.

Estou sem fôlego, e a única coisa que consigo fazer é ficar sentada.

Preciso ir ao médico para checar meu condicionamento físico.

Kage deve perceber que não estou conseguindo formar uma resposta racional, pois dá o braço a torcer e assume um tom quase profissional.

— Ok, srta. Peterson. Aceito seu convite para um encontro. Que horas você vai vir me buscar?

— Eu? Buscar *você*? Espera aí...

— Você tem razão, é melhor eu dirigir. Pessoas que queimam biscoitos não são confiáveis no volante.

Eu rio.

— Ah, então quer que eu me comunique com você? Essa é parte em que eu digo para você não ser um babaca machista.

— Você deve ter perdido mesmo aquela aula de etiqueta.

— Também perdi a aula sobre como ser um piadista espertinho.

Mais uma vez, ele muda completamente o tom de leve para intenso.

— Não se preocupe — diz ele, com a voz séria e dominante. — Vou corrigir esse comportamento ruim. Vou corrigi-lo de novo e de novo com a palma da minha mão na sua bunda até você estremecer no meu colo e me implorar para te deixar gozar.

E então ele diz que vai me buscar às seis e desliga.

13

NAT

Quando Kage bate à minha porta às seis, estou tranquila e preparada.

Até parece.

Estou nervosa para cacete, mas determinada a não demonstrar.

Abro a porta e o encontro na minha varanda com seu look clássico de bandido-aristocrata que mistura calça jeans, couro e lã. Esse casaco dele deve ser mais caro do que o meu carro.

O cabelo indomável dele está arrumado. Sua expressão é séria. Em uma das mãos gigantes, ele segura um buquê de pequenas flores brancas enroladas em uma fita de cetim branca.

É um gesto gentil e inesperado. Cortês. Não consigo imaginá-lo indo em uma floricultura e escolhendo flores, mas está óbvio que esse não é um buquê pronto de supermercado. Parece o guarda-roupa dele: simples, porém caro.

Kage é o tipo de homem que escolhe as coisas cuidadosamente.

— Oi — cumprimento, tímida. — Você está bonito.

— Não tanto quanto você.

Ele me entrega as flores.

Pego o buquê e o convido para entrar.

— Vou colocar na água e pegar meu casaco. Depois podemos ir.

Kage fecha a porta enquanto vou até a cozinha procurar um vaso. Encontro um em cima da geladeira, o encho de água, removo a embalagem de plástico do buquê e corto um pouco das hastes das flores.

Tento não parecer inquieta enquanto arrumo as flores no vaso com Kage a dois passos de mim, me absorvendo como se fosse um cacto no deserto e eu, a primeira chuva da estação.

Fico tão mexida com a intensidade do seu olhar que não consigo me conter e começo a tagarelar.

— Você desligou na minha cara antes que eu dissesse que a Sloane e o namorado vão estar lá hoje também. Na verdade, não sei se ele é tecnicamente namorado dela. Estou chamando ele assim porque não existe um termo educado para "ficante do mês". Ela usa os homens e joga fora como se fossem guardanapos. Não estou julgando. Juro. Só estou avisando que ele vai estar lá. Esse cara. Ah, e alguns amigos dele, parece. Espero que não tenha problema. Sei que era pra ser o *nosso* encontro, mas é um encontro duplo, no fim das contas. Bom, ainda é *nosso* encontro, só que vai ter mais gente...

Kage chega mais perto e segura de leve meus pulsos.

— Calma. Respira — murmura.

Fecho os olhos e faço o que ele diz.

— Desculpa. Não costumo ficar tão nervosa.

— Eu sei. Eu também não.

Quando abro os olhos e o encaro, ele me observa com os olhos tão cheios de desejo que perco o fôlego.

Ele tira a tesoura da minha mão e a coloca na bancada, depois me puxa para si, as mãos ainda tocando levemente meu pulso. Pedindo, não exigindo. Um "por favor", não uma ordem.

Kage coloca meus braços sobre seus ombros, segura minha cintura e, quando nossos corpos estão colados um no outro, olha para mim.

— Não consegui parar de pensar em você desde que te conheci. Não sou do tipo que fica obcecado, mas estou obcecado por você. A ponto de isso tirar meu foco. A ponto de interferir no meu trabalho. Não consigo tirar você da cabeça, e eu tentei. Muito. Foi inútil. Então desisti. Não vou fazer joguinhos. Não quero que você tenha dúvidas. Deixei claro o que eu sinto e o que quero. Vou continuar fazendo isso até você se sentir confiante o suficiente para dar o próximo passo, ou cansar e me mandar ir embora.

O tom da voz dele é baixo ao dizer tudo isso. Ele continua:

— Não precisa ficar nervosa quando eu estiver por perto. Sou o homem menos imprevisível que você já viu. O que eu quero de você não vai mudar se você falar algo de errado. Não vai mudar se você ganhar peso, cortar o cabelo ou virar vegana. Não vai mudar nem se você disser que nunca mais quer me ver e nós nos afastarmos. Vou respeitar sua decisão, mas não vai me fazer parar de te desejar. O que você precisa saber...

Ele hesita por um instante.

— O que você precisa saber é que eu não sou um homem bom.

Estou presa nos braços dele. Meu coração bate forte como um tambor. Sinto como se o chão tivesse se desfeito, ou como se estivesse flutuando pelo espaço; tudo isso por causa das suas palavras, do seu cheiro e do seu corpo quente e forte colado no meu.

Quando ou se ele me beijar, estou ferrada.

— Um homem ruim nunca avisaria a uma mulher que não é um homem bom.

Frustrado com minha resposta, ele balança a cabeça.

— Não é uma hipérbole. Estou falando sério.

— Não acredito em você.

— Mas deveria.

— E se eu disser que não me importo?

— Então eu diria que você está sendo idiota.

Nós nos encaramos, as respirações aceleradas. Ele só precisa inclinar o pescoço para sua boca encontrar a minha.

De repente, quero tanto isso que perco o fôlego.

— Você prometeu nunca me machucar. Isso era verdade?

— Sim — responde ele de imediato.

— Então isso de você ser ruim... tem a ver com outras pessoas?

Ele fica em silêncio por um tempo com o cenho franzido, tão bonito que chega a doer.

— Tem a ver com meu trabalho. Meu estilo de vida. Minha *vida*.

— Então você tá me dizendo que é um criminoso.

— Sim — diz ele, mais uma vez de imediato.

Se meu coração batesse mais rápido, acho que eu morreria.

— Que tipo de criminoso?

— O maior e pior de todos.

— Isso não faz sentido. Que tipo de criminoso sai por aí avisando que é do mal?

— O tipo que precisa que a mulher que ele deseja entenda no que ela está se metendo. — A voz dele fica séria.

Solto uma risada, confusa e irritada.

— Então você tá tentando me assustar?

— Estou tentando te educar.

— Posso perguntar o motivo?

— O motivo é que, quando você for para a cama comigo, você será minha. E pronto. E quando for minha, nunca mais vou te abandonar. Nem se você pedir. — A voz dele fica mais rouca.

Nos encaramos por um momento.

— Nossa. Ainda nem tivemos nosso primeiro encontro.

— Eu sou assim — rosna ele. — A única coisa ruim que eu *não* faço é mentir. Nunca vou mentir para você, mesmo sabendo que você vai odiar a verdade.

Percebo que ele está nervoso. Nervoso e irritado, à flor da pele.

Isso não me assusta. Pelo contrário, me deixa completamente intrigada. Assim como tudo que ele disse.

Todo aquele dinheiro que gastei fazendo terapia... que desperdício.

— Ok. Vamos dizer que aceito o que você me disse. Vamos partir do princípio que eu sei que você tá na lista de crianças malvadas do Papai Noel.

Ele suspira e fecha os olhos.

— Porra, é muito pior do que isso.

— Por favor, para de falar palavrão pra mim. Estou tentando falar uma coisa.

Kage abre os olhos e foca em mim. Há um músculo na mandíbula dele tremendo sem parar.

Fascinada por esse músculo trêmulo, passo a ponta do dedo pelo rosto dele.

Kage congela ao meu toque, como se tivesse parado de respirar.

Durante minha vida inteira, eu fui boa — digo, em um tom calmo. — Fiz tudo que deveria. Não fiz nada de idiota ou louco. Mesmo quando era criança, eu seguia todas as regras. Nada disso me protegeu do horror que a vida tinha planejado pra mim. Ser boa não me impediu de ter meu coração partido, nem de ficar deprimida, nem de viver vários dias em que desejei ter forças pra me matar e fugir dessa dor. O fato de você ser sincero o bastante pra me dizer isso... Acho que eu devia ficar com medo. Mas a verdade é que isso faz eu me sentir mais segura. Faz eu querer confiar em você. Porque é sempre mais difícil admitir a verdade do que inventar algo. Prefiro ter a verdade nua e crua do que uma mentira bonita. Vamos pro nosso encontro como duas pessoas normais. Vamos nos divertir. Depois vamos levar um dia de cada vez. Uma hora de cada vez, se for necessário. Não precisamos resolver tudo hoje. Combinado?

Ele me encara, tenso e em silêncio, por um bom tempo. Dá para ver as engrenagens da mente dele funcionando. Em seguida, ele assente, resmungando. Como se estivesse concordando, mas, no fundo, achasse que sair comigo é má ideia.

Isso também faz eu me sentir mais segura com ele.

Ninguém que é realmente ruim coloca o bem-estar de outra pessoa em primeiro lugar.

Psicopatas e narcisistas não fazem esse tipo de coisa.

De repente, sinto um ímpeto de coragem e passo meus braços sobre os ombros de Kage de novo, me esticando contra o corpo dele como um gato.

— Então... sobre aquele beijo que você comentou no telefone.

Os olhos dele faíscam. Ele cerra os dentes, mas não fala nada.

Sorrio ao perceber como minhas palavras mexeram com ele e sinto uma onda de poder por algo tão simples fazer um homem como este perder a compostura.

— Se me lembro bem, você disse que eu preciso ser explícita sobre o que eu quero.

Ele fecha os olhos e solta o ar bem devagar. Seu peito ruge como o de um urso.

— Você está pedindo?

Finjo pensar por um instante, apertando os lábios.

— Não sei. Estou?

Os olhos dele ficam sombrios. Como os de um assassino. Como os de um louco.

A única reação que isso gera em mim é abrir ainda mais meu sorriso.

— Cuidado, linda — diz ele, baixinho.

Amo quando ele me chama assim. Faz todos os meus vazios se encherem de luz.

Olhando para os olhos ardentes dele, digo:

— Não. Acho que cansei de tomar cuidado. Então quero que você me beije ag...

A boca de Kage atinge a minha.

O beijo é selvagem, exigente, de uma intensidade quase assustadora. É como se ele quisesse invadir minha alma por meio da minha boca. Ele enfia uma das mãos no meu cabelo e segura firme minha cabeça enquanto me absorve, soltando pequenos grunhidos de prazer e pressionando o corpo imenso e forte contra o meu.

Com a pulsação frenética e a pele em chamas, enfio as mãos no cabelo dele e o deixo ter o que tanto queria.

O beijo continua e continua e continua até eu ter certeza de que não consigo mais me manter de pé.

De repente, ele para e se afasta, ainda me segurando, de olhos fechados e arfando, a mão fechada no meu cabelo sem afrouxar nem um milímetro.

Quando ele solta o ar, sai um gemido.

Quero gemer também, mas não consigo processar nada do que está acontecendo.

Nunca, jamais, fui beijada desse jeito.

Não fazia ideia do que eu estava perdendo.

Kage desliza a mão pela minha cintura até o quadril e aperta. Depois desce do quadril para a bunda e aperta de novo, com a mão inteira. Ele me puxa para mais perto e me pressiona até eu sentir sua ereção.

Ofegante, ele leva a boca até minha orelha.

— Foda-se sair. Preciso comer você de jantar.

Começo a rir, provavelmente porque estou zonza.

— Nem pensar, Romeu. Você não vai pular nenhuma fase da conquista. Vai ter que pagar um ou dois jantares caros pra acessar certas áreas. Caso não tenha percebido, eu sou meio tradicional.

Ele morde meu pescoço.

Não com força, mas ainda assim perco o fôlego. Ele dá um beijo suave no ponto onde mordeu, percorrendo meu pescoço enquanto solta uma espécie de ronronar.

Os lábios de Kage são macios como veludo. A língua dele é maravilhosamente quente e macia. O arranhar da barba na minha pele me dá arrepios. Estremeço, sentindo frio e calor ao mesmo tempo, me sentindo viva.

A boca dele encontra a minha de novo e nossos lábios se encaixam. Desta vez, o beijo é mais gentil, menos intenso.

Há uma profundidade de emoção surpreendente na forma como ele me beija. Na forma como me segura, como se nunca quisesse me soltar.

Acho que era verdade quando ele disse que não esteve com nenhuma mulher desde que me conheceu.

Ele me quer tanto que está prestes a desmoronar.

Mais uma vez, ele é quem encerra o beijo. E então enfia o rosto no meu cabelo. Inspira fundo e expira, suspirando.

— Para um cara que diz ser um criminoso malvadão, você é muito fofo — sussurro.

— Só com você.

A voz dele está rouca e minhas mãos tremem. Puta merda, nunca senti essa eletricidade na vida. Ele faz eu me sentir como se eu fosse seu maior vício. É como se eu tivesse fogo correndo nas veias, e não sangue.

Como se tudo fosse possível.

— Kage?

— Pois não, baby?

Baby. Morri.

— Me diz seu sobrenome.

— Porter.

— Obrigada. Olha só a gente fazendo progresso. Logo vou saber todos os seus piores segredos.

Ele levanta a cabeça e olha nos meus olhos. Estou com um sorriso enorme.

Kage afasta uma mecha do meu rosto com uma expressão séria.

— Vou ter que fazer você se apaixonar por mim antes de te contar meus piores segredos — diz ele, com a voz rouca.

Fazer você se apaixonar por mim. Ele continua subindo o nível da conversa. Dez segundos atrás, achei que estava morta, e agora estou enterrada.

— Ah, é? Por quê?

— Para você não me largar... porque você vai querer, quando souber.

Nossos olhares se encontram, e meu sorriso desaparece. Sinto algo correr pelo meu corpo; uma sensação quente e agitada, como uma corrente elétrica. O chão parece estar tremendo sob meus pés.

— Ou você não me conta seus segredos ou não faz eu me apaixonar por você. Porque quando eu me apaixono, nem a morte é capaz de me fazer desapaixonar — sussurro.

Ele me encara por um bom tempo, com a mandíbula cerrada. Quando finalmente fala, seu tom é severo.

— Duas coisas.

— Quais?

— Primeiro: vou fazer você se apaixonar por mim. Isso é inevitável.

Solto uma risada de surpresa.

A cara de pau desse homem. Em nome de todas as feministas do mundo, quero mandá-lo enfiar essas premissas arrogantes no cu.

Mas também... Uau. Tipo, *uau.*

Porque sei que é verdade. Ele *vai* fazer eu me apaixonar.

E acho que não há nada que eu possa fazer para impedir isso.

— Então, considerando que não vou mentir para você, isso significa que vou guardar muitas informações para mim mesmo. Considere isso um aviso.

Fecho os olhos e suspiro.

— Nossa, como você é intenso.

— Segundo.

Quando ele fica quieto, abro os olhos e o encaro. Kage está com um olhar intenso, como se algo o irritasse profundamente.

Acho que sou eu, até ele falar:

— Ele não merecia você.

Sou pega de surpresa e começo a rir.

— Nós não tivemos nada demais. A gente só saiu por dois meses.

— Não estou falando do policial Babacão.

Ele não está falando do Chris? Então de quem...

Quando entendo o que ele quer dizer, meu coração para.

Ao ver minha expressão, Kage assente.

— Sim. O seu noivo desaparecido. Ele não merecia sua lealdade.

— O que você quer dizer com isso?

— Uma mulher como você passar cinco anos esperando? — Ele balança a cabeça com uma expressão de nojo. — Nenhum homem merece essa lealdade.

— Pode acreditar: se eu pudesse apagar esse sentimento, eu apagaria. Mas acho que eu sou dessas, uma garota leal.

— Então ainda não acabou? Você ainda está apaixonada por ele?

Ele me observa atentamente e sinto como se estivesse olhando no fundo da minha alma.

— Acabou — sussurro. — Sabe como eu sei?

— Como?

— Se não tivesse acabado, eu não sentiria nada do que sinto por você.

O olhar dele percorre meu rosto. Ele está tenso e quieto, imóvel, até que finalmente solta o ar e me dá um beijo sedento.

— Que bom — diz ele, ríspido. — Porque não gosto de dividir. Agora vamos jantar antes que eu rasgue esse seu vestido.

Ele pega minha mão, eu pego meu casaco da cadeira da cozinha e vamos de carro até o restaurante.

Deixamos os casacos na chapelaria. A recepcionista nos diz que o restante do grupo já chegou e nos leva até a mesa.

Assim que entramos no salão principal e Kage vê os três homens sentados com Sloane, percebo que vai ser uma noite interessante.

Já vi o olhar dele ficar sombrio, mas nada se compara a este momento.

14

NAT

Como sempre, Sloane está maravilhosa. Está com um vestido branco curto, apertado e bastante decotado com saltos vermelhos que realçam suas pernas.

Os homens estão vestindo ternos pretos idênticos com camisas brancas e gravatas pretas.

Todos são jovens e musculosos. Com cabelos escuros penteados para trás. E relógios dourados enormes nos pulsos.

Se não fosse pelas tatuagens combinando nos dedos e nas costas das mãos, eu acharia que eram corretores da bolsa de valores.

Ou agentes funerários.

— Tá tudo bem? — pergunto para Kage, que está imóvel ao meu lado na entrada do salão principal.

Ele encara os homens com tanta intensidade que não sei como os três não explodem.

— Você os conhece? — pergunta Kage.

— Não. Nunca vi eles antes. Por quê?

— Porque eles são encrenca.

Mas, pelo visto, não é nada que ele não possa resolver, porque Kage me puxa até a mesa.

Quando Sloane me vê, sorri e acena. Os homens ao redor olham para nós.

Em seguida, algo estranho acontece.

Ao verem Kage, todos ficam completamente imóveis. Semicerram os olhos. Ninguém se move e suas posturas parecem mudar, como se estivessem prontos para lutar.

— Hum... Kage? — arrisco.

— Não importa o que aconteça, deixa que eu resolvo. Você vai ficar bem.

— Por que me sinto como se a gente estivesse se metendo na boca do lobo?

A risada dele é sinistra e sem humor.

— Não estamos. Eles é que estão.

Isso não me conforta.

Antes mesmo de chegarmos à mesa, os três homens se levantam. Ao sentir a mudança no clima, Sloane olha para eles e para nós várias vezes, com as sobrancelhas erguidas.

— Oi, amiga — cumprimenta ela, com a voz neutra. Mesmo se estivesse nervosa (o que não é o caso, porque ela nunca perde o controle), ninguém iria perceber. — Você tá linda. Kage, que bom ver você de novo.

Sloane sorri para ele, que retribui com um aceno educado.

Ela se vira para o homem à sua direita. Parece ser o líder do grupo, mas não sei como sei disso. Ele tem uma aura de poder.

— Nat e Kage, esse é o Stavros. Stavros, Nat e Kage.

— Oi, Stavros — cumprimento. — Prazer.

Ele não responde. Está muito ocupado encarando Kage. Sloane se vira para os homens do outro lado.

— E esses são Alex e Nick.

— Aleksei — corrige o mais baixo.

— Nikolai — corrige o outro, também com um tom ríspido.

Ambos estão encarando Kage quando falam.

Sloane me olha, surpresa, como se dissesse: "Eu não sabia disso."

Finalmente, Stavros desvia o olhar de Kage. De canto de olho, vejo Kage sorrir.

Sei o que ele está pensando: fez Stavros piscar primeiro.

Pelo visto, vai ser uma noite longa.

— Natalie. É um prazer conhecê-la — diz Stavros para mim, em um tom bem formal e sério. — Sloane fala muito de você. Sinto como se já nos conhecêssemos muito bem.

Há uma leve insinuação na voz dele ao falar a última parte. Um sorriso provocante começa a surgir nos seus lábios. Ele me olha de cima a baixo, lentamente, como se estivesse se divertindo.

Ao meu lado, Kage está crepitando.

Aperto sua mão e digo:

— Obrigada, Stavros. Sloane me falou muito de você também. — Me viro para os outros dois. — E é um prazer conhecer vocês.

Eles assentem ao mesmo tempo, mas não tiram os olhos de Kage.

Puta merda, hein? De repente, perco a paciência com a situação toda.

— Algum problema? — Direciono a pergunta para Stavros. — Porque não me importo de me sentar em outra mesa.

Sloane protesta e vejo um vislumbre de surpresa no olhar de Stavros, que disfarça quase de imediato e responde:

— Claro que não. Por favor, sentem-se.

Ele se senta. Os outros dois homens fazem o mesmo. Em seguida, Kage puxa uma cadeira para mim e se inclina enquanto eu me sento.

— E depois você diz que *eu* sou direto — murmura ele.

— A vida é curta demais pra ficar esperando essa briga de território se resolver.

Ele tenta conter um sorriso.

Assim que todos nos sentamos, o desconforto volta. Ainda nem peguei o cardápio quando Stavros se vira para Kage e pergunta:

— Você tem família aqui?

Que pergunta estranha. É assim que ele começa uma conversa? E por que parece que tem alguma coisa implícita nisso?

Tudo fica ainda mais estranho com a resposta de Kage.

— Aqui. Em Boston. Em Chicago. Em Nova York.

— Nova York? — pergunta Stavros, com a voz ainda mais séria. — Onde?

— Em todos os cinco distritos, mas principalmente Manhattan. — O sorriso dele é neutro. — Foi onde eu surgi.

"Surgi"? Ele não quer dizer "cresci"?

Aleksei e Nikolai se entreolham.

Sloane e eu fazemos o mesmo.

Kage e Stavros não desviaram o olhar um do outro.

Com a voz completamente neutra, Stavros continua:

— Também sou de Manhattan. Talvez eu conheça sua família. Qual é seu sobrenome?

De saco cheio de não saber que porra está acontecendo, decido responder por ele.

— Porter. Não é, Kage?

Depois de um breve silêncio, Kage responde:

— Porter é a versão anglicizada. Quando meus pais vieram para cá, era Portnov.

Stavros, Aleksei e Nikolai parecem ter congelado.

— Kazimir? — sussurra Stavros, completamente pálido.

Kage não responde. Apenas sorri.

Depois de um instante, com o rosto pálido e a voz fraca, Stavros diz:

— *Ia izviniaius. Ia ne khotel vas oskorbit.*

Kage assente.

— Desculpas aceitas. Vamos comer.

Estou ocupada demais processando tudo para comer.

Sempre fui ruim de matemática, mas essa equação é fácil até para mim.

Quando Kage me disse que era um criminoso, não quis dizer que era do tipo comum. Um criminoso comum não compra casas com dinheiro em espécie ou pilota o próprio avião, nem mete medo em três caras que parecem ser o tipo de pessoas que metem medo em outras.

Um criminoso comum não fala russo.

Kage é do crime organizado.

E, pelo que parece, é o líder da organização.

Umedeço os lábios e meu coração bate acelerado. Ao perceber minha ansiedade, Kage me estende um copo d'água.

— Beba.

Bebo tudo, desejando que fosse vodca.

Enquanto isso, Sloane assiste a tudo como se estivesse na primeira fileira de um show da Broadway pelo qual passou meses esperando.

O que essa garota mais ama na vida é uma boa fofoca.

Na verdade, o que ela mais ama é um bom pau. Mas fofoca também.

— Que legal! Vocês se conhecem. Que mundo pequeno, né? — diz ela, empolgada.

Os três russos não respondem.

Kage ri baixinho.

Fico parada e tento não deixar meu cérebro derreter.

Kage é da máfia.

O primeiro homem de quem gosto em cinco anos é um *mafioso russo.*

Se isso não é azar, não sei mais o que é.

O garçom se aproxima para anotar o pedido. Kage diz para ele trazer a carta de vinhos. Em seguida, pede duas taças de Chardonnay Caymus para mim e Sloane. O mesmo vinho que estávamos bebendo no Downrigger's no dia em que o conhecemos.

Tenho a leve impressão de que ele não esquece nada.

Isso deve ser útil para o trabalho.

Quando o garçom pergunta o que Stavros gostaria de beber, ele diz que vai beber o que Kage escolher. Aleksei e Nikolai também.

A mesa fica em silêncio quando o garçom vai embora. Eu diria que é um silêncio desconfortável, mas apenas eu e os russos estamos nervosos. Kage parece um rei observando sua corte e Sloane parece estar se divertindo.

Ela apoia um cotovelo na mesa e sorri para Kage.

— Gostei dos seus anéis. Essa caveira é foda.

Ele olha para Sloane. Depois de um instante, solta o ar pelo nariz. É uma risada, mas parece ser uma admissão de que sabe que ela é encrenca.

— Obrigado.

— O que é esse aí? Parece um sinete.

Ele tira o anel do dedo e o estende para ela, que o pega e examina com um olhar concentrado.

— *Memento mori.* — Ela lê. — O que significa?

— Lembre-se da morte.

Ela o encara com um olhar surpreso. Os russos ao seu lado estão completamente imóveis, com o rosto inexpressivo e a postura rígida.

Também estou imóvel, mas meu coração, não. Ele está prestes a sair pela garganta.

Sloane sorri.

— "Lembre-se da morte"? Que mórbido.

— É latim. A tradução é "lembre-se de que você vai morrer". Diz a lenda que imperadores da Roma antiga mandavam escravizados sussurrarem isso nos ouvidos deles durante celebrações de vitória para se lembrarem que prazeres terrenos são passageiros. Que não importa quão poderoso ou impressionante o homem seja, eventualmente, a morte vai encontrá-lo. — Ele olha para Stavros. Seus lábios formam um sorriso discreto. — Eventualmente, a morte encontra todos nós.

— A intenção era ser uma frase motivacional para que as pessoas levassem uma vida inspirada — digo. — Também inspirou um movimento artístico do século XVI.

Todos olham para mim.

Engulo em seco. Minha garganta está completamente seca. Meu corpo parece uma escultura de *memento mori*, agora que sei exatamente quem Kage é.

O que ele é.

— Caveiras, comida em decomposição, flores secas, bolhas, ampulhetas, velas derretidas... Artes *memento mori* simbolizam a efemeridade da vida. — Olho para Kage e minha voz fraqueja. — Todos os símbolos que você tem tatuados no corpo.

Kage olha para mim com suavidade e responde, com uma voz tranquila:

— Entre outros.

Sim, eu vi os outros. Quando espiei Kage socando o saco de pancadas pela janela da sala.

— Tipo essas estrelas no ombro. O que significam?

— Alto escalão.

— Da máfia — sussurro.

Ele responde de imediato:

— Sim.

Meu Deus. Como vim parar aqui?

Com uma expressão curiosa e nada surpresa com esse desenrolar bizarro, Sloane brinca com o anel de Kage entre os dedos.

— O que a máfia tá fazendo no lago Tahoe? Passeando de *snowmobile*?

— Apostando. Jogando em cassinos daqui até Reno. Tocando operações ilegais de jogo. — Com um sorriso discreto e letal, Kage olha para Stavros. — Certo?

Stavros está estático na cadeira e, pela expressão, parece que queria estar em qualquer outro lugar no mundo.

— Apenas online — responde ele. Quando Kage ergue as sobrancelhas, Stavros pigarreia e mexe na gravata. — Tenho uma empresa de software.

— Ah.

Quando Kage continua em silêncio, focado em Stavros com um ar ameaçador, Stavros abaixa o olhar para a mesa.

— Ficaríamos felizes em pagar qualquer valor que Maksim queira para continuarmos as operações — murmura ele.

— Com juros — diz Kage.

Um músculo na mandíbula de Stavros se mexe.

— Claro — confirma ele.

— Maravilha. Que bom que está tudo resolvido. Com licença — digo.

Afasto a cadeira e vou até a entrada do restaurante, sentindo as bochechas queimando e o coração acelerado. Não sei bem para onde vou, só sei que preciso sair dali.

Eu sabia.

Eu *sabia* que ele era perigoso desde o começo.

A questão é: por que não fugi?

Ao chegar no balcão da recepcionista, faço uma curva fechada à direita e vou ao banheiro. Há duas portas no corredor e entro na última.

Acabo entrando na sala dos funcionários. Há uma mesa quadrada cercada de cadeiras no meio da sala, um monte de armários de metal em uma parede e uma televisão pendurada em outra. Sou a única pessoa ali.

Antes que eu consiga me jogar na cadeira mais próxima, Kage passa pela porta.

— Para — digo, firme, apontando um dedo para ele enquanto se aproxima. — Fique parado. Não dê mais nenhum passo.

Ele me ignora e se aproxima.

— Estou falando sério, Kage. Ou é *Kazimir*? Não quero falar com você agora.

Também não quero falar com você — rosna ele, e me agarra

Meu grito de surpresa é suprimido por um beijo sedento e determinado.

Ele enfia as mãos no meu cabelo e puxa minha cabeça para trás, depois avança na minha boca até eu não conseguir mais respirar. Prende um dos meus braços nas minhas costas, segurando meu pulso, mas minha outra mão empurra o peito dele.

Não adianta. Ele é forte demais.

Kage me beija até um gemido baixo de prazer soar na minha garganta. Então ele se afasta, tão ofegante quanto eu.

— Você sabia que eu não era um santo — diz ele, com a voz rouca.

— Se acha que vai se safar dessa, tá muito enganado.

— Eu disse que não era um homem bom.

— Você não me disse que era o líder da máfia russa.

— Não sou o líder. — Ele pausa. — Ele está preso. Sou o braço direito dele.

— Fala sério!

— Ninguém é perfeito.

Minha risada sai ácida.

— Sério? Esse é seu argumento pra eu continuar saindo com você?

Os olhos dele faíscam. Há um brilho perigoso ali. Um brilho animalesco. Ele nunca esteve tão bonito quanto agora.

— Não. *Este* é o meu argumento para você continuar saindo comigo.

Ele volta a me beijar, desta vez com tanta intensidade que meu corpo se curva.

Parte de mim quer fugir. Quer morder a língua dele, mandá-lo de volta para onde veio e pedir para me deixar em paz.

A maior parte de mim — e, pelo visto, a mais idiota — quer tudo que ele pode me dar e não está nem aí para nada.

Ter ficado tanto tempo sem sexo não está me ajudando agora. Acho que minha vagina triste e solitária tomou o controle do meu corpo inteiro.

Kage me empurra contra a parede. A boca dele é quente e exigente. Suas mãos enormes me percorrem, apertando e acariciando, reivindicando meu corpo.

Meus braços vão até os ombros largos dele. Eu o beijo de volta, com tanta vontade quanto ele, e deixo de lado minha ambivalência por um momento. O prazer de sentir seu gosto e seu corpo no meu se torna minha prioridade número um.

Posso odiá-lo mais tarde. Agora, estou fora de mim.

Isso — é por *isso* que as pessoas tomam péssimas decisões quando estão apaixonadas.

Essa sensação de euforia. Esse sentimento que faz o coração acelerar, a pele queimar, a alma estremecer; que faz você se sentir viva. Esse prazer que começa como uma dor e explode como fogos de artifício com um simples toque.

Esse instinto profundo e brutal de que, não importa o quão errado seja, ainda assim é assustadoramente certo.

Kage enfia a mão por baixo do meu vestido e entre minhas pernas.

— Vai. Me diz que você não me quer — sussurra ele no meu ouvido. — Diz que não quer me ver de novo. Pode contar a mentira que quiser, mas essa sua boceta maravilhosa vai me dizer a verdade. Você está toda molhada.

Eu quero gritar de frustração.

Mas só porque ele está certo.

Quando Kage avança nos meus lábios de novo, solto um gemido nos dele. Isso o faz rosnar. Ele me beija com intensidade, esfregando a mão na minha calcinha até meu corpo assumir o controle e meus quadris começarem a se mexer.

Com o rosto em chamas e o corpo trêmulo, abro as pernas, fazendo movimentos na mão dele.

— Você quer minha boca, não quer, linda? — diz ele no meu ouvido, com a voz cheia de desejo. — Você quer que eu te chupe toda até você gozar.

Murmuro uma negação, mas isso o faz rir.

— Quer, sim.

Quando ele pressiona meu clitóris inchado por cima do algodão da minha calcinha, estremeço, gemendo. Isso o enche ainda mais de desejo.

— Ah, quer, sim — sussurra ele. — Quer minha língua, meus dedos e meu pau ao mesmo tempo. Você me quer tanto quanto eu quero você. Quer se entregar inteira para mim, e isso me deixa louco, porque eu sei que não vai fazer isso com mais ninguém.

Ele desliza os dedos por dentro da minha calcinha, massageando, brincando com o polegar no clitóris.

— É só pedir que eu fico de joelhos e te faço gozar na minha boca. Depois vou te comer contra aquela parede até você gozar de novo no meu pau enquanto eu chupo esses seus peitos perfeitos.

Estou arfando. Delirando.

— Alguém vai ver a gente. Alguém vai entrar...

— Eu tranquei a porta.

Ele enfia um dedo em mim.

Arqueio as costas, ofegante, e agarro os ombros dele.

— Kage...

— Isso, baby. Continua falando meu nome enquanto eu faço você gozar.

A voz dele é um sussurro rouco na minha orelha. Seu cheiro domina meus sentidos. Ele é alto, quente e está me envolvendo, me dominando, deixando minha visão turva e meu corpo em chamas.

Quando ele me beija de novo, me entrego.

Com um gemido baixinho, dobro os joelhos e jogo a perna sobre o quadril dele, ficando mais aberta. Ele responde com um grunhido profundo de aprovação e me beija até eu ficar zonza.

Kage enfia o dedo imenso em mim enquanto faz movimentos circulares no meu clitóris com o polegar.

Não demora muito. Estou excitada demais. Carente demais. Desesperada por ele.

Quando o orgasmo vem, fico fora de mim.

Minha cabeça cai para trás. Eu grito. Convulsiono contra ele, encostada na parede, meu corpo se movendo na mão dele. Ondas de contrações rítmicas me atingem de novo e de novo.

— Caralho, vai, baby — sussurra Kage. — Consigo sentir. Porra, você está gozando tão gostoso. Da próxima vez, vai deixar eu sentir isso no meu pau.

Solto um arquejo alto. Ele pressiona a ereção na minha coxa. Devo estar delirando de tanto prazer.

E então ecoa o barulho de um tiro, acabando completamente com o clima.

15

KAGE

Quando o segundo tiro é disparado, os olhos de Natalie se abrem de repente. Há poucos segundos ela estava quente e relaxada nos meus braços, mas agora ela congela e me encara.

— O que foi isso?

— Um tiro.

— *O quê*? Meu Deus. A Sloane!

Tiro a mão da calcinha dela e controlo o desejo de levar os dedos à boca. Vamos ter tempo para isso depois.

— Fique aqui até eu voltar. Não saia dessa sala. Entendeu?

— Mas…

— *Entendeu?*

Natalie umedece os lábios e assente, linda e ruborizada. Os olhos dela ainda estão turvos do orgasmo.

Cacete, meu pau está até doendo. Senti-la gozar para mim me deixou completamente tonto.

Eu dou um beijo rápido nela, depois vou até a porta, disfarçando a ereção. Do final do corredor, ouço uma cacofonia de gritos, passos e vidro se quebrando. Tem alguém dando ordens em russo.

Outro tiro é disparado, seguido por uma saraivada de balas que provoca mais gritos desesperados. Ouço mais ordens, porém agora em gaélico.

Parece que não sou o único que Stavros irritou.

Não faço a menor ideia do que os irlandeses estão fazendo aqui. Pelo acordo feito com os chefes das famílias, as operações e apostas em jogos deles só podem ser feitas na costa leste.

Talvez tenham decidido renegociar.

Tiro a calibre 45 do coldre de velcro no meu tornozelo e vou lentamente até o salão. Vejo as pessoas passando correndo pelo corredor em direção à porta da frente, empurrando umas às outras.

Sloane não está entre elas.

Ao chegar no final do corredor, estico a cabeça para analisar o salão.

Cadeiras tombadas. Mesas de cabeça para baixo. Ao lado de uma em específico, há vários corpos no chão.

Reconheço os dois caras que estavam com Stavros. Aleksei e Nikolai.

A julgar pela quantidade de sangue no carpete ao redor, nenhum deles vai se levantar.

Ao lado, vejo mais dois corpos imóveis de barriga para baixo. Ambos são homens de terno. De onde estou, não dá para saber se são civis feridos na troca de tiros, mas meu instinto me diz que, se eu os virasse, veria dois irlandeses.

Xingo entredentes. É o pior timing possível para uma notícia de tiroteio aparecer nos jornais.

Eu não deveria estar aqui.

Aqui, com Natalie, que deveria estar no fundo do lago Tahoe com uma bala na cabeça.

Se Max ficar sabendo disso de alguma forma, eu e Natalie estaremos fodidos.

Vejo Stavros e Sloane. Os dois estão atrás de grandes vasos de palmeiras encostados na parede do outro lado do salão.

Ele a está protegendo. Pelo menos isso. Está agachado na frente dela com uma arma em mãos enquanto ela se encolhe atrás dele.

Não. Ela não está se encolhendo. Está perto do chão, mas olha ao redor com uma expressão de alerta, não de medo.

Ao me ver, ela gesticula com a cabeça para a esquerda e mostra dois dedos, indicando a localização e a quantidade de homens armados ali.

Essa aí é corajosa.

Não é de se admirar que ela e Natalie sejam amigas.

Respondo assentindo para indicar que entendi a mensagem. Então, me viro e volto pelo corredor.

Do outro lado da entrada dos banheiros há uma porta de saída que dá em um pátio, que, exceto pelas folhas secas e uma pequena camada de neve, está vazio. Atravesso até o outro lado do restaurante, entro pela outra porta dos fundos até a cozinha e levo um dedo até os lábios, pedindo silêncio aos três funcionários assustados escondidos atrás de uma mesa de aço inoxidável.

Um deles segura o crucifixo no colar. Os três me encaram quietos, com os olhos arregalados de terror. Passo por eles e vou até as portas de vaivém da cozinha, que têm pequenas janelas de vidro na altura dos olhos para que os garçons possam ver o salão antes de saírem com os pratos. Apoio o ombro na parede e olho para lá.

Os dois irlandeses estão agachados logo atrás das portas.

Estão escondidos do salão por uma meia parede que cobre todo o perímetro do restaurante, decorada com dezenas de samambaias falsas. Com armas em mãos, os dois conversam sobre o próximo passo em gaélico.

Passei um tempo estudando o idioma, então sei que são soldados. Não são do alto escalão. Não costumam tomar decisões.

Precisam de alguém que decida por eles, então vou ajudar.

Abro as portas, aponto a arma para o que está mais próximo e digo:

— Ei.

Ele se vira rápido, enfurecido, e aponta a arma para mim.

Disparo entre os olhos do sujeito.

Espero um segundo até seu parceiro se virar e me ver, então atiro no peito dele.

Em seguida, cruzo o restaurante até Sloane e Stavros enquanto o som das sirenes se aproxima. Eles já estão de pé quando os alcanço.

— Você está bem? — pergunto.

Sloane assente. Ela perdeu os saltos vermelhos, mas, fora isso, está impecável.

— Cadê a Nat?

— Ela está segura. — Eu me viro para Stavros e dou a ordem em russo. — Tire ela daqui. Ninguém abre a boca. Ninguém me viu aqui hoje. Entendeu? — Ele assente uma vez. — Vou entrar em contato para conversar sobre que porra aconteceu aqui e como você vai me compensar por isso. Agora vá.

Ele puxa Sloane pelo braço e vai em direção à entrada.

Corro para a sala dos funcionários e encontro Natalie andando de um lado para o outro, torcendo as mãos. Assim que entro, ela diz:

— Ai, graças a Deus!

Está aliviada por eu estar vivo.

Por um segundo, me passa pela cabeça que esse sentimento que cresce no meu peito é felicidade, mas sei a verdade. Há anos não sou mais capaz de sentir essa emoção.

— Rápido. Precisamos ir.

Seguro a mão dela e a guio para fora. Natalie me segue sem reclamar, segurando meu braço. Saímos pelos fundos e chegamos ao carro assim que três viaturas da polícia aparecem no topo da rua íngreme, indo em direção ao restaurante.

Com sorte, não vão nos ver.

Com mais sorte ainda, o restaurante não vai ter câmeras de segurança.

Com todas as estrelas se alinhando e com a benção dos deuses, nenhuma das testemunhas vai conseguir dar uma descrição precisa de nós.

Mas tenho uma sensação ruim sobre aquela funcionária da cozinha que estava aterrorizada segurando o crucifixo.

Acho que a imagem do meu rosto pode estar gravada na alma dela para sempre.

16

NAT

Kage dirige em silêncio. As mãos dele estão firmes no volante. Ele está com uma postura relaxada e focada.

Minhas palavras saem em uma enxurrada.

— O que aconteceu? Por que ouvimos tiros?

— Ainda não sei. Vou descobrir.

— E a Sloane?

— Ela está bem. Com o Stavros. E ele vai protegê-la com a própria vida.

Kage solta uma risada sombria.

— Qual é a graça?

Ele olha para mim.

— Ele sabe que, se não fizer isso e ela sofrer um arranhão que seja, ele e toda a família vão pagar caro por isso.

— O que quer dizer… que você vai matar todos.

— Sim. De um jeito bem desagradável.

Queria que meu coração se acalmasse. É muito difícil se concentrar quando você está tentando não ter uma parada cardíaca.

Ele analisa meu rosto e então volta o olhar para a estrada.

— Respira fundo e devagar.

— Por quê?

— Porque você está hiperventilando.

Ele tem razão: estou mesmo. Pareço um cachorrinho pug asmático. Eu me encosto no banco, fecho os olhos e tento me acalmar.

Não funciona.

— A polícia...

— Se tentarem falar com você, não responda. Você não é legalmente obrigada a falar com eles, não importa o quanto ameacem. Tem o direito constitucional de ficar em silêncio, mesmo se for detida ou for para a cadeia.

Fico em pânico.

— Detida? *Cadeia*?

— Foi só um exemplo. Não vão te prender. Você não tem culpa de nada. O que quero dizer é que, se entrarem em contato, algo muito improvável de acontecer, você não precisa falar com eles. Não podem te forçar.

Fico ainda mais ofegante.

— Principalmente, não diga que estava comigo — diz ele, com a voz mais baixa.

Isso me pega de surpresa, mas logo em seguida fico com raiva.

— Quer dizer que você acha que eu iria te denunciar pra polícia?

— Não. Estou dizendo que, se as autoridades competentes descobrirem que você tem um relacionamento comigo, você vai virar uma pessoa de interesse. Vai estar sob vigilância constante. Vão monitorar sua casa, gravar suas ligações, mexer na sua correspondência, revirar o seu lixo e acessar seu histórico online. Sua vida nunca mais vai ser a mesma.

Boquiaberta, encaro o perfil dele enquanto cruzamos a noite escura.

— Por que você acha que mantive distância por tantos meses? — diz ele baixinho.

— Mas você voltou.

— Porque eu sou um babaca egoísta.

— Então qual era seu plano pra esse relacionamento? Que a gente se escondesse na calada da noite, fingindo que não nos conhecemos e tendo encontros furtivos?

— Resumidamente... sim.

Se antes eu estava com raiva, agora estou *muito* puta. Sinto o calor no meu rosto aquecer o carro inteiro.

— É isso que você acha que eu sou? Um contatinho qualquer pra quando você quiser comer alguém?

— Não — responde ele, com a voz séria. — E, se você for sensata, vai mandar eu ir embora e nunca mais me ver.

Enfurecida, eu o encaro.

— Eu devia fazer isso.

— É, devia mesmo.

Droga. É impossível discutir com alguém que está concordando com você.

Ele faz uma curva fechada demais. O carro derrapa, os pneus guincham. Não tiro os olhos dele nem por um segundo.

— Ok, o que a gente faz agora?

— Acho que é óbvio.

— Se você for prepotente mais uma vez, vou dar um tapa na sua cara.

Ele aperta os lábios, e suspeito que é para conter um sorriso.

— Você tem uma decisão a tomar, Natalie.

— Continuar com você ou te mandar embora?

— Exato. Ah… Você precisa saber de uma coisa antes de decidir. — Ele olha para mim. — É algo ruim.

Jogo minhas mãos no ar.

— Pior do que ser um mafioso?

— Não posso ter filhos.

Achei que tinha ficado sem palavras antes. De verdade. Mas essa pequena informação acabou com minha habilidade de formar frases.

Ele entende meu silêncio como um pretexto para continuar falando.

— Fiz uma vasectomia quando tinha vinte e um anos. De jeito nenhum vou ter um filho nessa vida. Na *minha* vida. É perigoso demais. Não seria justo. Você precisa considerar isso para decidir se quer ou não continuar me vendo. Eu nunca poderia te dar filhos, se for algo que você quer.

Eu o encaro. Pigarreio. Respiro devagar para me acalmar.

O que não ajuda nada.

— Quer saber? Isso é demais pra eu processar agora. Não quero mais conversar.

Cruzo os braços, solto o ar e fecho os olhos.

Ficamos em silêncio por um tempo até Kage finalmente dizer:

— Eu te daria qualquer outra coisa que você pedisse. Tudo. Tudo que quisesse, pelo resto da sua vida, você teria.

— Por favor, para de falar.

— Eu cuidaria de você para sempre. Você seria minha rainha.

Abro os olhos e o encaro, incrédula.

— Uma rainha secreta? Uma rainha que nunca pode usar sua coroa, senão todos os inimigos do rei vão ver e querer cortar a cabeça dela?

Ele tensiona o maxilar.

— Você seria protegida — diz ele, entredentes.

— Não quer dizer "enclausurada"?

— Eu não te trancaria entre quatro paredes, se é isso que você está pensando.

As emoções transbordam do meu peito, sobem pela garganta e formam um nó difícil de engolir.

— Não. Você não me trancaria. Pelo jeito, ia aparecer e sumir da minha vida, como tem feito, indo e vindo quando bem entende, pegando suas coisas e indo para sabe-se lá onde até o momento em que fica com tesão, sob o pretexto de me manter segura da polícia.

Ele está ficando irritado. Consigo ver pela tensão que surge na mandíbula. Pela forma como a respiração muda. Pela força com que segura o volante.

— Não é um *pretexto*. É a verdade — diz ele, com a voz grave.

— Mesmo se eu acreditasse em você, Kage, por que eu iria querer isso pra mim? Por que eu iria querer viver assim?

— Não vou discutir os motivos com você. Ou você me quer ou não.

— Óbvio que eu quero você! Mais do que qualquer outra coisa na vida! Mas você não acha que eu já sofri o bastante? Você acha que eu tenho que mergulhar de cabeça, sendo que você me disse bem claramente quem você é e os limites desse relacionamento?

— Não! — grita ele. — Não acho! É exatamente isso que eu estou dizendo, porra.

Ele derrapa em outra curva. Quase atropelamos um pedestre, que estava atravessando na faixa.

Poucos minutos depois, paramos na frente da minha casa. Antes que ele consiga abrir a boca, saio do carro e corro até a entrada.

Quando abro a porta, ele entra logo atrás de mim. Ao fechar a porta, Mojo levanta a cabeça de onde está deitado no meio da sala, solta um minilatido e volta a dormir.

Juro, se algum dia me assaltarem, esse cachorro vai guiar os bandidos pela casa e mostrar onde estão minhas joias.

— Não dê as costas para mim.

Kage segura meu braço e me vira para encará-lo.

— Não me segura assim.

— Você sabe que eu nunca tocaria você com raiva.

— É mesmo? Porque suas mãos estão em mim agora e você está com raiva.

Ele me puxa para o peito, fecha os olhos e respira fundo. Quando solta o ar, fala, sibilante:

— Cacete, mulher. Chega. De. Sarcasmo.

— Por quê? Vai me colocar no seu colo se eu continuar?

Ele arregala os olhos. As narinas dele inflam. Seus lábios estão apertados e, caramba, como ele fica gostoso quando está com raiva.

— Experimenta — rosna Kage, com os olhos semicerrados.

— Eu *não* dou permissão para você me dar tapas — digo, olhando fundo nos olhos dele.

Tenho certeza de que qualquer outra pessoa acharia o som animal que sai do peito dele assustador. Para mim, de um jeito perverso, é satisfatório.

Não importa o quão assustador ele aparente ser, sei que não estou em perigo. Kage morreria antes de me machucar.

Quando percebo isso, relaxo.

— Ainda — sussurro.

Ele congela por dois segundos, depois enfia a mão no meu cabelo e me beija.

Ficamos parados no meio da sala, nos beijando, até ele se afastar, ofegante.

— Me diz para ir embora agora, ou vou presumir que você quer que eu fique. E, se eu ficar, você nunca mais vai se livrar de mim.

Puxo a camiseta dele de leve e solto uma risada.

— O mundo é preto e branco pra você, né? É tudo ou nada.

— Não acredito em meio-termo. Isso é coisa de covarde.

Kage definitivamente não é um covarde. Tenho que admitir.

Ele me beija de novo e, desta vez, segura meu rosto com firmeza; uma das mãos está na minha nuca e a outra segurando meu queixo. A língua dele entra na minha boca, querendo mais, me fazendo tremer de excitação.

Droga, queria que ele não beijasse tão bem. Está dando um curto-circuito no meu cérebro.

Desta vez, sou eu quem me afasto primeiro.

— Com quanta frequência eu iria ver você?

Ele fica parado.

Sabe o que estou perguntando.

E sabe que, não importa o quão impossível e ridícula seja toda a situação, eu estou mais para um "sim" do que para um "não".

Ele umedece os lábios, segura meu rosto e responde:

— Algumas vezes por mês. Por alguns dias, se eu conseguisse.

Ou seja, quase nada.

— E só você viria aqui? Eu nunca poderia ir até onde *você* mora?

— Nunca — repete ele, com a voz estoica. — Não podemos arriscar.

Arriscar?

Sinto que não é apenas do seu estilo de vida de que ele está tentando me proteger. Afinal, mafiosos devem ter famílias. Devem ter esposas e namoradas. Pelo menos nos filmes eles têm.

Então por que Kage não pode?

— Você teria uma vida inteira da qual eu não saberia nada.

— Teria. Essa é a questão. É o único jeito de manter você segura.

— Mas... como eu saberia que você não tem outras mulheres?

— Estou dando minha palavra de que não tenho. E não vou ter. Nunca. Se você me disser que é minha, você vai ser a única mulher para mim. Para sempre.

Ele está tão sério, me encarando tão intensamente, e dizendo tudo isso como se não fosse nada. Fazendo promessas como se quisesse de fato cumpri-las.

Porque quer mesmo cumpri-las.

David nunca foi assim.

É um péssimo momento para pensar sobre ele, mas me vem à mente a lembrança do dia em que eu e David fomos comprar nosso anel de noivado.

Eu sabia que ele me pediria em casamento. Ele nunca foi de fazer surpresas. Todos os seus movimentos eram metódicos, planejados com antecedência e ordenados em uma planilha do Excel. Ele evitava riscos desnecessários. Não agia por impulso. Nunca se deixava levar pelas emoções, mesmo quando fazíamos amor.

Isso também era planejado com antecedência.

Nem o sexo era espontâneo.

Havia uma parte dele que eu não conseguia alcançar. Uma parte intocável com a qual eu me deparava em momentos inesperados, como em uma manhã de Natal em que perguntei qual era a lembrança favorita dele da infância e vi a expressão dele ficar vazia.

Ele nunca respondeu. Só mudou de assunto.

Nunca mais perguntei.

Agora, aqui, nos braços de Kage, com todo esse desejo e essa devoção brilhando nos olhos dele, percebo que talvez David e eu não fôssemos um par tão bom quanto eu imaginava.

Prometi o resto da minha vida a um homem que me deu um orçamento para um anel de noivado. Um orçamento bem baixo. Em seguida, rejeitou o anel que escolhi até finalmente sugerir que seria mais sensato usar o dinheiro para consertar o carburador do meu carro.

Prometi minha vida a um homem que dobrava a roupa suja antes de colocar no cesto.

Um homem que usava meias quando fazia amor porque estava sempre com frio nos pés.

Um homem que sempre desviava o olhar antes de eu beijá-lo.

— Kage?

— Oi?

— Você dobra suas roupas sujas antes de colocá-las no cesto?

Ele franze o cenho.

— Óbvio que não. Porra, quem faz isso?

— Seus pés estão sempre gelados?

— Não. Eu estou sempre com um pouco de calor. Do que você está falando?

E eu já sei que ele não desvia o olhar antes de me beijar. Ele olha no fundo dos meus olhos, como se nunca quisesse sair dali.

Como se não quisesse perder um segundo daquele momento.

— Estou falando sobre tomar uma decisão idiota. Mais uma pergunta.

— Qual?

— Depois que você me deixou no restaurante, ouvi mais tiros. Foi você?

Ele não hesita em responder.

— Foi. Havia dois homens com armas. Estavam mirando no Stavros e na Sloane. Eu matei eles.

É uma ponte. Uma ponte alta e instável sobre um rio perigoso. Espero que essa ponte consiga aguentar meu peso quando eu der o primeiro passo.

— Ok. Obrigada por ser sincero — sussurro. — Acho melhor você me levar pro quarto agora.

Sem dizer mais uma palavra, Kage me pega nos braços.

17

NAT

Eu já sabia que Kage era intenso, mas não estava preparada para a força do desejo dele quando ele me joga na cama.

Fosse lá o que estivesse contendo, finalmente se libertou.

E veio com tudo.

De joelhos no colchão, sobre mim, ele rasga meu vestido. O barulho do tecido se rompendo é quase tão alto quanto a minha respiração ofegante. Ele tira a camiseta e se aproxima com um rosnado, depois empurra meu sutiã até meu queixo e abocanha meu mamilo duro.

Kage chupa com vontade, voraz. Quando solto um gemido, ele para por um segundo para dizer:

— Da próxima vez vai ser leve. Hoje vou deixar você com minhas marcas.

Ele morde a pele macia abaixo do meu mamilo.

Eu estremeço. Dói, mas a sensação é incrível. Ondas de prazer percorrem meu corpo.

Ele faz o mesmo com o outro peito, mordendo como se quisesse me devorar por inteiro.

Então ele se afasta, virando meu corpo até me deixar de barriga para baixo e tirando meu sutiã com um movimento rápido. Ele puxa meu vestido, passando-o pelo quadril até as pernas, e faz o mesmo com a minha calcinha.

Ele joga tudo no chão. Quando espio por cima do ombro, Kage está olhando meu corpo nu com olhos selvagens e narinas infladas, o peito tatuado arfando, a mandíbula e os punhos cerrados.

Sinto meu corpo todo se arrepiar.

É diferente de tudo que já senti. Parte medo, parte desejo e parte pura adrenalina. Um tremor se espalha pelos meus braços e pernas e meu coração bate descontrolado.

O desejo dele por mim faz eu me sentir invencível. Como se todos os meus átomos vibrassem em uma intensidade perigosa, prestes a se desfazerem.

Como se eu pudesse levitar da cama e incendiar a casa.

Encontro os olhos sombrios de Kage e percebo que é a primeira vez na vida que não tenho medo de ser eu mesma. Que não tenho pavor de ser julgada. Que não me preocupo em fazer a coisa mais segura, a coisa mais inteligente, a coisa que eu "deveria" fazer.

A primeira vez que me sinto livre.

— Vai, então — sussurro. — Me dá tudo que você tem. E nem pense em se segurar.

Em uma fração de segundo de hesitação, ele umedece os lábios e baixa o olhar.

E então Kage me pega pelos tornozelos, me puxa até a beirada da cama, se inclina e enfia a boca na minha bunda, ávido.

Ele crava os dentes com um rosnado profundo e animalesco.

É um grito de vitória primitivo. Como um leão se vangloriando de uma presa finalmente aos seus pés.

Em seguida, no lugar dos dentes, vem a mão. A palma aberta atinge o ponto onde a boca dele estava, com um estalar que faz meu corpo se retrair, e me arranca um gritinho de susto.

Ele começa a falar comigo em russo.

Um russo áspero e gutural, as palavras ditas entredentes.

É tão excitante que mal aguento.

Kage me vira e me beija profundamente, mordendo meu lábio. Ele está ofegante, as mãos tremendo. Sei que está no limite do autocontrole, se segurando, porque tem medo de me machucar se fizer o que pedi.

O fato de esse homem gigante e perigoso poder ser tão gentil e carinhoso quase leva lágrimas aos meus olhos.

Enlaço as pernas na cintura dele e o beijo com mais força, puxando seu cabelo.

Kage morde minha orelha. Meu pescoço. Meu ombro. Eu solto um riso de desespero, ofegante.

Ele vai descendo pelo meu corpo, beijando e mordiscando. Eu diria que está me acariciando também, mas suas mãos são brutas demais para usar essa palavra. Gananciosas demais. Kage agarra tudo que consegue alcançar e a sua boca segue o caminho traçado pelos dedos.

Quando ele morde a parte interna da minha coxa, eu solto um gemido.

Ele congela.

— Foi demais?

— Não. Não para.

Kage vira o rosto para minha outra coxa e enfia os dentes na carne macia. Arqueio as costas, desejando aquela boca quente em outros lugares.

Tipo... *lá.*

Ele me dá exatamente o que quero e leva a boca ao meu clitóris, puxando-o com os lábios. Emito um som que tenho certeza de que nunca emiti antes, de total delírio.

Kage coloca a mão na minha barriga para me segurar na cama e chupa cada centímetro de mim. Fico ali, com as pernas abertas, gemendo e me contorcendo, movendo meu quadril contra o rosto dele.

Quando ele enfia dois dedos em mim e passa os dentes de leve no meu clitóris, eu gozo.

O orgasmo é repentino e violento. Uma explosão de prazer. Eu me abro inteira para ele, estremecendo e gritando seu nome.

Ele abre o zíper da calça jeans sem afastar a boca do meu corpo, ainda me devorando. Apoia uma das mãos na cama e mantém a outra próxima à virilha. Vejo a ereção de relance, pulsando na mão dele, e então ele entra em mim.

Gememos ao mesmo tempo. Sinto meu corpo se abrir ao redor do pau enorme e duro de Kage e enfio as unhas nas costas dele.

— Isso, baby. Me marca também — diz ele, com a voz mais baixa e rouca.

Finalmente, ele começa a meter forte e fundo, como se sua vida dependesse disso.

Prendo os tornozelos nas costas dele e me seguro.

Meus seios balançam. Meus pulmões doem. Minha pele começa a suar. Ele continua o movimento, com uma das mãos apoiada na cama e a outra segurando minha bunda, me puxando para perto a cada investida.

Sob a trilha sonora dos meus gritos e dos gemidos guturais de prazer dele, chego ao clímax de novo.

Meu corpo inteiro tensiona. Minha cabeça cai para trás. Eu me dobro na cama, tremendo, pulsando ao redor do corpo dele.

Kage desacelera o movimento dos quadris, se apoia nos cotovelos e leva a boca ao meu ouvido.

— Minha — sussurra ele, sedutor, com um tom triunfante. — Se você goza no meu pau, você é *minha*.

Deixo escapar um arquejo, sentindo como se o último fio que me prendia à Terra tivesse se soltado, me levando a flutuar na escuridão do espaço.

Lá no fundo, sei que é disso que eu tinha medo. Deste momento.

O momento em que finalmente me entregaria a ele, de corpo e alma.

Não há volta agora. Não tem como mudar de ideia.

O que me impressiona é que não quero que tenha volta.

Não importa quem ou o que ele seja.

Estou nessa para valer.

Eu puxo Kage para mais perto e o beijo com intensidade, ciente de que a garota que eu era antes deste momento não existe mais. Quando nos levantarmos da cama, seremos um só.

Acho que somos parecidos nesse sentido: não há meio-termo para nós. É tudo ou nada.

— Deixa eu ver seus olhos — ordena ele.

Abro os olhos e o encaro em meio ao êxtase. Kage está lindo, inacreditável, com um olhar flamejante e o cenho franzido.

Ele acelera o ritmo e entendo que ele quer que eu o veja gozar. Quando chegar ao clímax dentro de mim, quer que estejamos os dois de olhos abertos para ver tudo que há entre nós enquanto compartilhamos nossos corpos e nossa respiração.

Kage já disse, mas quer que eu *saiba*: eu pertenço a ele agora.

Assim como ele pertence a mim.

Levanto a mão e toco o rosto dele.

— Todos esses anos que passei esperando... — murmuro. — Acho que eu não estava esperando por ele. Acho que era por você.

Kage estremece, gemendo e deixando a testa cair no meu pescoço. Finalmente, termina dentro de mim com uma série de investidas trêmulas, puxando meu cabelo e sussurrando palavras em russo.

Envolvo as costas dele com os braços e a cintura com as pernas e fecho os olhos. Sinto como se estivesse voando.

Sinto como se finalmente estivesse em casa.

Nós cochilamos.

Depois de um tempo, Kage se desvencilha dos meus braços, levanta e tira a calça, a cueca e as botas depressa para voltar para mim. Ele se aninha de novo nos meus braços, acariciando meus seios e me puxando para perto do corpo grande e quente. As pernas dele se entrelaçam às minhas.

— Por que você está rindo? — pergunta ele.

Abro os olhos. Mesmo suado e bagunçado, com o cabelo escuro caindo sobre os olhos, ele é tão bonito que eu perco o fôlego.

— Porque você não tirou os sapatos.

Ele torce o nariz. É fofo.

— Eu estava com pressa.

— Jura? Nem percebi.

Ele sorri e me examina.

— Minha mulher está dizendo que eu não consegui satisfazê-la?

Minha mulher.

Sinto um arrepio ao ouvir essas palavras.

É muito provável que esse relacionamento seja um desastre completo, mas, por enquanto, estou tão feliz que parece que vou explodir.

Sorrindo, me estico e pressiono os seios em seu peito largo. Amo como ele é todo forte.

Com a exceção dos olhos, que são inacreditavelmente gentis.

— Não. Só fiz um comentário.

Ele me puxa para mais perto. Estamos deitados lado a lado. Estou aninhada nele, confortável e protegida, com seu cheiro me dominando e ouvindo o coração dele bater devagar. Poderia ficar aqui para sempre.

— Tenho um comentário a fazer também — diz ele, com o rosto no meu cabelo.

— Qual?

— Nunca vi nada tão bonito como você quando goza.

Meu rosto fica vermelho. Não sei se sinto orgulho ou vergonha, mas gosto.

— Idem.

— Idem? Esse é meu elogio pós-coito?

— *Pós-coito*? Vai gastar seu repertório de palavras difíceis, é?

— Não quero que você pense que sou só um rostinho bonito.

Ele está me provocando. Adoro quando Kage brinca comigo. É tão raro.

— Ah, não. Não acho isso — digo, brincando. — Você tem vários tipos de atributos além da beleza estonteante.

Outra pausa, mais longa desta vez.

— Aposto que você tá pensando que o termo "beleza estonteante" não combina com a sua pose de machão — digo.

— Bom, eu *acho* que é um elogio.

Ele parece incomodado. Seguro o riso.

— Mas?

— Mas faz eu me sentir como uma debutante em um romance de época.

É minha vez de ficar incomodada.

— Como você sabe o que é um romance de época?

— Tenho um gosto literário variado.

Eu me apoio em um cotovelo, incrédula, e o encaro. Ele está sorrindo de um jeito arrogante e preguiçoso.

— Então você está dizendo que lê romances. *Você* — digo, cética.

Ele finge inocência.

— Por quê? Não é o tipo de coisas que um homem "de verdade" faz?

Eu bato no peito dele, firme como um muro de tijolos.

— Você tá de sacanagem comigo.

Ele vai de brincalhão a sedutor em um piscar de olhos.

— Eu preferia estar *fazendo* sacanagens com você e comendo essa sua boceta gostosa.

Meu Deus, como ele fala assim? O homem é um Shakespeare da putaria.

— Você já fez isso.

— Há éons atrás.

— Há vinte minutos.

— Como eu disse. Éons.

Ele me segura e rosna no meu pescoço, me fazendo soltar um gritinho. Em seguida, gira e fica em cima de mim, deixando o peso cair sobre meu corpo. Solto o ar.

— Você é muito pesado!

— Você ama.

Reflito por um segundo, sentindo o corpo dele em mim. Ele é imenso, um cobertor humano, me protegendo. Me esmagando, mas me mantendo sã e salva.

Ele tem razão. Eu *amo*.

O riso dele faz seu peito estremecer.

— Eu disse.

— Para de ser convencido, seu...

Ele me beija antes que eu possa dizer mais alguma coisa sarcástica. Afundo no colchão, me deliciando com seu gosto e o calor que ele gera até meus pulmões não aguentarem mais.

Batendo fracamente nas costas dele, protesto:

— Socorro. Sufocando. Morte iminente.

— Dramática.

Kage se deita de costas e me puxa para cima dele.

Meu corpo enrijece com a surpresa e depois relaxa. Jogada sobre ele, sorrio.

— Ah! Agora tenho você exatamente onde eu queria.

— É aqui que você me quer? Deitado de costas?

Eu o beijo devagar.

É. De costas e indefeso.

Ele suspira, parecendo pensativo, e passa a mão pelo meu cabelo.

— Minha linda. Estou indefeso desde o dia que nos conhecemos — murmura ele.

Meu coração quase para. Há um brilho distante no olhar dele.

Um brilho de tristeza.

— Você fala isso como se fosse algo ruim.

— Não ruim. Apenas complicado.

Examino a expressão dele por um instante.

— Imagino que você não vá me explicar isso.

— Acredite quando eu digo que você não vai querer saber.

Sinto uma bandeira vermelha se levantar quando percebo que ele está evitando contato visual.

Mas é o que é. Somos o que somos. E eu concordei.

Segredos.

Não mentiras. Segredos — muitos deles — e distância, tudo para me manter a salvo.

Foda-se.

Se esse é o preço que tenho que pagar para estar com Kage, eu pago. Passei tempo demais vivendo como um zumbi para abrir mão desta vida empolgante, mesmo que tenha um lado sombrio.

Todo conto de fadas tem um lado sombrio.

18

NAT

Conversamos por um tempo até Kage decidir que está na hora de me alimentar.

Ele veste a calça jeans e me manda ficar na cama, depois vai para a cozinha. Fico deitada, nua, olhando para o teto com um sorriso bobo no rosto, ouvindo-o mexer na geladeira e nos armários. Escuto o barulho de panelas no fogão, sinto o cheiro de bacon frito e minha boca começa a salivar.

Pouco depois, ele volta com um prato. Descalço, sem camisa e incrivelmente bonito.

— Café da manhã para o jantar — anuncia ele, parado ao lado da cama. — Senta.

Não o obedeço.

— Mandão.

Ele arqueia uma sobrancelha.

— Senta ou vou deixar sua bunda vermelha.

Meu sorriso fica mais largo. Lanço um olhar sádico para Kage.

— Dobrando a aposta. Gostei. Mas não vamos esquecer que não te dei permissão pra isso.

— *Ainda.* — Kage gesticula para o prato. — Agora senta como uma boa menina para eu poder te alimentar.

— Você parece muito preocupado com o meu consumo calórico, sem necessidade. Qual é a sua?

É a vez dele de sorrir. Um sorriso cheio de segundas intenções.

— Você vai precisar de energia. A noite é uma criança.

Ele não está errado.

Eu me sento e chego para trás até encostar na cabeceira da cama, apoiada no travesseiro. Puxo o lençol para cobrir meus seios nus.

Kage se senta na beirada da cama e puxa o lençol de volta para expor meus seios de novo. Coloca o prato no colo e pega um pedaço de bacon crocante.

— Abre — ordena ele, segurando o bacon perto da minha boca.

Apesar de me sentir um pouco ridícula sendo alimentada como uma criança, obedeço. Logo deixo a vergonha de lado, porque está delicioso. Tão gostoso que chego a gemer enquanto mastigo.

O homem sabe cozinhar. Quem diria.

Ele me observa com olhos de águia até eu engolir. Então solta um barulho de satisfação, pega o garfo apoiado no prato e o enche de ovos mexidos.

— Opa. Quão grande você acha que é a minha boca? Essa garfada serve umas quatro pessoas.

Ele abre um sorriso arrogante.

— Toda vez que você vier com sarcasmo, ganha mais um tapa na sua conta.

A gente se encara. Ninguém pisca. Mas ele é melhor nisso, e estou faminta, então ele ganha a competição.

Obediente, abro a boca e deixo Kage colocar o garfo.

Ele observa minha boca e diz:

— Que lábios bonitos do cacete. Não vejo a hora de ver você de joelhos com esses lábios no meu pau.

Quase engasgo com os ovos, mas consigo me conter.

— Que romântico! Você devia escrever sonetos.

— Coma.

Kage me dá mais ovo, outro pedaço de bacon e uma torrada com manteiga. Ele me assiste mastigar e engolir como se fosse a coisa mais fascinante do mundo.

Quando a comida acaba, ele coloca o prato na mesa de cabeceira ao lado da cama.

— Quantos vibradores você tem exatamente? — pergunta ele, em um tom casual, ao se virar para mim. Arregalo os olhos. — Só estou perguntando porque essa gaveta parece estar cheia até o topo. Acho que meu favorito é o rosa choque.

Ele aponta para a mesa em que colocou o prato.

A gaveta está entreaberta e dá para ver meu baú do tesouro de acessórios sexuais.

O vibrador rosa é, na verdade, um dildo. Bem grande, por sinal, longo e grosso, com veias realistas e uma cabeça bulbosa capaz de aterrorizar virgens.

Meu Deus.

Solto um guincho de horror que faz Kage rir.

— Descobri seu segredinho, baby. E pensar que você me disse que era conservadora na cama. — Ele abre a gaveta, puxa o dildo rosa gigante e o balança, soltando uma risada — Isso não é exatamente conservador. Dá para perfurar um pulmão com esse monstrinho aqui.

Tento pegar de volta, mas ele o coloca acima da cabeça. Seu braço é longo demais para que eu alcance a prova do crime.

Então, morta de vergonha, me jogo na cama e puxo o lençol por cima do rosto, choramingando.

Kage continua a realizar uma análise forense na minha gaveta de brinquedos sexuais.

— Ah, olha só. Um tubo gigante de lubrificante… E claro, tem o clássico vibrador de coelho e um dildo que brilha no escuro. Muito artístico. Você poderia investir em uma lanterna, claro, mas acho que seria bem mais divertido usar isso se a luz acabasse. E o que é essa coisinha interessante? Cor de lavanda. De plástico macio. Redondo como um potinho de geleia, mas tem uma pequena abertura no topo… Espera aí. Achei o botão para ligar.

O barulho da vibração toma conta do quarto, seguido pela risada de Kage.

— Uau. Sua safada. É o que eu estou pensando?

Ele me pegou. Debaixo do lençol, suspiro profundamente.

— Ele tem sucção e vibração profunda pra simular a sensação de lábios e língua.

Kage ri mais alto, esse sacana.

Meu tom fica mais irritado.

— É à prova d'água, recarregável e tem dez modos de vibração. E uma capa para não acumular poeira dentro da gaveta.

— Nenhum desses brinquedos tem sinal de poeira, baby. Você anda ocupada.

— Não me julga! Estou solteira há muito tempo.

Ele se aproxima e beija meu quadril.

— Eu sei. Não estou julgando. Mas você não precisa de mais nada disso.

A pausa dele me deixa nervosa.

— A menos que...

Kage desliza a mão para baixo do meu joelho e abre minhas pernas devagar. Então, coloca o vibrador entre elas.

Enterro o rosto no colchão, puxo o lençol mais forte sobre o meu rosto e solto um gemido.

— Quer esconder seu rosto de mim quando eu fizer você gozar? — murmura ele.

— Quero.

— Você sabe que preciso te ver.

— Não!

Ele desliza o brinquedo para cima e toca meu clitóris. Eu estremeço, gemendo novamente, desta vez mais fraco.

— Deita de barriga pra baixo e abre as pernas.

A voz dele desce uma oitava e ganha um tom forte e dominante que faz meu coração acelerar.

Trêmula, obedeço. Meu rosto ainda está coberto, mas o resto do meu corpo está nu. Apesar do quarto estar gelado, minha pele está quente e já estou suando.

Kage desliza a mão no meio das minhas pernas mais uma vez, mexendo até achar o lugar certo e eu soltar um suspiro pesado. O brinquedo me suga com um ritmo consistente. Consigo sentir a vibração até no meu quadril.

É tão bom que não consigo parar.

— Precisa de mais, né, baby?

A voz dele é suave, profunda e hipnótica. Não entendo bem o que ele quer dizer até sentir algo quente e molhado deslizando.

Lubrificante.

Kage espalha o gel com os dedos e então sinto algo duro tocar em mim e entrar devagar.

Tão acostumada com o tamanho e o formato, percebo na hora que é o dildo rosa.

Meu rosto está fervendo, a pele parecendo que vai entrar em combustão.

Quando abro mais as pernas e jogo o quadril para cima, Kage ofega.

— Tão linda — sussurra ele, empurrando o dildo mais fundo com delicadeza.

Solto gemidos baixinhos, agarrando os lençóis.

O brinquedo no meu clitóris continua a sugar e vibrar. O dildo começa a entrar e sair em um ritmo suave. Meus mamilos doem, estou sem fôlego e ruborizada, sem conseguir parar de mover os quadris enquanto Kage usa meus próprios brinquedos em mim.

— Gosta?

Com os olhos fechados e o rosto em chamas, respondo:

— Gosto.

— Gosta dessas duas sensações ao mesmo tempo?

— Gosto.

A voz dele fica ainda mais grossa.

— E isso aqui, baby, gosta disso?

Ele passa um dedo pela minha bunda cheia de lubrificante e pressiona suavemente bem no meio.

Eu arquejo, meus olhos se abrem e meu corpo enrijece.

— Shhh. É só isso, a menos que você peça mais — sussurra ele.

Sinto o coração bater forte e fico imóvel, de olhos arregalados, enquanto ele massageia ali, movendo o dildo devagar, sem tirar o brinquedo de sucção do meu clitóris.

A sensação de ele me tocar onde nenhum homem jamais tocou não chega a ser desagradável. É só muito, muito estranho. Como se fosse íntimo demais. Sinto como estivéssemos fazendo algo errado.

Esse sentimento só dura cerca de dez segundos, até o combo de prazer que ele está orquestrando tomar conta do lado racional do meu cérebro e eu colapsar no colchão novamente, gemendo em delírio.

— Minha safadinha — rosna Kage. — Você é tão linda. Queria que você pudesse ver a si mesma agora. Você está me deixando tão duro. Tão louco de tesão.

A voz dele ativa todos os meus nervos. Kage aumenta a velocidade do dildo aos poucos até meu corpo tremer cada vez mais. A sensação é avassaladora. A vibração por fora, o movimento por dentro, o dedo dele brincando com aquele ponto específico e proibido, molhado, sensível, cheio de terminações nervosas...

O orgasmo vem com tanta força que não consigo emitir um som sequer. Minhas costas arqueiam. Minha boca se abre. Estremeço involuntariamente enquanto Kage fala toda sacanagem que um homem pode dizer para uma mulher.

Eu amo essa sua boceta molhada e insaciável...

Goza para mim, minha putinha linda...

Você é magnífica, caralho...

Toda minha.

Estou arfando, tremendo, gozando, mal consigo respirar. As contrações estão incontroláveis. Termonucleares. Sinto como se fosse explodir.

Ele não para de falar comigo, um fluxo constante de sacanagem carinhosa e profanidades lindas que fazem eu me sentir amada e idolatrada, em vez de depreciada.

Kage tira o dildo e o substitui pelo próprio pau, entrando com força.

Em seguida, coloca a mão gigante na minha nuca e me segura enquanto me fode.

Amo tanto aquilo que meus gemidos passam a ser o nome dele.

Ele passa um braço pela minha cintura e me puxa até eu ficar de joelhos, depois me empurra para eu ficar com a bochecha contra o colchão e a bunda empinada. Uma das mãos está puxando meu cabelo e a outra está no meio das minhas pernas, massageando meu clitóris, substituindo o brinquedo que caiu quando ele me mudou de posição.

— Kage... meu Deus...

— Isso, baby. Vai, sente cada centímetro de mim.

O pau dele é imenso, mais grosso que o dildo. Estou completamente aberta e tão molhada que sinto escorrer pelas pernas. Meus peitos balançam a cada movimento. Estou completamente fora de mim.

— Me bate — sussurro, agarrando os lençóis, desesperada. — Bate na minha bunda.

— Dessa vez não. Você não está pronta.

Fico praticamente ofendida.

— O quê? Você não para de falar nisso...

Pá!

Tenho um espasmo e inspiro depressa. Minha bunda arde.

— Eu disse que você não tá pronta. Não me faz repetir.

— É assim? Então tá bom. Removo a permissão. Agora você só vai me bater de novo se eu puder bater em você primeiro!

Ele ri. Puxa meu cabelo com mais força. Continua metendo em mim.

Arrogante do cacete.

Ele passa a mão pelo meu corpo de novo e mexe no meu clitóris inchado.

Se for possível alguém gemer de raiva, é o que estou fazendo.

De repente, ele sai de dentro de mim, me vira, abre minhas coxas e começa a me chupar, segurando meus pulsos ao lado do meu corpo para que eu fique parada, indefesa, enquanto ele me devora.

Quando minhas coxas começam a tremer por causa da minha tentativa de conter outro orgasmo (afinal, estou com raiva dele), Kage me solta, joga minhas pernas sobre os próprios ombros e entra em mim de novo, me dobrando no meio.

Ele segura meus braços acima da cabeça com uma das mãos gigantes prendendo meus pulsos e começa a sussurrar sacanagens para mim enquanto aperta meus seios com a mão livre.

Não entendo nada, porque ele está falando em russo.

Acho que essa era a intenção, no fim das contas.

Então ele me beija. Com vontade. Gemendo na minha boca. O movimento dos quadris dele desacelera. Kage se afasta e grita:

— *Caralho*!

Ele também está tentando não gozar.

Então é óbvio que continuo a mexer os quadris, me enfiando nele, incentivando-o a perder o controle.

Só porque Kage é maior e mais forte, não quer dizer que é quem está no comando.

Posso ser apenas uma professora de ensino fundamental com um carro ruim e um histórico amoroso catastrófico, incapaz de fazer multiplicações simples sem uma calculadora, mas agora sou a rainha dele.

Pretendo colocar a coroa e mostrar quem manda.

Quando ele abre os olhos e me encara, a testa franzida e a expressão de concentração intensa beirando a dor, eu sorrio.

— Tudo bem aí, garotão? Você parece um pouco cansado.

Ofegante, ele resmunga algo em russo. Não faço ideia do que ele disse, mas não importa. Agora estamos jogando meu jogo.

Temos que seguir minhas regras.

— Eu estou muito bem, obrigada por perguntar. Mas tenho que admitir que estou tão apertadinha que quase não consigo aguentar seu pau gigante. Que bom que estou bem molhada.

Os olhos dele faíscam. Ele respira fundo.

Meu sorriso fica mais largo.

Agora sim.

Continuo, em um tom mais baixo:

— Aposto que vou ficar ainda mais molhada quando você me jogar no seu colo e me dar uns tapas. Vou ficar tão quente e molhada que vou rebolar em você e implorar pra você me comer, mas você não vai fazer nada até eu te chupar e você estar quase gozando. Você vai me bater enquanto eu te chupo, não vai, Kage? Isso, vai bater na minha bunda, de novo e de novo, enquanto eu te chupo e me toco, depois vou ficar de quatro pra você meter no meu cu virgem com esse seu pau gigante...

Kage goza tão forte que a cama balança.

Ele joga a cabeça para trás e grita para o teto, o corpo inteiro tenso.

Estaria mentindo se dissesse que vê-lo gozar, descontrolado, graças ao meu discurso safado, não me abalou.

Na verdade, é o contrário.

Saber que tenho tanto poder sobre Kage quanto ele tem sobre mim me deixa tão excitada que, rebolando mais um pouco nele, chego ao clímax também.

Eu me desfaço nele, trêmula.

Kage abocanha meus seios e puxa um mamilo.

Sinto-o pulsar dentro de mim enquanto tensiono e grito o nome dele.

Continuamos até cairmos juntos no colchão, ofegantes.

Quando nossos corpos param de tremer e finalmente estabilizamos nossa respiração, Kage sai de dentro de mim, vira nossos corpos para nos deitarmos de conchinha e solta um longo suspiro no meu cabelo.

— Essa sua boca suja — diz ele, com a voz rouca em um tom cálido.

— Gostou?

— Nunca gozei tão forte na vida.

Meu ego está enorme, mas quero fingir naturalidade e dou de ombros.

— Tive um bom professor.

A risada dele sacode nós dois. Ele beija a curva do meu pescoço.

— Você vai acabar comigo, linda.

Eu sorrio.

— Espero que não.

É a última coisa da qual consigo me lembrar antes de pegar no sono, um sono tão pesado que parece um coma.

Quando acordo de manhã, estou sozinha.

Kage foi embora.

E a polícia está batendo à minha porta.

19

NAT

Quando abro a porta de casa, vejo duas pessoas na entrada. Uma delas é um homem mais velho com um uniforme da polícia. Ele é barrigudo e tem um daqueles narizes vermelhos que denuncia anos de bebedeira. Não o conheço.

A outra é uma mulher negra atraente com cerca de quarenta anos; está de calça bege, blazer azul-marinho e camisa de botão branca. Nada de maquiagem nem de joias. As unhas estão bem-feitas. O cabelo está preso em um coque simples. Apesar da falta de adornos no visual, ela tem um ar natural de elegância.

Eu sei muito bem quem ela é.

Brown. Detetive Doretta Brown, para ser mais exata.

A mulher que liderou a investigação do desaparecimento do David e nunca me deixou esquecer, nem por um segundo, de que ela considerava qualquer um suspeito.

Inclusive eu.

— Detetive Brown. Quanto tempo. Novidades sobre o David?

Ela semicerra os olhos ao analisar meu rosto.

Aposto que consegue notar meu medo. Essa mulher é assustadoramente inteligente.

— Não estamos aqui para falar disso, srta. Peterson.

— Não?

Ela espera que eu fale mais, mas minha boca é um túmulo. Kage me avisou de que conversar com a polícia é uma oportunidade para falar demais.

Quando ela percebe que aquele olhar não vai funcionar, continua:

— Estamos aqui por causa do tiroteio no La Cantina ontem à noite.

Não dou um pio, mas percebo que há outra viatura da polícia parada na rua.

Chris está encostado no carro de xerife, com os braços cruzados no peito, me encarando sobre os óculos escuros espelhados.

Merda.

Ao perceber que eu e a detetive Brown podemos ficar aqui paradas e nos encarando para sempre, o policial barrigudo faz uma sugestão amigável.

— Por que não entramos para conversar?

Não.

Ele parece surpreso com o tom contundente da minha resposta. A detetive Brown, no entanto, não.

— Tem alguma coisa que você queira nos contar, srta. Peterson?

Aposto que os ouvidos aguçados dela conseguem ouvir o meu estômago se revirando, mas dou um jeito de manter uma expressão neutra quando respondo.

— Tem alguma coisa que você queira *me* contar?

Ela troca um olhar sugestivo com o colega, que cruza os braços sobre a barriga e me lança um olhar diferente. Um olhar que diz que ele não estava me levando a sério antes, mas agora está.

Claro que a detetive Brown deve ter contado as histórias.

Para ela, posso parecer inocente, mas não sou.

Me pergunto se ela acha que cortei o David em pedacinhos e o coloquei em um picador de madeira.

— Houve um tiroteio no La Cantina ontem à noite — repete ela. — Quatro pessoas morreram.

Uma pausa. Um olhar de desafio. Fico em silêncio. Ela continua:

— O que pode nos dizer sobre isso?

— Estou sendo presa?

Ela parece chocada com minha pergunta, mas logo recupera a compostura.

— Não.

— Então talvez você deva se concentrar na investigação aberta do meu noivo desaparecido e voltar quando tiver algo a dizer.

Começo a fechar a porta quando o outro policial fala.

— Sabemos que você estava no restaurante ontem à noite.

Eu paro, respiro fundo e olho para ele.

— Desculpa, acho que não fomos apresentados. Qual é o seu nome?

Ele descruza os braços e descansa a mão no topo da arma presa em seu cinto. Tenho a impressão de que é uma tática para me intimidar. Mas isso só me irrita profundamente.

Não há nada que eu odeie mais do que um valentão.

Ele aponta para o distintivo no peito.

— O'Donnell.

— Policial O'Donnell, vou pedir a você e sua colega que saiam da minha varanda — digo, ainda em um tom amigável. — A menos que tenham novas informações sobre o desaparecimento do meu noivo, não tenho nada a dizer pra vocês.

— Podemos fazer você nos acompanhar até a delegacia pra conversar — ameaça a detetive Brown.

— Só se você for me prender. E você já disse que não veio fazer isso.

Nossa, essa mulher não gosta *mesmo* de mim. Parece que o olhar dela vai fazer um buraco na parede.

— Por que você se recusaria a cooperar com a gente se não tem nada a esconder?

— Cidadãos não têm obrigação de falar com a polícia. Mesmo se forem acusados de um crime. Mesmo se forem presos. Certo?

— Um juiz pode forçar você a falar.

Tenho certeza de que isso seria forçar a barra, mas considerando que não sou uma procuradora geral, não sei dizer.

De qualquer forma, ainda estamos ali, desafiando uma à outra.

Não vou ceder primeiro.

— Não estou vendo um juiz na minha varanda. Tenha um bom dia, detetive.

Com o coração palpitando, fecho a porta na cara deles. Fico ali, parada, tremendo e tentando me recuperar, até ouvir a voz do Chris do outro lado da porta.

— Nat. Abre. Eu sei que você está aí.

— Vai embora, Chris.

— Estou com sua bolsa.

Congelo, horrorizada.

Meu Deus. Minha bolsa! Eu deixei no restaurante!

Respira. Você não fez nada de errado.

Inventa logo uma desculpa qualquer.

Abro a porta e olho para ele, que segura minha bolsa preta. Minha mente está a mil quilômetros por hora, tentando pensar no que fazer.

Ao entender que não vou falar nada, Chris suspira.

— Quatro pessoas morreram ontem à noite, Nat. Seis ficaram feridas. Se você souber de alguma coisa, precisa falar com a polícia.

A detetive Brown e o policial O'Donnell estão parados na calçada, do lado da viatura, nos observando. Sei que mandaram Chris porque a gente teve um relacionamento e acham que ele tem mais chance de conseguir com que eu fale alguma coisa.

Isso me faz pensar no que ele contou para os colegas sobre o nosso relacionamento.

O que ele *acha* que foi nosso relacionamento. Será que esse cara acha mesmo que tem algum tipo de influência sobre mim, a garota com quem ele saiu por algumas semanas no verão passado e com quem ele nunca transou?

Homens.

— Não sei de nada.

Chris ergue a bolsa e me encara.

— Sério? Então você não esteve no La Cantina ontem à noite? Sua bolsa saiu de casa sozinha e apareceu na cena de um crime por acaso?

Tenho a impressão de que não existe nenhuma imagem de mim no restaurante. Que a bolsa, com minha identidade e celular, é a única coisa que me coloca na cena. A detetive Brown com certeza teria usado a gravação da câmera de segurança como argumento para me intimidar, mas não o fez.

Cruzo os dedos porque, apesar de saber que não sou legalmente obrigada a falar com a polícia, não faço ideia se mentir para eles é um crime.

— Esqueci essa bolsa no balcão da lavanderia outro dia — digo, olhando nos olhos do Chris. — Quando voltei para pegar, tinha sumido.

Ele analisa minha expressão em silêncio.

— Você está dizendo que alguém roubou sua bolsa, deixou todas as suas coisas dentro e saiu pra jantar com ela?

— Não sei o que aconteceu, só sei que essa foi a última vez que vi a bolsa. Posso pegar ela de volta, por favor?

Ele solta um suspiro pesado.

— Nat. Fala sério. O que tá acontecendo com você?

— Eu só quero minha bolsa de volta.

Ele muda de tom.

— Ah, é? Então se recusar a falar com a polícia não tem nada a ver com seu vizinho?

Sinto um embrulho no estômago. Engulo em seco, sinto minhas mãos tremerem e desejo ser o tipo de pessoa que mente sem peso na consciência. A esta altura Sloane já teria acabado com o Chris e mandado ele pra casa com o rabo entre as pernas.

Seja como Sloane.

Levanto o queixo, jogo os ombros para trás e estendo minha mão.

— Me dá a minha bolsa.

— Eu sabia que esse cara era problema. Você confia demais nas pessoas, Nat. Precisa tomar mais cuidado.

— Não sei de quem você tá falando. Me dá a minha bolsa.

— Não sabe? Isso aqui te lembra alguém?

Ele tira um pedaço de papel dobrado do bolso da jaqueta. Colocando minha bolsa debaixo do braço, ele desdobra o papel e me entrega.

É um desenho feito à lápis da cabeça e do rosto de um homem. Apesar do meu choque, tenho que admitir que a semelhança é incrível.

É Kage.

Mesmo em um desenho simples e bidimensional, ele é de tirar o fôlego. Se houvesse um concurso para Criminoso Mais Gato, ele ganharia, sem dúvidas.

— É um retrato falado de um dos suspeitos do tiroteio de ontem à noite. Alguns dos funcionários do restaurante conseguiram dar uma boa olhada no rosto dele... Pouco antes de ele matar duas pessoas à queima-roupa. Parece familiar agora?

— Não.

Chris está ficando nervoso. Balança a cabeça e me encara.

— É seu vizinho aqui do lado, Nat. O cara que me ameaçou nessa mesma varanda.

Eu o encaro de volta com o triplo de intensidade.

— Ah, quer dizer quando você estava me assediando enquanto eu pedia pra você parar? Sim, dessa parte eu lembro.

Um duelo à mexicana começa.

Somos dois *bandoleros* com pistolas carregadas, nos encarando em um campo vazio, nenhum dos dois querendo correr ou atirar primeiro.

— Você tá transando com ele? — pergunta ele, por fim.

Sinto um calor dominar meu rosto, mas não consigo controlar.

— Minha vida pessoal não é da sua conta. Agora me devolve a minha bolsa e sai da minha casa.

— Meu Deus, Nat. *Aquele cara*? Tá de brincadeira comigo? Só de *olhar* pra ele já dá pra perceber que é problema!

Respiro fundo, então entrego o desenho para ele e pego minha bolsa.

— Tchau, Chris.

Fecho a porta na cara dele.

Fico parada ali por alguns segundos, mas ele não vai embora. Por fim, Chris xinga baixinho.

— Ok. Eu vou embora. Mas vou ficar de olho em você. Isso ainda não acabou.

Ouço as botas de Chris enquanto ele desce a escada.

Fico me perguntando se ele vai "ficar de olho em mim" por mim ou por ele. Tenho a impressão de que Chris tomou essa decisão pelos motivos errados.

Vou para a cozinha, me sento à mesa e abro a bolsa. Está tudo lá: a carteira, o celular, o batom e as chaves.

Fico em choque ao perceber que não tranquei a porta ontem à noite, quando eu e Kage saímos. Também não percebi que a porta estava destrancada quando chegamos em casa.

Se vou ser a rainha de um chefão da máfia, preciso ser mais cuidadosa.

Quando meu celular toca, dou um pulo, assustada. Não conheço o número, então hesito antes de atender.

— Alô?

— O líder da máfia russa nos Estados Unidos é um cara chamado Maksim Mogdonovich, um ucraniano. Não é interessante isso de ter um ucraniano como líder? Acho que os russos devem ficar meio putos.

— Sloane! Meu Deus! Você tá bem? Tá segura? Onde você tá?

Ela ri, como se estivesse curtindo um cruzeiro e tomando um drinque.

— Amiga, eu tô bem. Você me conhece. Sempre dou um jeito. A questão é: como *você* tá?

Deixo a cabeça cair na mesa da cozinha e resmungo.

— Foi o que eu pensei. Bebe um vinho. Vai ajudar.

— São nove da manhã.

— Não em Roma.

— Não estou em Roma!

— Não, mas eu estou.

Eu me endireito na cadeira em um pulo.

— O quê?

— Stavros tem um jatinho particular. Viemos pra cá logo depois do restaurante. Acho que ele ficou com medo do seu namorado arrancar as bolas dele se alguma coisa acontecesse comigo. Vai ser muito divertido ver você ser *moll* de um chefão da máfia, por sinal.

— Dá licença, não sou *moll* de ninguém.

— Você nem sabe o que quer dizer.

Odeio quando ela tem razão.

— Vou saber se me der um segundo pra jogar isso no Google.

— É a parceira de um membro da máfia.

— Existe uma palavra específica pra isso?

— Existem palavras pra tudo. Por exemplo: sabe aquela parte no topo da escada onde você vira para subir outro lance?

— Sim.

— O nome disso é patamar. Legal, né?

— Você tá bêbada. É isso?

Ela ri de novo. Ouço vozes de homens no fundo.

— O iate do Stavros tem muitas escadas.

— Iate? Achei que você estava em Roma.

— A gente foi pra Roma. Agora estamos no iate dele. O Mar Mediterrâneo é *incrível*. Ei, você e o Kage deviam vir pra cá!

É por isso que parece que ela está curtindo um cruzeiro e bebendo: ela *está* curtindo um cruzeiro e bebendo.

— Você sabia que o Stavros era da máfia, né?

— Mais ou menos. Não sabia que era uma operação tão grande. Ninguém sai por aí com uma etiqueta de nome dizendo "mafioso". Ou seja lá qual é a palavra em russo. Só saquei a vibe dele.

— Como assim você não contou que estava namorando um mafioso? Disse que ele trabalhava com tecnologia.

— Ele trabalha! E também, por acaso, trabalha pra máfia. Por que você tá tão chateada?

— Nossa, não sei — ironizo, seca. — Talvez por causa do tiroteio de ontem à noite? Ou dos quatro corpos que deixamos no La Cantina? Ou dos policiais que vieram bater à minha porta hoje de manhã? Ou do fato de Kage não estar mais aqui quando eu acordei?

Ela ofega, soando surpresa.

— Você dormiu com ele, então?

— De tudo que eu falei, *isso* é o que chamou a sua atenção?

— Dormiu! Ai, meu Deus, mulher, me conta!

— Volta um pouco. *A polícia veio bater à minha porta hoje de manhã.*

— E você não falou nada pra eles e eles já foram embora. Vamos voltar para o que importa: você e o Kage. Sei que a resposta deve ser "não" porque foi a primeira vez de vocês juntos, mas tenho que perguntar... anal?

— Você tem sérios problemas.

— Responde.

— Eu poderia ter sido presa!

— Amada, você não fez nada de errado para ir presa. Agora responde a porcaria da pergunta.

— A resposta é não, sua psicopata!

Ela suspira, decepcionada.

— Bom, pelo menos você tá bem. Tivemos sorte de sair vivas daquele restaurante.

— O que aconteceu, afinal? Perdi o começo do tiroteio.

— Stavros viu uns caras no bar e percebeu que estavam olhando torto pra gente. Ele disse alguma coisa para o Alex e para o Nick, o outro cara veio até a mesa, conversaram um pouco, e aí o Alex e Nick se levantaram e começaram a atirar.

Então foram eles que começaram. Interessante.

— O que disseram?

— Vai saber? Foi em russo e irlandês. Sei lá o que foi, mas não era bom.

— O Stavros contou alguma coisa?

Ela ri.

— Amiga, eu é que não vou perguntar. Quanto menos a gente souber, melhor.

Ela parece o Kage falando. Faço uma careta para o telefone.

— Quando você volta?

— Não sei ainda. Mas, pelo que eu ouvi, Stavros e os caras dele estão esperando o Kage entrar em contato antes de fazer qualquer coisa. Amiga, pelo visto, o seu namorado é o cara. Só perde pro Chefão da máfia russa.

Maksim Mogdonovich. O homem que Kage disse estar preso... e que deixou todas as operações para ele.

Meu namorado está liderando uma organização criminosa internacional.

Minha mãe ficaria tão orgulhosa.

O telefone apita, indicando outra ligação. Quando vejo quem é, meu coração acelera. Digo para Sloane que depois ligo de volta.

Então aceito a ligação de Kage.

20

NAT

— Kage!

— Bom dia. Deixei um celular para você na gaveta debaixo do micro-ondas na cozinha. Vá pegar.

Por algum motivo, ouvir a voz dele me deixa emocionada. Provavelmente por causa do meu histórico de homens desaparecidos.

Depois que um deles desaparece para sempre, uma simples ida espontânea ao banheiro pode causar um ataque de pânico.

Hiperventilando, pego o celular.

— Onde você tá? Tá tudo bem? Você vai voltar? A polícia passou aqui...

— Natalie. *Pega. O. Celular.*

Pelo tom de voz, Kage não está a fim de responder nada. Então vou até a gaveta que ele mencionou. E, como esperado, há um celular ali.

É um aparelho preto, fino, dobrado no meio para ficar do tamanho de um cartão de crédito. Quando abro, a tela acende.

— Qual é a senha?

— O aniversário da sua mãe.

Isso me faz parar por um segundo.

— Como você sabe o aniversário da minha mãe?

— Eu sei tudo sobre você.

— Impossível.

Sem hesitar, ele começa a listar:

— Sua cor favorita é azul-índigo. Sua música favorita é *Somewhere Over the Rainbow*. Sua comida favorita é o frango assado da sua mãe. Seu signo é Peixes, você praticamente não come vegetais e doa boa parte do seu ínfimo salário de professora para ONGs que resgatam animais. Seu primeiro carro foi um Mustang 1986 preto, conversível, câmbio manual. Seu pai comprou um modelo usado no seu aniversário de dezesseis anos para te dar de presente. O câmbio deu problema três meses depois.

Como ele conseguiu todas essas informações? Redes sociais? Checagem de antecedentes?

FBI?

Quando fico em total silêncio, chocada demais para responder, ele diz:

— Eu disse que estou obcecado por você. Achou que eu estava escrevendo seu nome várias vezes em um caderno com um monte de coraçõezinhos?

— Espera um segundo. Não estou me sentindo muito bem.

Ele me ignora.

— Vou desligar e ligar no outro telefone. É impossível de rastrear. Você vai usar ele de agora em diante e destruir o seu atual. Pode quebrar com um martelo e jogar os pedaços em várias lixeiras espalhadas pela cidade.

Ainda estou tentando me recompor, mas consigo perguntar:

— Isso é realmente necessário?

— Eu não pediria se não fosse.

Ele desliga sem se despedir. Poucos segundos depois, o outro telefone toca.

Atendo e começo a falar:

— Por favor, não me diga que tenho que fugir do país. Eu gosto daqui.

— Não seja dramática. Você não vai a lugar nenhum.

— *Não seja dramática*? Com licença, eu sou cúmplice de homicídio.

Ele ri.

— Você está em pânico. Não precisa ficar assim. Está tudo sob controle.

— Controle de *quem*?

— Meu, claro.

Ele parece tão confiante, tão tranquilo, tão calmo. Calmo *demais*.

Quantos homens ele costuma matar por semana?

— Kage?

— Oi?

— Estou com dificuldade pra processar tudo isso.

— Eu sei, baby — diz ele, em um tom mais gentil. — Mas pode confiar em mim quando digo que vou cuidar de você. Vou cuidar de tudo. Vai dar tudo certo.

— Mas a polícia tá procurando por você!

— Não havia câmeras de segurança no restaurante. As testemunhas que deram minha descrição para a polícia não me viram atirar em ninguém. Passei por onde eles estavam e eles ouviram tiros. As portas da cozinha estavam fechadas. Não podem confirmar que eu atirei.

— Como você sabe de tudo isso?

Quando ele pausa por um segundo, percebo uma leve satisfação na voz dele.

— Eu sei de tudo.

Estou começando a achar que ele sabe mesmo.

— A Sloane...

— Está em Roma. Eu sei. — A voz dele fica mais baixa. — Você parece tão em paz dormindo. Como um anjinho. Tão fofa. Dá vontade de morder. E, porra, como eu amo o seu gosto. O jeito que você goza. Já estou viciado.

Eu me sento de novo à mesa, deixo a cabeça cair e bato de leve na mesa algumas vezes.

— Que barulho é esse?

— Meu surto mental.

— Você é mais forte do que pensa. Vai ficar bem.

— Tem certeza? Porque nesse momento eu sinto como se precisasse ser internada. Um médico muito preocupado devia estar me monitorando na UTI.

— É só a adrenalina. Você vai se acostumar.

Arregalo os olhos.

— Me acostumar? Esse tipo de coisa vai acontecer com frequência? Homens caindo mortos ao meu redor como se não fosse nada demais?

— Natalie. Minha linda. Respira — diz ele, mais firme. Com a testa apoiada na mesa de madeira, fecho os olhos e obedeço. — Isso. De novo.

— Mandão — resmungo, mas faço o que ele diz.

Depois de um momento, ele diz:

— Fui chamado para resolver uma coisa hoje de manhã. Não sei quando vou conseguir voltar. Nesse meio-tempo, você pode falar comigo por esse telefone quando quiser, dia e noite. Se precisar de alguma coisa, me avisa. Não fale com ninguém sobre o que aconteceu, só com a Sloane. E se livre do outro celular o quanto antes. Hoje. Entendeu?

Ele não interrompe meu silêncio. Espera eu processar tudo até eu estar pronta para falar.

Quando solto um suspiro pesado, ele pergunta:

— O que foi?

— Eu aceitei isso. Eu disse sim…

— Está arrependida?

— Cala a boca e me deixa falar, por favor.

Ouço um resmungo impaciente do outro lado da linha, mas ele obedece.

— Como estava dizendo: eu disse sim pra você. Pra essa coisa entre nós. Pra ficar no escuro sobre um monte de coisas e basicamente viver uma vida separada da sua e só ver você… bom, quando você bem entender, pra falar a verdade.

— Pra sua segurança. Por *você*.

Fico furiosa e pulo da cadeira.

— Eu estou falando! Depois você fala! Cadê seus modos, mafioso?

Ouço um som baixinho. Uma risada contida, talvez. Então ele volta para a conversa, soando arrependido. Também parece que está tentando não se acabar de rir.

— Perdão. Por favor, continue.

Se Kage estivesse na minha frente, eu iria arrancar aquele sorriso arrogante da cara dele.

— Pra isso dar certo, você precisa me prometer uma coisa. Prometer de verdade.

— Qualquer coisa.

— Que nunca vai mentir pra mim.

— Já disse que não vou fazer isso.

Ele parece meio ofendido.

— Diz de novo. Porque mentira é a gota d'água pra mim.

Ele solta um suspiro lento e pesado. Quase consigo ouvi-lo revirar os olhos.

— Não posso te contar tudo, mesmo se quisesse. Há vidas de outras pessoas em jogo. Mas se eu puder responder uma pergunta, vou responder. Não vou guardar informações se não houver um motivo... mas vão haver mais buracos do que você gostaria.

— Justo. Eu entendo. Só nunca minta pra mim, Kage. Se você quer que eu confie em você, preciso ter certeza de que você vai me contar o máximo da verdade que puder.

— Eu entendo — diz ele, gentil.

— Temos um acordo?

— Sim.

Eu alongo o pescoço e solto o ar.

— Ok. Preciso desligar agora.

— Por quê?

— Estou atrasada pro trabalho.

— Você não precisa mais trabalhar se não quiser.

Solto uma risada.

— Ah, é? Eu ganhei na loteria ou algo assim?

Ele ri baixinho.

— Algo assim. Você me ganhou.

Espera aí. Ele está falando *sério*. Paro de rir e faço uma careta.

— Deixa eu ver se entendi. Você tá me dizendo que depois de dormir com você uma vez, você tá disposto a me bancar financeiramente a partir de agora?

— Claro.

— Não fala como se fosse algo simples!

— Por que não? É simples.

— Não é, não.

— Você é minha agora. É meu dever e um prazer cuidar de você.

Quem fala assim? O que está acontecendo aqui?

— Me dá um segundo, porque eu tô confusa.

— Não estou dizendo que você *deve* pedir demissão. Só estou dizendo que pode. Não precisa mais se preocupar com dinheiro.

Olho ao redor da cozinha como se buscasse a ajuda de alguma pessoa sensata.

— Você vai me mandar uma mesada de agora em diante, é isso que eu entendi?

— Isso.

— Ótimo. Aceito barras de ouro, por favor. Sempre quis fazer uma pirâmide gigante na sala pra ver se consigo me comunicar com alienígenas.

Ele ignora meu sarcasmo.

— Sua casa está quitada, o que é bom, porque esse seu salário é ridículo, e eu abri uma conta fiduciária que você pode usar para qualquer grande compra que precise. Carro novo. Roupas. Jatinho. O que for.

Jatinho?

Fico em silêncio por muito tempo, tentando levantar o queixo do chão, quando ele diz:

— A conta está apenas no seu nome, se for nisso que está pensando. Não posso cancelar. O dinheiro é seu para você fazer o que quiser.

Quando ele escuta o barulho estranho que faço, solta uma risada.

— Se sete zeros não forem o suficiente, eu transfiro mais.

Meu cérebro vira sopa tentando calcular quanto é um número com sete zeros.

— Espera. *Espera aí*... — digo, exasperada.

— O sr. Santiago do MoraBanc, de Andorra, vai entrar em contato para explicar os detalhes. Pode confiar nele. É um bom homem. Trabalhamos juntos há anos. Na verdade, devíamos planejar uma viagem para lá. É um lugar lindo, entre a França e Espanha, na cordilheira dos Pirineus. Tem ótimos resorts de esqui. — A voz dele se torna mais gentil ainda. — Sei o quanto você gosta de esquiar.

Outro detalhe sobre mim que nunca compartilhei.

Ele fez mesmo o dever de casa.

Decido que é melhor eu ficar com o rosto na mesa. Quanto mais durar essa conversa, maiores são as chances de eu cair no chão e quebrar a cabeça.

— Baby?

— Hum?

— Tudo bem?

— Só uma pequena hemorragia cerebral. Nada demais.

— Você é fofa demais.

— Que bom que você se diverte.

— Vou tentar voltar antes do Natal, mas não posso prometer nada. Enquanto isso, relaxa. — O tom de voz muda completamente. — E fique longe daquela gaveta de brinquedos. Quero você bem apertada na próxima vez que te ver. Quero que você goze em mim rapidinho.

A ligação é encerrada.

Fico na mesma posição por um bom tempo, pensando, até finalmente me levantar e levar o Mojo para passear. Depois troco de roupa e vou trabalhar.

A vida continua, mesmo quando ela é bizarra e confusa.

Mesmo quando você é a nova obsessão de um criminoso rico, sexy e perigoso.

Mesmo quando você está se metendo em algo muito maior do que consegue lidar.

21

NAT

Vivo as próximas semanas em um estado esquisito de antecipação ansiosa. Fico agitada e nervosa, como se um monstro com cabeça de serpente fosse aparecer debaixo da minha cama a qualquer momento.

Mal consigo dormir. Ando de um lado para o outro. Nem consigo olhar para a minha gaveta de brinquedos, quanto mais usar. Não pela ordem de Kage, e sim porque estou uma pilha de nervos.

Essa ansiedade existe, em parte, por causa da viatura que parece estar sempre na frente da minha casa.

Chris mantém sua palavra de ficar de olho em mim e me vigia da mesma forma como eu guardo rancores: religiosamente.

Eu não sei qual é o objetivo dele. Esse comprometimento todo não vai levar a nada.

Kage não volta.

A gente se fala por telefone quase todo dia, mas as conversas são rápidas. Ele sempre precisa resolver alguma coisa do trabalho e somos interrompidos pelas várias tarefas e obrigações dele. Tenho a impressão de que ele não tem muito tempo para si, nem para dormir.

Como prometido, recebo uma ligação do sr. Santiago do MoraBanc. Quando ele me informa que o saldo da minha nova conta é de dez milhões de dólares e pergunta em qual moeda eu gostaria de começar a receber os fundos, começo a rir e não consigo parar até ele ficar desconfortável e anunciar que vai me ligar de novo em outro momento.

Sloane arranjou alguém para cobrir suas aulas de ioga, e ela e Stavros estão viajando pelo Mediterrâneo por um tempo. As notícias sobre o tiroteio esfriaram, e estou doida para descobrir o que a polícia sabe sobre aquela noite, mas as únicas informações que tenho são as publicadas no jornal. O que não é muito.

Uma coisa estranha é que nenhum dos homens baleados foi identificado. Nenhum dos quatro tinha documento de identidade, e os rostos e as digitais deles não constavam no banco de dados da polícia, nem nacional nem internacional. As armas não eram registradas. A perícia das arcadas dentárias não indicou nada.

Antes de morrerem, os quatro eram fantasmas.

Eu me pergunto se Kage é um fantasma também, conhecido apenas pela reputação. O temível Kazimir Portnov, cujo nome instaura medo no coração de assassinos implacáveis.

Tento não pensar nas coisas terríveis que ele deve ter feito para construir essa reputação.

Tento não questionar por que um homem como ele iria gostar de uma mulher como eu. O que ele acha que uma professora de uma cidade pequena pode oferecer que ele não poderia encontrar em outro lugar.

Apesar de toda a minha preocupação, quando chega a véspera do Natal, a detetive Brown ainda não apareceu na minha porta.

Não sei ao certo se isso é bom ou ruim.

Fico com pena de mim mesma por passar a véspera de Natal sozinha e decido fazer um jantar especial. Frango assado com batatas vermelhas, uma salada com vinagrete. O frango é receita da minha mãe — que Kage sabia ser meu favorito — e fica delicioso.

Isso também faz eu me sentir pior, sentada na minha cozinha, com apenas Mojo me fazendo companhia.

Eu me imagino daqui a cinco anos fazendo exatamente a mesma coisa enquanto Kage vaga pelo mundo — sabe-se lá onde, fazendo sabe-se lá o quê — e fico tão triste que acabo com uma garrafa de vinho.

Ligo para meus pais no Arizona, mas a ligação cai na caixa postal. Devem estar na casa de algum amigo, brindando com gemada e com os olhos brilhando com o espírito do Natal.

Até aposentados têm uma vida social mais agitada que a minha.

Eu poderia ligar para Sloane, mas não sei de cabeça qual é a diferença de fuso horário entre Tahoe e Roma. Além do mais, ela pode estar na Noruega agora. Em algum país da África. No Brasil. Da última vez que nos falamos, há vários dias, ela e Stavros estavam analisando mapas.

Parecia que ela estava se divertindo tanto que talvez nunca voltasse.

Começo a me perguntar por que Kage ainda não ligou e fico andando pela casa até dar a hora de deixar Mojo sair para fazer xixi antes de dormir. Enquanto estou parada e tremendo na varanda, com minha pantufa felpuda e um casaco de inverno, vendo o cachorro cheirar os arbustos, um carro se aproxima.

É um sedã branco com luzes no teto e as palavras "Xerife do Condado Placer" escritas em dourado e verde na lateral.

Chris para na calçada, estaciona e sai do carro ainda ligado.

Maravilha. Exatamente o que preciso agora. Muito obrigada, universo.

Considero pegar o cachorro e entrar, mas imagino que Chris iria bater na porta até eu abrir. Então espero na varanda enquanto ele se aproxima com o chapéu na mão.

— Boa noite, Nat — cumprimenta ele, parando a uma certa distância. — Feliz Natal.

Seu tom de voz é neutro. Sua expressão é indecifrável. Não faço ideia se ele está feliz, triste ou prestes a explodir de raiva.

— Feliz Natal, Chris — digo, em um tom amigável. — Estou surpresa de ver você trabalhando hoje. O seu chefe não te dá o dia de folga pra espionar ex-namoradas?

— Não estou espionando você.

— Quantas vezes por dia você passa pela minha casa?

— Faz parte do trabalho. Sabe como é, manter a comunidade segura e tal.

— Você acha que eu sou uma ameaça à comunidade?

— Não. Você, não. Entretanto, acho que você é boa demais pro merdinha que você está protegendo.

A gente se encara. Sob a luz da varanda, os olhos dele têm um brilho azul glacial.

Acho melhor ir direto ao assunto. Nós dois sabemos por que ele está aqui.

— Sempre gostei de você, Chris — digo, em um tom gentil. — Acho que você é uma boa pessoa. Mas isso que você tá fazendo, me perseguindo assim, não é legal. Não importa quantas vezes você passe por aqui, a gente acabou.

Vejo a tensão surgir na mandíbula dele e, por um segundo, surge uma brecha na máscara e parece que Chris vai começar a gritar comigo.

Mas ele desvia o olhar e respira fundo.

— Ando pesquisando. Tenho alguns amigos no FBI. Mostrei o desenho do seu vizinho. Eles não divulgaram isso nos jornais, mas sabem quem ele é. — Ele olha de novo para mim e agora seus olhos azuis estão cheios de determinação. — Você sabe *quem* ele é, Natalie?

— Chris, por favor.

— Você sabe *o que* ele é?

— Isso é ridículo.

Ele dá um passo na minha direção.

— Não, não é. É caso de vida ou morte.

Já bebi demais para ficar lidando com essas merdas.

— O que isso quer dizer?

— Quer dizer que o seu vizinho é o segundo membro de maior escalão da máfia russa, Nat. Quer dizer que o cara com quem você tá dormindo…

— Eu *nunca* disse isso.

— … é um mentiroso, um criminoso em série e um assassino. Ele *mata pessoas*, Nat. É o trabalho dele. Sabe como eles o chamam? Ceifador. Como a própria *morte*. O esqueleto com capa preta e foice que vem buscar sua alma.

Ceifador.

O apelido do meu namorado é a personificação da morte?

Sinto um arrepio ao imaginar Kage com olhos vermelhos brilhantes saindo por um capuz e capa preta.

— Não tenho nada a ver com isso — digo, tentando manter a voz neutra. — Agora é hora de dar boa-noite e você ir embora. Mojo!

Eu assobio e meu cachorro vem correndo. Ele ignora Chris e entra em casa, às minhas costas.

Chris dá mais um passo para a frente e eu recuo. A raiva no olhar dele faz meu coração acelerar e meus olhos se arregalarem.

Neste instante, sinto cheiro de álcool nele, o que acelera ainda mais meu coração.

— Você andou bebendo — digo, nervosa.

— Você também. As suas bochechas ficam vermelhas depois que você bebe algumas taças de vinho.

É verdade. Costumo ficar corada. Também costumo criar teorias e imaginar o pior cenário possível, graças ao meu cérebro ansioso que, neste momento, está pensando que Chris vai me matar.

— Sabe como eu sei que você tá dormindo com ele? — diz ele. — Você faz uma coisa quando mente. Você olha pra cima e pra direita. Por uma fração de segundo. Quando eu perguntei se você tava transando com ele, você fez exatamente isso.

O fato de ele saber desse meu pequeno tique me deixa ainda mais nervosa.

Me faz pensar no que mais ele reparou.

— Deve perceber que não estou olhando pra cima nem pra direita agora quando digo que você tá começando a me assustar.

Ele está prestes a avançar mais um passo, mas congela.

— Eu nunca machucaria você — diz ele, com a voz firme. — A prova disso é que não contei pros agentes federais minha teoria de que você tá envolvida com esse tal de Ceifador. — Os olhos dele ficam mais sombrios. — Porque, se eu contasse, você estaria em uma cela militar secreta, algemada, sendo interrogada por um cara chamado Serpente que gosta de ver sangue e ouvir uma mulher gritar.

É oficial: Chris perdeu o juízo.

— E não é de mim que você deveria ter medo — continua ele. — Eu sou só um cara que quer o melhor pra você. E posso te dizer, Nat, com cem por cento de certeza, que o melhor pra você *não é* Kazimir Portnov.

Chris sabe o nome verdadeiro de Kage. Ele *realmente* descobriu tudo.

Isso faz minha ansiedade virar pânico.

Se Kage descobrir que Chris falou com o FBI e que estão de olho nele... talvez nunca mais volte pra cá.

Talvez eu nunca mais o veja de novo.

Em poucos segundos, entro em um estado de pânico total e, logo em seguida, o pânico vira raiva.

Como é que esse cara, com quem eu saí por alguns meses e nem transei, ousa ficar fazendo esse joguinho machista e egoísta de merda?

Passo pelo batente da porta aberta, pego a espingarda encostada no canto e encaro Chris, a mão esquerda segurando o cano e a coronha encostada no chão.

— Essa é minha propriedade privada. *Minha* propriedade. Já pedi pra você sair, mas você continua aqui. Então além de estar me assediando e assustando, você está invadindo minha casa. E, considerando nosso antigo relacionamento, sua obsessão com meu vizinho e seus hábitos de perseguição de passar constantemente na frente da minha casa, algo que seu chefe consegue rastrear pelo seu celular ou pelo equipamento da viatura, nada disso vai soar muito a seu favor pra um júri se eu me sentir forçada a usar essa arma.

Ele arregala os olhos e fica vermelho.

— Você… tá ameaçando atirar em mim? — pergunta ele, nervoso. Depois de um segundo de silêncio, ele grita: — Sua escrota!

Isso quase me faz sorrir. Me dá mais vontade de dar uma de Rambo para cima dele.

— Que cavalheiro. Agora sai da minha varanda antes que eu faça um buraco tão grande no seu peito que dê pra ver o outro lado da rua.

Chris cerra os punhos. Parece que vai sair fumaça das suas orelhas. Ele fica parado ali, tremendo de raiva, até dar meia-volta e ir embora, xingando.

Nunca fui muito fã de armas. Só tenho esta porque meu pai deixou ela aqui quando ele e minha mãe se mudaram. Agora, porém, me sinto como Clint Eastwood, e só precisei apoiar a mão nesta coisa.

Coisa que não poderia fazer um buraco em coisa ou pessoa alguma, porque está descarregada.

Enquanto Chris vai embora cantando pneu na rua, fico parada no batente da porta, indecisa se quero rir ou chorar.

Vou para a cama deprimida.

Quando acordo, algumas horas depois, ainda está escuro. O quarto está frio e silencioso. Por um segundo, me sinto desorientada, fitando a escuridão e me perguntando com um pouco de pânico por que eu acordei.

Então meu coração começa a bater descontrolado, porque percebo que não estou sozinha.

Tem mais alguém no quarto.

22

NAT

Movida pelo medo, eu estendo a mão para a mesa de cabeceira, abro a gaveta e pego a primeira coisa dura que encontro para me defender.

Em seguida, me encosto na cabeceira da cama e grito:

— Eu tenho uma arma!

A luz se acende.

Kage está parado na porta do quarto.

Ele está com olheiras bem marcadas. O cabelo escuro está uma bagunça. Ele está vestindo calças formais pretas, sapatos pretos de couro e uma camisa branca que destaca a linda arquitetura do peito e dos braços dele.

O lado esquerdo inteiro da camisa, da gola até a barra, está manchado de sangue.

— Precisamos conversar sobre sua autodefesa, baby. Você não consegue espantar um intruso com isso aí — diz ele.

Com um sorriso fraco no rosto, ele gesticula para o que estou segurando.

Meu dildo rosa.

Eu jogo o brinquedo para o lado e corro até Kage, abraçando-o e enfiando o rosto no pescoço dele.

— Você tá aqui!

Ele me abraça e me puxa para mais perto. Sua voz é um sussurro grave e satisfeito.

— Estou aqui. Ficou com saudade?

— Não. Nem um pouco.

Eu me aconchego o máximo possível, inalando o cheiro dele e estremecendo de alegria.

— Mentirosa. — Ele ri e beija meu cabelo. — Me dá sua boca.

Eu levanto a cabeça e imediatamente a boca dele encontra a minha. Ele me beija com desejo, me segurando firme.

— Por que sua camisa tá coberta de sangue? — pergunto, sem fôlego.

— Porque um filho da puta atirou em mim.

Horrorizada, me afasto e o analiso, procurando por um buraco.

— O quê? Cacete! Onde?

— Meu ombro. Relaxa, foi só um arranhão.

— Arranhões não sangram assim! Deixa eu ver. Tira a camisa.

Ele sorri para mim, como se eu fosse um bebê agitado.

— Faz menos de um minuto que eu cheguei e ela já está tentando tirar minha roupa.

Com as mãos na cintura, eu o encaro.

— Não fala de mim como se eu não estivesse aqui. E tira a camisa antes que eu tenha uma parada cardíaca.

Ele alarga o sorriso.

— E você diz que eu que sou mandão.

Kage obedece e desabotoa a camisa. Quando a deixa cair, fico estática por um segundo, admirando o peito nu, mas então lembro o que preciso fazer: procurar por buracos.

Não demoro para encontrar. Há um corte feio na parte externa do ombro, que ainda está sangrando.

— Senta — digo, empurrando o para a cama.

Ele se senta na beirada do colchão, segura meu quadril e me olha enquanto me posiciono no meio das pernas dele e inspeciono a ferida.

— Minha enfermeira particular. Você devia tirar a camiseta também — murmura ele.

Kage desliza a mão pelas minhas costelas e aperta meu peito.

Estou usando o pijama de sempre, composto por shorts e uma camiseta de algodão. Ele brinca com o meu mamilo até ficar duro, depois se aproxima e morde de leve sobre a camiseta.

É uma sensação maravilhosa, mas tenho assuntos mais urgentes para tratar.

— Preciso limpar isso, Kage. Para de me distrair.

Ele enfia o rosto nos meus seios, sentindo meu cheiro.

— Eu estava com saudades. Não consegui nem respirar desde que fui embora.

Sinto uma faísca de alegria, mas me contenho.

— Elogios não vão mudar nada. Preciso pegar um antisséptico...

Kage me agarra, me joga na cama e pressiona o corpo gigante contra o meu, posicionando seu volume no meio das minhas pernas.

— Mais tarde — diz ele, com a voz embriagada de desejo. — Agora, preciso te comer. Toda noite eu sonho com seu gemido quando você goza. Meu pau quer você há semanas. *Eu* quero você. Acho que você me enfeitiçou.

Ele me beija de novo, com vontade, e suas mãos mergulham no meu cabelo.

Estou dividida entre querer limpar aquela ferida no ombro e querer senti-lo dentro de mim. É uma batalha que acaba quando ele levanta minha camiseta e começa a beijar meus seios até ficarem duros.

Eu desisto, suspirando e enfiando os dedos no cabelo bagunçado de Kage, arqueando as costas com o prazer proporcionado pela boca quente dele.

Ele tem razão. Posso limpar a ferida depois.

Não parece haver perigo de morrer de hemorragia.

Kage se apoia nos cotovelos e desliza minha blusa pela minha cabeça, depois pressiona meus braços no colchão e vai passando o tecido até ele chegar aos pulsos. Ele faz alguma espécie de truque de mágica e consegue me amarrar com minha própria roupa.

Presa, eu o encaro de olhos arregalados e coração acelerado.

— Minha prisioneira — sussurra ele, com os olhos brilhando. — Se você mexer os braços, vou punir você.

Tremendo de desejo, umedeço os lábios.

— Eu anulei minha permissão para você me bater, lembra? Falei que você precisa me deixar fazer isso com você primeiro.

Ele sorri.

— Existem tantas outras formas de te punir, linda.

— É mesmo? Quais?

Minha voz está fraca.

— Se você tentar se mexer, vai descobrir.

Engulo em seco. Respiro fundo várias vezes, tentando não desmaiar.

Rindo, ele leva a cabeça até meus peitos de novo. Ele se delicia até eu estremecer e arfar, desejando aquela língua em outro lugar.

Kage vai descendo pelo meu corpo, beijando minha barriga e meus quadris, me apertando e acariciando com as mãos grandes e ásperas. Ele enfia o nariz entre minhas coxas abertas, cheirando minha virilha coberta pelo short e soltando o ar com um longo gemido.

Minhas bochechas estão pegando fogo. Cerro os punhos, tentando desesperadamente não ficar ofegante.

Ele tira meus shorts e os joga no chão, e então começa a me beijar lá embaixo.

Quando começo a gemer, ele faz um zumbido que reverbera por todo o meu corpo.

— Diz que sentiu minha falta — sussurra ele, me lambendo como se eu fosse sorvete.

— Você sabe que senti… Ah… *Ah*…

Ele desliza um dedo grosso para dentro de mim.

— Quanto?

— Muito. Meu Deus. Por favor, não para. Que delícia.

— O que, isso?

Ele enfia o dedo mais fundo e usa a boca de novo, mexendo a língua até eu gemer alto, indefesa, dizendo o quanto eu amo isso. O quanto eu quero isso. O quanto eu quero ele.

— Você quer gozar no meu pau ou na minha língua primeiro, amor?

Amor.

Arquejo e mexo o quadril. Sinto que meu coração vai explodir. Estou tão dominada pelas emoções que mal consigo respirar.

Quando não respondo, Kage sobe pelo meu corpo e segura meu rosto com as mãos. Ele me beija e enfia a língua na minha boca.

Sinto meu gosto nele. Meu coração volta a martelar.

— Você é minha garota boazinha? Você é minha?

Abro os olhos. Ele paira sobre mim, lindo e intenso, com os olhos cheios de desejo.

Um arrepio se espalha pelo meu corpo. Sinto como se estivesse voando e caindo ao mesmo tempo.

Minha voz sai em um sussurro.

— Sim. Sou sua. Sou toda sua. Por favor, me come.

Ele desce a mão entre nossos corpos, abre o cinto e mexe no zíper da calça.

— Fala de novo.

— Por favor, me come.

— Não, a outra parte.

Ele coloca o pau para fora. Sinto o volume quente e duro no meu corpo.

— Eu… eu sou sua. Toda sua.

Ele entra em mim com um gemido de satisfação e se apoia nos cotovelos para me beijar, puxando meu cabelo.

Puxando meu cabelo e metendo em mim com força.

Tento me conter, fazer a sensação durar, mas já estou me desfazendo. A sensação dele me abrindo, se movendo dentro de mim, gemendo de prazer na minha boca — é demais para mim.

Chego ao clímax com um espasmo violento. Jogando a cabeça para trás, grito e estremeço.

Enquanto gozo, Kage fala uma sequência de sacanagens e elogios no meu ouvido.

— Isso aí, goza gostoso para mim, minha linda. Você está tão molhada, apertadinha, perfeita. Eu amo o seu gosto. Seus gemidos. Seu cheiro. Você me deixa louco. Fiquei maluco de passar tanto tempo longe de você. Longe do seu sorriso lindo e do seu jeito sarcástico, e dessa boceta gostosa que é toda minha, só *minha*…

Quando mexo os braços de cima da cabeça e o enlaço pelo pescoço, ele congela.

— Ah, não — diz ele. — O que você fez?

Eu me contorço debaixo de Kage, balanço a cabeça e choramingo uma negação.

— Sim, você sabe — afirma ele, com uma voz assustadora, então pega meus pulsos e os empurra de volta para o travesseiro.

— Eu disse que você não pode me bater — respondo em pânico.

— Eu sei, baby. Shh. — Ele me beija de leve. — Nunca vou fazer nada que você não queira, ok?

Eu relaxo um pouco, assentindo.

Ele me beija de novo e murmura:

— Então o que acha de ficar de mãos atadas e olhos vendados?

Seja lá o que meu rosto esteja fazendo, isso o faz sorrir.

— Você gostou da ideia — diz ele.

— Não sei. Parece meio pervertido. Não é meu estilo.

— Diz a garota com a vasta coleção de brinquedos sexuais e um vocabulário mais completo do que o de uma dominatrix.

Ele entra em mim de novo, mordendo de leve meu pescoço.

— Quero fazer você gozar amarrada — sussurra ele. — De olhos vendados, amarrada e implorando.

— O combinado é que você só faz comigo o que deixar eu fazer com você, lembra?

— Engraçado, não lembro de concordar com isso.

— Mas você concordaria? Isso iria fazer eu me sentir muito melhor. Quer dizer, mais segura.

Ele levanta a cabeça e me observa. Depois de um instante, responde:

— Sim.

— Sério? — sussurro, sentindo uma mistura de medo e empolgação.

— Se você quisesse. Sim.

Ele entra em mim de novo. E de novo. E respiração dele começa a ficar irregular.

Acho que a conversa está deixando Kage excitado também.

— Então... você deixaria eu bater em você? — pergunto.

Ele fecha os olhos e tensiona a mandíbula.

— Sim — diz ele, com outro movimento do quadril. — E depois eu ia te comer tão forte que você não conseguiria andar por uma semana.

— Você deixaria eu te amarrar e vendar seus olhos? Fazer você gozar enquanto estivesse preso?

As pálpebras dele tremem.

— Nunca deixei ninguém fazer isso comigo.

— Mas eu poderia?

Kage aumenta a velocidade e aperta meus pulsos, passando a língua pelos lábios.

— Sim.

— Você me deixaria te tocar onde você me tocou… lá atrás? Você sabe.

Ele sabe. Seus olhos estão tão cheios de desejo que parecem lasers no meu rosto.

— Também nunca deixei ninguém fazer isso.

Há uma sensação estranha de poder se espalhando por mim. Sinto como se pudesse mandar uma montanha sair da minha frente e fazê-la obedecer.

Olho no fundo dos olhos de Kage enquanto ele continua a entrar em mim, então sussurro:

— Mas você me deixaria, não é?

Kage se move tão rápido que tudo se transforma em um borrão. Ele sai de dentro de mim e me puxa da cama. Então, se senta na beirada, me empurra para ficar de joelhos entre suas pernas, pega o pau e me encara com os olhos flamejantes.

— Sim. Você quer? — pergunta ele, entredentes.

Sorrio.

— Não. Só queria saber se você deixaria.

— Sua safada. Você merece *mesmo* uns tapas. Agora seja boazinha e vem cá.

Ele segura meu pescoço e me empurra até a ereção, que brilha com meus fluidos.

Abro a boca e o engulo por inteiro, o mais fundo possível.

— Ah, caralho, baby. Essa *boca.*

Ele geme e mexe os quadris.

Minhas mãos ainda estão amarradas, mas eu as levanto e envolvo o membro rígido de Kage para controlar melhor a profundidade.

Apesar da acusação de Sloane sobre eu nunca me engasgar, sou humana. Sinto meus olhos se enchendo de lágrimas.

Kage mantém uma das mãos na minha garganta, usa a outra para segurar meu cabelo e me observa. Sussurra algo em russo enquanto me encara com olhos famintos.

Ele gosta. Ele *ama*.

E eu também.

Fecho os olhos e chupo com mais determinação, movendo as mãos mais rápido, passeando a língua pelo pau dele. Kage geme de prazer, entrando na minha boca e segurando minha cabeça.

Então ele estremece e solta um gemido longo e baixo. Sinto-o agarrar meu cabelo com mais força.

— Estou quase. Quero que você engula cada gota.

Não consigo falar, então o encaro para dizer "sim" com o olhar.

Kage joga a cabeça para trás, geme meu nome e estremece de novo. Sinto a mão dele na minha garganta, quente e trêmula.

Quando ele entra em erupção, joga o quadril para a frente e grita para o teto.

Sinto o pau dele pulsar na minha língua. Lágrimas escorrem pelas minhas bochechas. Preciso respirar pelo nariz enquanto engulo. Kage tira a mão da minha garganta e apoia minha cabeça enquanto continua movimentando o quadril e gemendo alto.

Ele se deita e estremece uma última vez, depois solta um suspiro.

Enquanto isso, fico de joelhos para o lamber da base à ponta, pensando que eu teria feito isso mesmo se ele não pedisse. Kage tem um pau grosso digno de adoração. Uma peça rara.

Talvez eu deva parar de pintar quadros abstratos e começar a fazer nus.

Solto uma risadinha ao imaginar minhas paredes cheias de pinturas da ereção de Kage.

Ele vira a cabeça de lado e me observa com um olhar confuso. Acaricia meu rosto.

— Se eu tivesse um ego mais frágil, acho que não iria gostar de você rindo com o rosto tão perto do meu pau.

Eu o lambo mais algumas vezes e então me arrasto para me deitar nele, jogando os braços acima de sua cabeça e aninhando o rosto na curva entre seu pescoço e ombro.

— Eu só estava pensando que você seria um ótimo modelo de retratos nus. Se eu levasse você pra uma aula de desenho, os alunos iriam pirar.

Passando os braços pelas minhas costas, ele se aninha no meu cabelo.

— Você leva modelos nus pras suas aulas?

— Não. As crianças são novas demais pra isso. Mas você tá me inspirando a dar aulas pra adultos. — Viro a cabeça e sorrio para ele. — Poderia ganhar muito dinheiro cobrando por uma aula com você lá.

Kage beija a ponta do meu nariz.

— Não precisa mais se preocupar com dinheiro, lembra? Por falar nisso, por que não começou a fazer retiradas do fundo?

— Podemos, por favor, curtir o momento antes de começarmos a falar de dinheiro?

Ele segura meu rosto e me beija de leve.

— Você deve ser a única pessoa que eu conheço que não se importa com isso.

— Ah, eu me importo, sim. Só não quero me sentir como se você estivesse me dando dez milhões de dólares por serviços prestados.

Ele começa a rir. Risadas curtas e silenciosas que fazem seu peito subir e descer.

— E se o pagamento for cinquenta dólares e o resto for gorjeta?

— Eu te bateria se meus pulsos não estivessem amarrados, seu babaca.

Kage me gira e me pressiona contra o colchão, então sorri para mim, tão lindo que eu mal consigo respirar.

— Então acho que vou ter que te deixar amarrada para sempre.

— Você vai ter que me soltar em algum momento. Ainda tenho que limpar a ferida no seu ombro.

Os olhos dele ficam ainda mais brilhantes, como um incêndio.

— Tenho uma ideia melhor. Vamos limpar juntos. No chuveiro.

Sem esperar uma resposta, ele sai da cama, me levanta e me carrega até o banheiro.

23

NAT

Sempre imaginei que, na vida real, sexo no chuveiro não fosse glamoroso e sensual como nos filmes. Achei que fosse mais como dois filhotes de elefante brincando em uma piscina infantil enquanto são molhados com mangueiras: trombas voando e pernas entrelaçadas, tudo meio caótico e bagunçado.

Kage simplifica as coisas me encostando na parede do box, prendendo meus braços nas costas e me comendo em pé.

Quando nossos gritos de prazer cessam, ele apoia a testa no meu ombro e suspira.

— Queria ter conhecido você anos atrás — murmura ele, beijando minha pele molhada. — Você teria me feito querer ser um homem completamente diferente.

Sinto um aperto no peito ao perceber o tom de tristeza na voz dele.

— Eu gosto do homem que você é.

— Porque não me conhece direito.

Kage sai de dentro de mim e me vira para o jato de água quente. Atrás de mim, ele derrama um pouco de xampu na mão e massageia meu cabelo.

É uma sensação tão boa que quase esqueço o que ele acabou de falar.

Quase.

— Então me ajude a te conhecer. O que eu preciso saber?

O barulho da água não abafa o som do seu suspiro.

— O que você quer saber?

Penso por um segundo.

— Onde você nasceu?

— Hell's Kitchen, em Nova York.

Como nunca fui a Manhattan, não conheço muito os bairros. Mas sei que Hell's Kitchen não é considerado um bairro chique.

— E você estudou lá?

Ele massageia meu couro cabeludo com os dedos fortes, espalhando o xampu.

— Estudei. Até eu fazer quinze anos e meus pais serem assassinados.

Congelo, assustada.

— Assassinados? Por quem?

— Pelos irlandeses. — A voz dele fica mais séria e ansiosa. — As gangues deles eram as mais perigosas de Nova York na época. As maiores e mais organizadas. Meus pais foram assassinados a sangue frio na frente do açougue deles na rua 39.

— Por quê?

— Não conseguiram fazer um pagamento. Um só. — Kage soa letal. — Esse foi o motivo.

Eu me viro. Passo os braços pela cintura dele e analiso seu rosto. Sua expressão é severa, fechada e um pouco assustadora.

— Você estava lá, não estava? Você viu tudo acontecer — sussurro.

Kage cerra a mandíbula. Não responde. Ele só ajusta o chuveiro e inclina minha cabeça para trás para tirar o xampu.

Depois de um silêncio constrangedor, ele continua:

— Depois disso, larguei a escola e comecei a trabalhar em tempo integral no açougue.

— Aos quinze anos?

— Eu tinha duas irmãs mais novas para cuidar. E nenhuma outra família. Meus pais deixaram todo mundo para trás quando imigraram da Rússia. Mal falavam uma palavra de inglês quando chegaram, mas sabiam trabalhar duro. Não tínhamos muito, mas era o bastante. Só que, quando eles morreram, eu me tornei o homem da casa. Era meu dever cuidar das minhas irmãs.

Lembro quando ele disse que era seu dever e um prazer cuidar de mim. Acho que o entendo melhor agora.

Kage pega o sabonete e começa a me ensaboar, devagar e metodicamente, passando por todos os cantos do meu corpo, até eu ficar corada. Continua a falar enquanto tira o sabão de mim.

— Quando fiz dezesseis anos, dois homens entraram na loja. Eu os reconheci. Eram os homens que tinham matado meus pais. Disseram que tinham me dado mais tempo por respeito aos mortos, mas que era minha vez de começar a pagar por proteção. Quando eu mandei os caras tomarem no cu, eles riram de mim. Ficaram parados no meio da loja do meus pais, rindo. Então eu atirei neles.

Kage termina de me lavar e começa a ensaboar o próprio peito.

Eu o observo, horrorizada.

— Eu sabia para quem ligar para dar um jeito nos corpos — continua ele. — Não para a polícia, claro. Para os russos. Os irlandeses não eram os únicos com contatos. Apesar de o meu pai não ser bem-sucedido, era respeitado. Depois que ele morreu, o chefe da máfia russa deixou claro que, se eu precisasse, podia contar com ele. — Kage faz uma pausa. — Por um certo preço.

— Você tá se referindo a Maksim Mogdonovich?

Surpreso, Kage me olha com atenção.

— Isso.

— Sloane me disse.

— Stavros deve estar contando coisas.

O jeito como ele fala é sinistro. Não quero ser responsável por nada acontecer com ninguém, então digo:

— Não sei se ele contou ou não. Talvez ela tenha ouvido uma conversa. Ou pesquisado na internet. Ela é esperta. Sabe um monte de coisas aleatórias.

Kage sorri, me guia para o outro lado e se lava debaixo do chuveiro.

É como se eu estivesse assistindo pornô.

O sabonete desliza de um jeito sensual pelos músculos dele. Ele esfrega o peito tatuado com as mãos fortes, depois coloca a cabeça debaixo da água, fecha os olhos e enxágua o cabelo, me dando uma bela visão do seu pescoço, bíceps, peitoral e abdômen.

Kage balança a cabeça como um cachorro, jogando água para todos os lados, então desliga o chuveiro e diz:

— Você é muito leal à sua amiga.

— Ela é minha melhor amiga. Ser leal é o mínimo.

— Você acha que ela gosta mesmo do Stavros?

A resposta é *não*. Homens são como peixes para ela: bichinhos de estimação fofos, mas completamente esquecíveis e substituíveis.

Mas não vou falar isso para Kage, considerando sua tendência a atirar nas pessoas.

— Não sei — respondo, olhando para ele com cautela. — Por que a pergunta?

Ele ri.

— Não precisa ficar nervosa. Só estou curioso.

— Ela não é exatamente romântica.

Kage segura meu rosto e me olha com um sorriso.

— Eu também não era. Ela só não encontrou a pessoa certa ainda.

Sinto minha boca ficar seca e minha pulsação acelerar.

Kage está dizendo que eu sou a pessoa certa para ele? Quer dizer, obsessão e amor são coisas completamente diferentes.

Mas não tenho coragem para perguntar, então mudo de assunto.

— Seu ombro tá sangrando de novo.

Ele olha para o ombro e faz uma careta.

— Como é sua habilidade com agulhas?

Sinto o sangue sumir do meu rosto e me preparo mentalmente. Se ele precisa de pontos, eu vou dar os pontos.

Respiro fundo e endireito a postura.

— Eu dou um jeito.

Ele sorri para minha expressão nervosa.

— Eu sei. Você consegue fazer tudo.

O orgulho na voz dele me faz brilhar. Devo estar com uma cara de idiota, com corações nos olhos.

Saímos do chuveiro e ele nos seca. Passa a toalha no meu cabelo e depois os dedos para tirar os nós. Mesmo depois de eu avisar que tem um pente na gaveta, Kage quer usar as mãos.

— Você tem uma coisa com meu cabelo, né?

— Eu tenho uma coisa por você inteira. A sua bunda vem depois do seu cabelo. Ou talvez as pernas. Não… seus olhos.

Finjo me sentir ofendida.

— Dá licença. Eu sou muito mais do que um corpo. Tenho uma personalidade também, caso não tenha reparado. E um cérebro. Um cérebro bem grande, na verdade.

Exceto para álgebra, mas isso não conta, porque é uma idiotice.

Ele ri e me puxa para perto, então abaixa a cabeça para me beijar.

— Não é tão grande quanto sua boca.

— Ha-ha, que engraçado. Você é comediante agora.

Ele me dá mais um beijo e diz:

— Volto em breve.

Lá vem mais um ataque cardíaco. Minha pulsação triplica em questão de segundos.

— Por quê? Pra onde você vai?

— Para casa.

— Você já vai voltar pra Nova York?

Ele parece se divertir com meu estado de pânico ao pensar que ele está indo embora tão cedo.

— Minha casa aqui do lado. Tenho algumas roupas lá. Não posso botar a mesma camisa e viajei sem bagagem.

Meu alívio se mistura com confusão. Encaro Kage com os olhos semicerrados.

— Você veio pra cá direto de uma troca de tiros?

— Sim.

— Isso foi planejado?

— Não.

Aperto os olhos com força.

— Ferido, sangrando e sem malas, e você cruzou o país. Pra me ver.

Kage segura meu rosto e me encara, dando um tempo para que eu processe meus sentimentos. Toda a necessidade. Toda a saudade. Todo o desejo sombrio.

— Quando uma pessoa precisa se sentir bem, ela volta para o lar.

— Mas seu lar é em Nova York.

— Um lar pode ser uma pessoa também. É o que você é para mim.

Sinto as lágrimas escorrerem pelo meu rosto. Respiro várias vezes até conseguir falar e, mesmo assim, minha voz falha.

— Se eu descobrir que você leu isso em algum lugar, dou um tiro na sua cara.

Com os olhos brilhando, ele me beija.

Solto o ar e seco os olhos.

— Mas você não precisa ir pra lá. Eu tenho roupas pra você.

Kage ergue as sobrancelhas.

— Você quer me ver usando um dos seus vestidos? E ainda diz que é conservadora.

— Não! Eu tenho coisas de homem pra você. De homem grande. Comprei tudo XXXL. — Olho para a largura dos ombros dele, curiosa. — Agora estou achando que não vai caber.

Ele franze o cenho.

— Você comprou *roupas* para mim?

Ele parece chocado, e eu fico com vergonha. Espero não ter ultrapassado algum limite de macho alfa e que ele não ache que estou tentando dar uma de mãe, ou pressionar, ou algo assim.

Pensando bem, talvez tenha sido má ideia.

Olho para os pés.

— Hum. Só tipo, umas calças de moletom. E meias. E camisetas. Coisas que você poderia usar depois de tomar banho. Ou antes de dormir. Pra ficar confortável. Assim você teria coisas aqui caso quisesse passar a noite...

Paro de falar, sem saber mais o que dizer, porque tudo parece ridículo.

Ele levanta meu queixo com os dedos. Quando nossos olhos se encontram, os dele estão radiantes.

— Você comprou roupas para mim.

O tom de voz dele é alegre e maravilhado, como se dissesse "O paraíso existe de verdade!".

— Comprei.

— Com o próprio dinheiro.

— Com qual outro dinheiro eu compraria?

— Obviamente não foi o da conta fiduciária. Você não sacou nada ainda. Então deve ser o seu dinheiro mesmo. Que você ganhou. Você.

Analiso o rosto dele.

— Estou achando que você não costuma receber presentes.

— Ninguém nunca me deu nada desde que meus pais morreram.

— Sério? Nem suas irmãs? De aniversário, nem nada assim?

Na hora, percebo que não devia ter mencionado as irmãs, porque o olhar dele fica distante e a expressão fica mais severa. Kage deixa as mãos caírem. Então, se vira para a pia e diz, em um tom vazio:

— Os irlandeses as mataram também. Depois que descobriram o que eu fiz, mataram minhas irmãs por vingança. — Ele faz uma pausa. — As duas não tiveram a mesma sorte que meus pais. Antes de serem mortas, foram estupradas e torturadas. Jogaram os corpos nus e feridos delas na porta da nossa casa. — A voz dele fica mais baixa. — Sasha tinha treze anos e Maria, dez.

Cubro a boca com as mãos.

— Eles também deixaram um envelope com fotos de tudo que fizeram com elas — continua ele. — Levei anos, mas encontrei todos os homens que apareciam nas fotos.

Kage não precisa dizer o que fez com os homens quando os encontrou.

Eu já sei.

Sinto um enjoo e toco o ombro dele com a mão trêmula. Ele solta o ar, se vira para mim e me puxa para perto, me esmagando em um abraço de urso como se nunca mais fosse me soltar.

— Me desculpa — sussurra ele, perto da minha orelha. — Não devia ter te falado isso. Você não precisa saber de todas as coisas ruins da minha vida.

— Fico feliz que tenha me contado. Não quero que você carregue tudo sozinho.

Sinto o peito dele estremecer. Kage engole em seco, enfia o rosto no meu pescoço e me aperta mais forte.

As pessoas o chamam de Ceifador por causa de todas as coisas terríveis que fez, mas ele é um homem como qualquer outro.

Ele sofre. Ele sangra. Ele é feito de carne e osso.

E está sozinho desde que era um menino, sem nada para sustentá-lo além de lembranças terríveis. Lembranças que o transformaram de um menino a um mito enquanto ele escalava a hierarquia de uma organização conhecida pela impiedade, até chegar no topo.

Todo esse sucesso veio do que aconteceu com a família dele.

O cartão de visita de Kage é a violência, seu trabalho é derramar sangue, mas o que move seu coração é a vingança.

Ele me disse que era um cobrador de dívidas, mas só agora entendi o que isso significa.

As dívidas que ele cobra são dívidas de sangue.

Quando começo a tremer, ele se afasta para me olhar, e realmente *olha* para mim, no fundo dos meus olhos. Há algo cru em seu olhar. Um desespero.

Como se estivesse esperando eu me despedir.

Mas já estou envolvida demais nisso tudo para voltar atrás. Não poderia voltar, nem se quisesse.

E não quero.

Não fazia ideia de que existia uma parte sombria adormecida dentro de mim, mas a história de Kage despertou algo intenso e cruel. Uma criatura que acredita que os fins justificam os meios, não importa quanto sangue seja derramado.

Um dragão acordou em mim e abriu os olhos.

O dragão diz:

— Não me importo com seu passado. Com o que você fez. Como chegou até aqui. Talvez eu devesse, mas não me importo. Eu me importo com você e com a forma como me sinto quando estou com você. Com o modo como você me trouxe de volta à vida. Você nunca precisa me contar nada que não queira. Não vou te pressionar. Mas se quiser conversar, vou ouvir e não vou julgar. Não importa o que você tiver a dizer. Não importa o quão terrível você julgue ser, vou estar aqui. Porque apesar de você ter me dito que não é um bom homem, eu não acredito nisso. E mesmo que seja verdade, se você for *mesmo* um homem ruim, é o melhor homem ruim que já conheci.

Kage me encara, imóvel. Abre a boca e solta o ar devagar.

Então me beija como se sua vida dependesse disso. Como se estivesse tentando salvar a própria alma.

E tenho certeza de que a faísca de angústia e o traço de tristeza e arrependimento que sinto nesse beijo é apenas minha imaginação.

24

KAGE

Preciso contar para ela.

Contar e deixá-la me odiar por um tempo até que eu consiga fazê-la entender. Até que eu encontre as palavras certas para explicar que não menti, que esse foi só um dos segredos que tive que guardar para mantê-la segura.

Mas ela saberá que é uma desculpa. Ela é inteligente demais para cair nessa. Ela já sabe me ler bem demais.

Não guardo esse segredo para protegê-la, e sim porque sou egoísta.

Porque sei que, se tivesse contado há muito tempo que o noivo desaparecido dela não caiu de uma montanha, ela teria me odiado.

Se tivesse contado o verdadeiro motivo de ter vindo para cá em setembro, ela nunca teria me perdoado.

E, se tivesse contado o que poderia acontecer com ela se Max descobrisse que andei mentindo, ela iria me querer morto.

Eu deveria ir embora antes que chegue a esse ponto.

Deveria partir e nunca mais voltar.

Deveria deixá-la conhecer um homem normal, ter uma vida normal, e manter minha distância.

Mas, quando ela me olha com aqueles olhos da cor do oceano, cheios de emoção, sei que eu não conseguiria fazer nada disso.

Mesmo que eu conseguisse ir embora, não conseguiria ficar longe. Já sei que não consigo resistir a ela. Ela é viciante demais. Estou enfeitiçado.

Então, contar a verdade não é uma opção.

A única alternativa é viver essa vida dupla o mais cuidadosamente possível. Manter tudo separado. Minhas vidas na costa leste e oeste nunca podem se cruzar.

Não posso vacilar enquanto ando nessa corda bamba, porque a vida dela está em jogo.

E não posso perdê-la.

Se algum dia isso acontecer, vou incendiar o mundo inteiro antes de segui-la pela escuridão.

25

NAT

Depois do banho, sirvo um copo de uísque para Kage e faço ele se sentar à mesa da cozinha, onde a luz é melhor. Pego linha e agulha em um kit de costura, depois vou ao banheiro para pegar peróxido de hidrogênio, uma toalha de algodão pequena e gaze.

Diante do homem gigante e tatuado sentado na minha cozinha vestindo apenas uma calça de moletom cinza que comprei para ele, sinto uma onda de felicidade tomar conta de mim. É ofuscante, como se eu estivesse olhando diretamente para o sol.

— Eu não tenho esparadrapo — digo, para me impedir de falar algo bobo.

Ele se esparrama na cadeira como se fosse um rei, toma um gole do uísque, lambe os lábios e sorri para mim.

— Para que isso?

— O curativo. Não tenho como colar sem esparadrapo.

— Você tem fita isolante?

— Não vou usar fita isolante! Tem cola industrial! Vai arrancar sua pele quando você tirar.

Ele olha para mim com o kit de costura na mão.

— Você vai me dar pontos com uma linha de algodão que vai causar uma infecção e me matar, mas se recusa a usar fita isolante?

— Merda. — Olho para a linha, desesperada. — O que eu devo usar, então?

— Linha de pesca funciona. Se não tiver, fio dental sem sabor.

Não pergunto como ele sabe disso. Volto para o banheiro para pegar o fio dental. Quando chego na cozinha, ele está servindo mais uma dose de uísque.

— Boa — comento. — Isso vai ajudar com a dor.

— Não é para mim. É para você.

— Acho que não é inteligente beber antes de tentar fazer um procedimento cirúrgico.

— Acho não que é inteligente tentar fazer um procedimento cirúrgico com as mãos tremendo tanto.

Ambos olhamos para as minhas mãos. Não há como negar que estão tremendo.

— Tá bom. Me dá isso.

Coloco os materiais na mesa. Ele me entrega o copo. Bebo tudo de uma vez e devolvo.

— Ok. Vou me sentar ali e você vira...

— Você vai se sentar aqui.

Ele me puxa para o colo, de frente para ele, com as pernas enlaçando seu dorso.

— Essa posição não parece muito boa.

Deslizando os dedos na minha bunda, ele se aproxima e enfia o rosto no meu pescoço.

— Para mim está ótimo.

— Agradeço a atenção, mas se você continuar me distraindo assim, vai acabar com mais pontos do que o monstro de Frankenstein.

— Não vou entrar em nenhum concurso de beleza, baby. É só limpar e costurar.

— Parece fácil quando você fala assim.

— Porque é fácil mesmo. Vou ajudar. Primeiro, jogue o peróxido na ferida.

Eu me aproximo para avaliar a ferida e mordo o lábio.

Não está terrível. Não é grande nem assustadora. Mas está sangrando, e ele nem parece notar.

— Viu? Eu disse que era praticamente um arranhão.

— Quantas vezes você já levou um tiro?

Ele reflete por um instante.

— Seis? Dez? Não lembro. Sempre faço uma tatuagem para cobrir a cicatriz.

Examino o peito dele, um mosaico de tinta cobrindo os músculos maravilhosos. O homem é uma obra de arte ambulante.

— Tipo essa aqui.

Toco a caveira sorridente acima de onde fica coração dele. Há um pequeno queloide no meio do olho preto da caveira. Parece um olho brilhando com intenções malignas.

— Que bom que você não estava por perto para ver essa. Com certeza iria desmaiar.

— Mas a cicatriz é tão pequena. Menor que uma moeda.

— Essa é a ferida da entrada. A da saída nas minhas costas é desse tamanho.

Kage olha para mim e mostra o punho fechado. É do tamanho de uma toranja. Engulo em seco e sinto um nó na garganta.

— Como você sobreviveu?

— Foi por pouco. — Ele dá de ombros. — Mas sobrevivi.

Ele fala com tranquilidade, como se morrer não fosse nada demais. Ou talvez ele ache que a vida dele que não é nada demais.

Talvez não acredite que valha a pena.

Coloco as mãos no peito largo e olho nos olhos dele.

— Fico feliz que tenha sobrevivido — digo, em um tom gentil. — Acho que eu nunca seria feliz de novo se não tivesse conhecido você.

Kage tenta não demonstrar, mas vejo o quanto minhas palavras mexem com ele. Seus olhos brilham. Ele engole em seco.

— Você teria conhecido alguém — diz ele, com a voz rouca.

— Conheci muitos homens depois do David. Até saí com alguns. Nenhum deles me fez sentir o que você me faz sentir. Ninguém fez eu me sentir viva.

Uma emoção indescritível surge nos olhos dele, mas ele desvia o olhar, então não consigo decifrá-la. Quero perguntar qual é o problema, mas ele muda de assunto de repente.

— Vou passar a linha na agulha para você. É só juntar as pontas da ferida e escolher um lado para começar. Não aperte muito os pontos, senão a pele vai necrosar. Não pode ir fundo demais nem raso demais. Os pontos têm que ser pequenos e bem espaçados. Pensa que está remendando um vestido.

— Um vestido de pele. Tipo o Hannibal Lecter.

— O cara do vestido de pele era o Buffalo Bill. Lecter ajudou Starling a pegar ele.

— Verdade, lembrei agora. Você é fã de cinema?

Ele franze o cenho e parece se perder em uma lembrança ruim que não pretendo pedir para que compartilhe.

— Não durmo muito — diz ele, baixinho. — Sempre tem um filme passando na televisão de madrugada.

Ganho um vislumbre de como deve ser a rotina dele. Não parece agradável.

Quando toco sua bochecha, ele me encara, assustado, voltando ao presente.

— Da próxima vez que não conseguir dormir, me liga, tá? Podemos ver um filme juntos.

Ele analisa meu rosto com um olhar saudoso, como se nada no mundo fosse deixá-lo mais feliz do que assistir ao mesmo filme que eu enquanto nos falamos ao telefone.

Porém, mais uma vez, ele muda de assunto e pega a garrafa de peróxido.

— Limpa primeiro, depois costura. Vamos acabar logo com isso para voltarmos para o que importa.

Ele aperta minha bunda para que eu entenda exatamente o que ele quis dizer com "o que importa". O homem é o próprio coelhinho das pilhas Duracell.

Ficamos em silêncio enquanto limpo com cuidado a ferida com uma ponta da toalha embebida em peróxido de hidrogênio. Há um pequeno pedaço de tecido da camisa que ficou preso no sangue seco do ferimento. Quando puxo, começa a sangrar de novo, então pressiono o ponto até estancar o sangramento e o limpo de novo.

Depois, ele me entrega a agulha.

— Não precisa ficar assustada se eu desmaiar quando você enfiar a agulha — diz ele, com uma expressão séria.

Fico em pânico por um instante, depois percebo que ele está brincando. Resmungo baixinho e começo.

Não é tão nojento quanto pensei. Depois de alguns pontos, pego o jeito da coisa. Não demoro muito e fico bem feliz com o resultado.

— É só eu cortar a ponta do fio?

— Dá um nó, aí você corta.

Sigo as instruções, mas preciso sair do colo dele para pegar uma tesoura na gaveta de tralhas. Corto a ponta e paro para admirar meu trabalho.

Aparentemente, ele não gosta que eu fique longe, porque me puxa de volta para o colo, desta vez com minhas pernas jogadas para o lado, de modo que me aninho nele, segurando seus braços fortes.

Ele beija o topo da minha cabeça. Solto um suspiro, feliz. Em seguida, bocejo.

Kage solta uma risada baixa que faz minha orelha vibrar.

— Tá entediada?

Sorrio no pescoço dele e digo uma mentira descarada.

— Muito. Você é o homem mais entediante do mundo. Preferia ficar olhando pra parede. Por falar nisso, por quanto tempo vai ficar dessa vez?

— No mínimo, até o Ano-Novo — diz ele, acariciando meu cabelo.

Empolgada, eu me viro para encará-lo.

— Sério? Tanto tempo assim?

Ele tira uma mecha de cabelo do meu resto e sorri.

— Você vai cansar de mim.

Reajo assentindo, como se fosse verdade.

— Provavelmente. Uma semana inteira com você... eca.

— Acho que vou ter que tentar ser mais interessante.

Com os olhos brilhando, ele me levanta e me carrega de volta para a cama.

No caminho, conto sobre a visita de Chris. E, mesmo com medo da reação de Kage, conto que Chris mostrou o retrato falado dele para o FBI.

— Não se preocupe com isso.

Ele me deita na cama e me cobre, depois se deita comigo e ficamos de conchinha. Então, enrosca as pernas nas minhas, cheira meu cabelo, passa o braço sobre meu corpo e beija minha nuca.

— Mas eles vão procurar você agora — digo. — Procurar aqui.

— Aquele desenho já não existe mais.

Kage se vira para desligar o abajur na mesa de cabeceira. Olho a escuridão, confusa.

— Como assim?

— O policial Babaca não é o único com contatos dentro do FBI.

Pisco tanto com essa resposta que pareço estar mandando uma mensagem em código Morse.

— Mas... você disse que se eles descobrissem sobre mim...

— Eles não sabem nada sobre você. E vai continuar assim.

— Mas o Chris pode contar.

— Duvido. Ele ainda está apaixonado por você.

— Não mesmo — respondo, bufando. — Ele está com o ego ferido.

Kage suspira e sinto um arrepio na nuca. Ele claramente não acredita em mim.

— Além do mais... — Estremeço. — Talvez eu tenha... meio que... ameaçado atirar nele.

Em um segundo, Kage se apoia em um cotovelo e fala alto:

— O que ele fez? Aquele desgraçado tocou em você? Eu vou matar ele!

O tom dele é letal. Por algum motivo estranho, não consigo não pensar em como isso é romântico.

— Não, meu bem. Ele não tocou em mim.

— O que ele fez, então?

Penso por um instante e conto a verdade.

— Resumindo, ele me irritou.

Não consigo ver a reação de Kage, mas sei que ele fez uma careta no escuro.

— Você ameaçou atirar no xerife porque ele te irritou.

Parece ruim quando ele fala assim. Fico um pouco na defensiva.

— Faz semanas que ele fica passando aqui em casa de carro, dia e noite.

— Espera aí. O quê? — rosna Kage.

— Viu? Irritante. E ele disse umas coisas ruins de você, de mim, e não foi embora quando eu mandei. Resumindo, foi um babaca.

Kage fica em silêncio por alguns segundos, refletindo.

— Obrigado por me contar. Vou dar um jeito nele.

Arregalo os olhos.

— Quando você diz "dar um jeito", você quer dizer...

— Quero dizer que o seu homem vai dar um jeito nisso. Não precisa mais se preocupar com ele.

Com um resmungo, ele deita a cabeça de novo no travesseiro e passa um braço por baixo do meu pescoço. Ficamos assim por um tempo, em silêncio, até a respiração de Kage voltar ao normal.

— Mas não machuca ele, tá? — sussurro. Kage solta um grande suspiro em resposta. — Não quero isso pesando na minha consciência. Promete?

— Você apontou uma arma para ele, mas eu não posso fazer o mesmo?

— A minha não estava carregada. A sua vai estar.

Consigo sentir a indignação dele.

— Sua arma não está carregada? Por quê?

— Só tenho uma porque meu pai deixou aqui. E a cidade tem umas quatro mil pessoas e um índice de criminalidade bem baixo. Além disso, eu tenho um cachorro grande.

A risada de Kage é ácida.

— O cachorro que me cumprimentou com o rabo abanando quando eu arrombei a porta dos fundos e depois foi dormir no sofá?

— É. Isso é cara do Mojo. Sei que ele não é muito alerta.

— Não, ele parece estar tomando Prozac.

— Ele é um cachorro feliz!

— Cachorros felizes não são bons cães de guarda. A gente devia pegar um Rottweiler para você.

Imagino um monstro peludo de cem quilos mostrando os dentes afiados e salivando para mim enquanto durmo.

— Nem pensar.

— Pelo menos coloque munição na sua arma.

— Não tenho munição.

O suspiro de Kage demonstra sua total decepção com minha falta de preparo contra intrusos.

— Eu vou ficar bem pelo menos durante a próxima semana. Tudo resolvido — argumento, com um tom casual.

Outro resmungo de insatisfação. O braço ao meu redor me aperta.

Sei que a mente dele está trabalhando, pensando sobre o que eu disse. Não tive intenção de que soasse como uma censura, mas talvez ele esteja interpretando assim. Como se eu o culpasse por não estar aqui com mais frequência.

Como se eu quisesse fazê-lo se sentir culpado.

Quando abro a boca para explicar, ele interrompe.

— Eu sei que você não está reclamando.

— Ufa. Ainda bem — sussurro.

Mas o corpo dele está tenso. Tenho quase certeza de que consigo ouvi-lo ranger os dentes.

— Mas você tem motivos para reclamar — continua ele, com a voz baixa. — Esse combinado não deve ser fácil para você.

Sinto um aperto no peito. Mordo o lábio, me controlando para não perguntar o que quero perguntar, mas desisto.

— É fácil pra você?

Ele inspira e expira devagar, aproximando o rosto do meu pescoço, então sussurra perto da minha orelha:

— É uma tortura do caralho, baby.

Eu espero, mas Kage não diz nada que mude a situação. Não sugere um jeito de consertar tudo. Não importa o quão difícil seja nos vermos raramente, parece que isso não vai mudar.

Por algum motivo, Kage não quer mudar.

Supostamente, pela minha segurança. Mas não é como se eu estivesse segura aqui, com a polícia em cima de mim e meu ex-namorado *stalker* planejando sua vingança por eu ter dado uma de Annie Oakley para cima dele.

Talvez seja melhor assim. Talvez não. Nunca vou saber, porque ele nunca vai me contar.

Pensar nisso me deixa absurdamente triste.

Quando enfio a cara no travesseiro, suspirando, Kage sussurra:

— E se...?

Arregalo os olhos, sentindo meu coração começar a bater mais forte.

— E se o quê?

— E se eu levasse você para mais perto de mim? Tem uns subúrbios legais em Nova Jersey.

— *Nova Jersey?*

— Pode ser Martha's Vineyard também. É lindo lá.

Estou tentando não ficar com raiva, mas sinto o calor subir pelo meu pescoço.

— Também é em Massachusetts. Você quer eu me mude pro outro lado do país e deixe minha vida inteira pra trás pra continuar morando longe de você?

— Fica só a cinco horas de carro de Manhattan.

— *Só?* — Subo o tom de voz.

Ele suspira.

— Merda. Você tem razão. Esquece.

Eu me viro para encará-lo em meio à escuridão. Os olhos dele estão fechados. O maxilar está tensionado. Parece que ele decidiu que esse é o fim da conversa.

Acho que vou ter que consertar isso.

— Kage. Olha pra mim.

Ainda de olhos fechados, ele responde impaciente:

— Vai dormir.

Que homem mandão, irritante e teimoso. Quanto mais o conheço, mais preciso de um remédio para pressão alta.

— Não. A gente vai conversar sobre isso. Agora.

— Você sabe a definição de impasse? É isso aqui. Não podemos consertar isso, não importa o quanto a gente converse. Então, vai dormir.

— Kage, me escuta...

Ele se levanta, me deita de costas e fica por cima de mim. Em seguida, fica bem perto do meu rosto e começa a falar.

— Você é a melhor coisa que já aconteceu comigo. A melhor e provavelmente a pior, por causa de quem eu sou e do que eu faço, e de toda essa merda que vem junto. Eu nunca vou poder ter uma vida de comercial de margarina, Natalie. Nada de brunch com amigos no domingo, jantar de Ação de Graças com os sogros, piquenique no parque ou qualquer outra coisa de gente normal, porque eu nunca vou ser normal. Minha vida não me pertence, você entende? Eu fiz uma promessa. Fiz um pacto de sangue. O Bratva é minha família. A Irmandade é minha vida. Uma vez dentro, é para a vida toda. E não há saída. Por nada. — A voz dele falha. — Nem por amor.

Com o coração acelerado e o corpo tremendo, encaro o rosto lindo de Kage e seus olhos angustiados, cheios de dor e sombras, e entendo o que ele quer dizer.

Estamos condenados.

Acho que eu já sabia. O que a gente tem agora não vai durar. Além da logística de manter um relacionamento a milhares de quilômetros de distância, uma paixão como a nossa não é o suficiente.

Quanto mais quente a chama, mais rápido ela se apaga.

A máfia é a cereja no topo do nosso sundae de problemas, e pronto: uma tragédia perfeita.

E qual é a novidade? Não é como se a minha vida fosse uma comédia romântica.

Estendo a mão e toco o rosto dele, a barba malfeita.

— Entendi. Mas você tá esquecendo de uma coisa.

Ele espera, tenso, com os olhos fixos em mim.

— Eu estou nessa para o que der e vier. É tudo ou nada — sussurro. — Não importa onde a gente more ou a distância entre nós. Eu sou sua. Você faz suas promessas com sangue, mas eu faço com o coração. E meu coração pertence a você agora. Não preciso de uma vida perfeita, nem de piqueniques no parque. Só preciso do que você me dá. E é a coisa mais linda que já vi.

Alguns segundos depois, ele diz:

— O quê?

— Você.

Kage fecha os olhos, engole em seco e umedece os lábios, depois se deita de costas e me puxa para cima dele, soltando o ar com força. Olha para o teto enquanto segura minha cabeça e me abraça.

Caímos no sono assim. Nossos corações batem juntos na escuridão, com o mundo inteiro querendo nos separar lá fora enquanto dormimos, sonhando com um lugar onde poderíamos ficar juntos, livres.

Um lugar sem pactos de sangue, tiroteios ou saudade.

Um lugar sem segredos, vingança ou arrependimentos.

Um lugar que não existe, pelo menos não para nós.

26

NAT

Na manhã seguinte, quando acordamos, o quintal está coberto de neve.

— Um Natal nevado — murmura Kage, parado atrás de mim na janela da sala.

Estou enrolada em uma manta. Ele me abraça com os braços fortes, o queixo apoiado na minha cabeça. Eu me sinto em paz, segura, acolhida e sortuda.

Não importa o quão estranha seja nossa situação, algumas pessoas não têm nem metade disso.

Minha vizinha do outro lado é uma mulher com cerca de setenta anos chamada Barbara que me disse na festa de aniversário dela do ano passado que nunca tinha se casado porque o amor era um risco grande demais.

Ela é contadora. Como David, tem uma afinidade por coisas confiáveis: títulos de investimento, tabelas, a Segunda Lei da Termodinâmica.

Uma vez, perguntei ao meu ex-noivo como alguém como ele poderia se apaixonar por alguém como eu — uma mulher intuitiva, emocionada, ruim em matemática. Ele parou por um segundo e então respondeu: "Até Aquiles tinha um ponto fraco."

Típico do David. Breve e misterioso.

Até hoje, não entendo bem o que ele quis dizer.

— Tenho uma coisa para você — diz Kage.

Minha risada sai rouca.

— Acho que você já me deu. Duas vezes ontem à noite e mais uma hoje de manhã.

— Não é isso.

Ouço um tom de seriedade na voz dele, então me viro para olhá-lo. A expressão em seu rosto é uma que nunca vi antes; um traço familiar de gentileza, mas também de hesitação. Como se ele estivesse preocupado com a forma como reagirei a alguma coisa.

— O que é?

— Vem ver. No meu bolso.

Olho para as calças cinza dele. O único volume que vejo está bem na frente.

— Você não precisa fazer joguinhos pra isso.

Ele suspira.

— Está no meu bolso esquerdo.

— Tudo bem, vamos fazer do seu jeito — digo, sorrindo.

Deslizo minha mão pelo bolso dele, fingindo procurar por algum tesouro que obviamente não está lá, senão daria para ver pelo tecido.

— Caça ao tesouro, então... Vamos ver. Aqui tem um fiapo. — Faço uma careta, mexo com o fio nos dedos e continuo a procurar. — E aqui um belo pedaço de homem. O que é isso, um quadril?

— Mais para baixo — diz ele, em um tom gentil.

Franzindo o cenho, vou até o final do bolso e meus dedos encontram algo. Algo pequeno, redondo e metálico.

Sinto minha pulsação acelerar e tiro o objeto do bolso. Eu o encaro de olhos arregalados, boquiaberta.

Kage pega o anel da minha mão e o coloca no terceiro dedo da minha mão esquerda trêmula.

— É um anel clássico russo, o nó do amor. As três faixas entrelaçadas simbolizam diferentes tipos de devoção. O ouro branco é macio. Ele se molda à mão, como o amor molda duas pessoas juntas. O ouro amarelo é duro, como o amor verdadeiro é forte contra qualquer coisa que tente destruí-lo. E o ouro rosê é raro. — Ele olha no fundo dos meus olhos. — Como o que temos.

Quando começo a chorar, ele fica nervoso.

— Merda. Você odiou.

Eu me jogo no peito dele e dou soquinhos no seu ombro. Espero que seja o ombro bom, porque estou emocionada demais para me importar.

— Me desculpa. Eu vou devolver. Foi cedo demais — resmunga ele.

— Cala a boca — digo, em meio a soluços. — Estou *feliz*!

— Ah. — Ele pausa, então ri. — Não quero nem ver como você fica quando está triste.

Choro encostada no peito dele, e Kage me abraça até eu me acalmar o suficiente para levantar a cabeça e olhar para ele.

Quando ele vê meu rosto, me provoca:

— Quem diria que uma menina tão linda poderia chorar tão feio?

Passo o braço pelo rosto úmido, fungando.

— Mais uma piadinha e vou te matar.

— Não vai, não. Você gosta de mim.

— Você é ok. Eu acho.

Rindo de novo, ele me puxa para o peito e encaixa minha cabeça debaixo do queixo. Então fica sério e solta um longo suspiro.

— É um anel de compromisso, baby. Minha promessa para você de que eu sou seu. Mas…

Quando ele hesita, levanto minha cabeça para encará-lo. Sinto uma pontada de medo.

— Mas o quê?

Ele acaricia meu rosto, limpando uma lágrima solitária com o polegar.

— Não é um anel de noivado, porque nunca vamos poder nos casar.

Fecho os olhos e espero que ele não consiga perceber que acabou de enfiar uma faca no meu coração.

— Porque não é seguro para mim, certo?

— Porque eu não posso.

Abro os olhos e encaro o rosto lindo dele com uma expressão de confusão.

— Não pode? Como assim?

— Quando disse que minha vida não era minha, isso inclui decisões sobre coisas como se eu vou me casar ou não. E com quem.

Horrorizada, me afasto e dou um passo para trás. Fico boquiaberta, incrédula.

— Tá brincando comigo.

— Não.

A expressão dele corrobora sua fala. Parece que Kage está no funeral do melhor amigo.

— Então quem decide isso?

Ele não responde e fica apenas parado ali, me encarando como se alguém tivesse morrido, e eu já sei a resposta.

— Seu chefe decide — digo devagar, com um medo se espalhando em mim. — Maksim Mogdonovich.

Com a voz carregada de tristeza, Kage responde:

— Isso nunca foi importante. Presumi que viveria sozinho. Como sempre. Não havia nenhuma versão da minha vida na qual imaginei ter algo assim. Ter alguém como você.

A realidade é como um balde de água fria na minha cabeça. A realidade da minha situação se torna clara e triste.

Estou apaixonada por um homem que não pode ter filhos.

Que não pode morar comigo.

Que não pode se casar comigo.

Que talvez, algum dia, precise se casar com outra pessoa.

E ele não tem escolha.

Precisa honrar a própria promessa.

Quando dou um passo para trás, Kage estende a mão e segura meu pulso. Ele me puxa para si, segura meu rosto com as mãos e rosna:

— Não importa o que aconteça, sempre vou ser seu. Você sempre vai ser minha. Isso não vai mudar.

— Vai, se você se casar com outra mulher! Ou acha que eu vou dividir você com alguém?

Tento me desvencilhar, mas ele me prende contra o corpo com os braços ao meu redor.

— Ele não vai arranjar uma esposa para mim. Precisa de mim como eu sou. Focado. Sem distrações.

— Mas ele poderia fazer isso, né?

Quando Kage não responde, tenho minha resposta.

Minha risada é triste, cheia de desespero.

— Ok. A qualquer momento ele pode decidir que você deve se casar com uma princesa da máfia pra formar uma aliança com a família dela. Não é assim que funcionam esses casamentos arranjados?

Estou chorando de novo, mas agora não são lágrimas de felicidade. São de raiva. De dor. De decepção comigo mesma por ter permitido que meu coração controlasse minha mente e me colocasse nesta situação terrível.

Se eu pudesse dar um chute na minha própria bunda, eu faria isso.

— Me solta.

Ele hesita por um instante e então faz o que peço. Eu me afasto, cruzo a sala, paro e volto.

— É por isso que você disse que precisava fazer eu me apaixonar por você antes que eu descobrisse todos os seus segredos. Porque mesmo que eu aceitasse o que você faz, você sabia que eu nunca aceitaria *isso*.

Ele continua em silêncio. Está ofegante. Seus olhos escuros estão em chamas.

— Bom, meus parabéns — concluo. — Seu plano funcionou. E não se atreva a falar comigo pelo resto do dia, porque eu estou tão puta com nós dois que poderia cuspir em você.

Vejo um brilho surgir nos olhos de Kage. Ele avança um passo na minha direção.

— Você está dizendo que está apaixonada por mim?

Jogo minhas mãos no ar.

— Tá de brincadeira comigo? Tá querendo uma declaração de amor agora? Estou prestes a arrancar sua cabeça!

Ele avança devagar e diz:

— Você está, não está? Você está apaixonada por mim. Diga.

Estou com tanta raiva que começo a tremer. Ainda estou chorando um pouco, mas as lágrimas vão para o segundo plano, afastadas pela raiva.

— Seu filho da puta arrogante e egoísta.

— É verdade. Agora diga.

— Você acha que eu teria concordado com essa loucura se não estivesse apaixonada por você?

A voz dele fica mais baixa, quase um sussurro. Kage continua se aproximando.

— Então diga. Fale para mim. Eu quero ouvir.

— E eu quero ouvir você gemendo de dor quando eu esmagar os seus dedos do pé com um martelo, mas nem sempre a gente consegue o que quer.

Eu me viro, saio andando pela sala, sigo pelo corredor e entro no quarto. Kage me segue, acompanhando meu ritmo sem dificuldade. Entro no banheiro com a intenção de bater a porta e trancá-la, mas ele está perto demais e entra comigo.

Estou furiosa por ele não me deixar sozinha para surtar em paz, então pego a escova na pia e o ameaço.

— Não me faça usar isso!

É uma ameaça ridícula, em parte porque não tenho nenhuma intenção de bater nele com uma escova de cabelo, em parte porque ele provavelmente riria da minha cara de qualquer forma. Mas o gesto o faz parar.

Kage olha para a escova e de volta para mim.

— Talvez você deva — diz ele, com a voz grave.

Confusa com o tom de voz e o brilho no olhar dele, paro por um segundo.

— O quê?

— Talvez você deva me punir.

Quando entendo o que Kage quer dizer, arqueio as sobrancelhas, surpresa, e ele assente.

Em seguida, ele se vira e vai em direção à porta. Abaixa a calça até o meio da coxa e ergue os braços acima da cabeça, apoiando-os no batente da porta.

Com as pernas separadas, as costas e a bunda nua, ele olha para trás e espera.

27

NAT

Ele tem uma daquelas bundas redondas e perfeitas de atletas profissionais. Não há um pingo de gordura. É mais branca do que as costas e as coxas, e a pele parece macia e impecável.

Aposto que, se eu batesse com a escova com força, ficaria vermelha como uma cereja.

Tento engolir, mas minha boca está seca como o deserto. Ouço um zumbido nos ouvidos e me sinto meio tonta. A fúria se dissipou, dando lugar a um monte de endorfinas sexuais.

Não me admira que ele queira me bater. Só de ficar aqui parada, contemplando a ideia de fazer o mesmo com ele, estou vibrando como meus brinquedos.

— Não precisa se preocupar comigo — diz ele. — Tenho uma alta tolerância à dor.

— Se você não sentir nada, meio que vai contra o propósito da coisa.

— Eu não disse que não iria sentir. Só não quero que você se contenha.

A voz dele é gentil e hipnótica. Ou talvez eu esteja hipnotizada pela adrenalina.

Quando falei que só deixaria ele me bater se eu pudesse bater nele primeiro, não achei que essa possibilidade se tornaria real. Foi uma ameaça vazia, porque que homem deixaria a namorada bater na bunda dele?

Pelo visto, esse aqui.

Ele é um gênio do mal.

Quando me aproximo, a escova parece ficar mais quente na minha mão, como se estivesse viva. É de madeira, com a cabeça retangular e lisa, feita para cabelos grossos como os meus.

É praticamente uma raquete.

Paro atrás dele, meio de lado. Tenho uma visão perfeita do seu corpo, com todas as tatuagens e os músculos definidos. O pênis grosso dele está semiereto e repousa sobre a coxa.

— Bate dez vezes. Vou contar em voz alta — diz ele baixinho, enquanto umedeço os lábios, nervosa.

Dez palmadas punitivas enquanto ele conta com aquela voz rouca dele é…

É um milagre de Natal.

Ele me olha. Sua respiração acelera. O ar fica mais quente e perigosamente carregado, como se uma pequena faísca pudesse gerar uma grande explosão.

— Que droga, Natalie. *Vai logo*!

Deve ter pensado que essa ordem iria me irritar, porque minha mão voa na hora. Quando a escova toca a pele dele fazendo um grande *pá!*, Kage solta um gemido de prazer como se tivesse ganhado uma aposta consigo mesmo.

Com um certo humor na voz, ele começa a contar:

— Um.

Travo a mandíbula e minha mão voa.

— Seu arrogante…

Pá!

— Mandão…

Pá!

— Irritante…

Pá!.

— Metido…

Pá!

— Cretino!

Paro, arfando, e encaro a bunda de Kage. Está em um tom delicioso de rosa. Quando olho para o rosto dele, vejo seus olhos em chamas.

— Melhor?

— Não. Você não contou.

— Contei, sim. Estamos em cinco. Acho que você estava ocupada.

Meu olhar desce pelo corpo dele, da cabeça aos pés. Kage não tem dificuldade de manter os braços sobre a cabeça, mas está ofegante. Vejo um pouco de suor se formar na testa dele.

Seu pênis está completamente ereto agora, saltando do quadril e apontando para o céu. Um pingo transparente brilha na ponta.

Não quero que isso acabe tão rápido. Já estamos na metade.

Estendo a mão e acaricio uma das nádegas vermelhas enquanto ele inspira devagar e enrijece o corpo.

Passo a ponta dos dedos sobre uma cicatriz na bunda dele e vejo seu pau ter um leve espasmo, um pequeno movimento que vai da base até a ponta, onde aquela gotinha parece me chamar.

— Não se mexe — digo, então toco a gota e espalho o líquido pela cabeça devagar, em círculos.

Kage me obedece e continua imóvel, mas não consegue conter mais um espasmo de prazer ao sentir meu toque. Ou o gemido que sai dos seus lábios.

O som me deixa extasiada.

Meus mamilos ficam duros. Sinto um calor subir pelo corpo. Sou tomada por um desejo de ficar de joelhos e chupá-lo, mas, em vez disso, decido usar minha mão e começo a fazer movimentos suaves.

A pele ali é a parte mais macia do corpo dele. É como veludo.

Veludo cobrindo aço.

Quando nossos olhos se encontram, sinto a conexão.

— Usa a mão esquerda e me bate com a direita — diz ele.

— E quem disse que você é quem manda aqui? Isso é pra ser a sua punição, lembra? — Agarro a base do pau dele, mas não consigo fechar os dedos ao redor dela. — Vamos lá.

Enquanto seguro a base, bato na bunda dele mais quatro vezes com a escova, parando por um segundo depois de cada batida para ouvi-lo contar. Quando chegamos em nove, Kage está arfando, empurrando o quadril contra minha mão. Todos os músculos da barriga dele estão contraídos.

Estou tão excitada que estou prestes a entrar em combustão.

— Mais uma. Bate — rosna ele.

— O que acontece quando eu terminar?

— Vai ser a minha vez.

Não consigo respirar. Meu corpo inteiro treme.

— Tô com medo — sussurro em resposta.

— Não vou machucar você, baby. Eu prometo.

— Não é isso... Tô com medo de gostar.

Ele encontra os meus olhos e diz:

— Você vai.

Fome.

Já ouvi falarem disso antes, mas nunca tinha entendido como funcionava neste contexto. Agora eu entendo. É uma vontade, uma falta, um desejo que controla o corpo e torna uma pessoa feroz. Meu corpo inteiro está com tanta fome por esse homem que começo a salivar.

Dou a última palmada em Kage e me afasto, deixando a escova cair.

Devagar, ele abaixa os braços, depois olha para mim e umedece os lábios.

— Dez — diz ele, baixinho.

A bunda de Kage está vermelha, o pau ereto, e sua expressão parece a de um tigre que acabou de ser libertado depois de anos em cativeiro.

Ele se abaixa e levanta a calça, depois se vira para mim.

— Vem aqui — ordena ele, com a voz rouca e dominante.

Sinto o pânico se espalhar pelo meu corpo.

Ai, meu Deus. Ai, meu Deus. Ai, meu Deus.

Trêmula, tento dar um passo. Quando não consigo ir mais rápido, ele fica impaciente e gesticula para eu me apressar.

Respiro fundo e continuo andando, mordendo o lábio. Quando chego na frente dele, Kage agarra meus pulsos e os prende nas minhas costas enquanto a outra mão pega meu queixo.

— Peço permissão para fazer o que eu quiser com você — diz ele, com os olhos semicerrados.

Apesar de ser, tecnicamente, uma pergunta, o tom é de ordem.

Meu coração não foi feito para aguentar esse tipo de emoção. Eu me sinto entorpecida, como se meu coração fosse um bêbado tropeçando na rua.

— E se... — Umedeço os lábios e tento recuperar o fôlego. — E se você fizer algo que eu não queira?

— Aí você diz "vermelho", e eu paro. Se ficar desconfortável, mas não tiver certeza se quer que eu pare, você diz "amarelo". Se gostar, diz "verde".

Eu me imagino deitada na cama gritando "verde, verde, verde!", enquanto ele faz o que quer comigo.

— Vou perguntar às vezes para ter certeza de que você está de acordo. Não vou te machucar. Você é quem manda. Se quiser, a gente para. Agora, me dê permissão.

Ele diz que sou eu quem mando, mas mal consigo controlar o que acontece dentro do meu corpo.

Estou quase tendo um troço. Minha pulsação está acelerada e meus joelhos estão fracos, e minha sensação é que meus pulmões não estão conseguindo levar oxigênio para o cérebro. Parece que vou desmaiar. A única coisa me mantendo em pé é a mão que prendi na cintura da calça dele.

— Eu... Eu...

Kage espera a resposta, com as narinas infladas, os lábios apertados e uma expressão tão gostosa que me faz suar.

Finalmente, a resposta sai como um canhão.

— Foda-se. Sim, você tem minha permissão.

Antes que eu desmaie, ele me pega nos braços e me leva para o quarto.

Ele se senta no colchão comigo ainda nos braços, depois me vira para me deixar deitada de barriga para baixo no colo dele. Meu peito está na cama e minha bunda, empinada. Ele puxa meus shorts até a metade da coxa, segura minha nuca e se abaixa para falar no meu ouvido com a voz rouca de desejo:

— Estou sonhando com isso há meses.

Então ele dá um tapa rápido e certeiro na minha bunda.

Quando pulo de susto e dou um gritinho, ele ri.

Uma risada sombria.

Ele dá outro tapa, na outra nádega, um pouco mais forte. Sinto uma onda de prazer se espalhar pelo meu corpo. O lugar onde ele bateu arde, mas não dói.

Ainda assim, estou hiperventilando. Agarro o lençol com as mãos trêmulas.

— A primeira foi nível um. A segunda foi nível dois. Aqui vai uma nível três. Me diz se você quer mais leve ou mais forte.

Kage me bate de novo. Puxo o ar e sinto as costas tensionarem. Em seguida, ele passa sua mão áspera de um lado para o outro, para cima e para baixo, aliviando o ardor.

Já me sinto molhada. Meu batimento está acelerado. Meus mamilos estão duros e doloridos.

— Quero mais forte — sussurro.

Ele solta uma respiração trêmula. Sinto a ereção pulsar na minha barriga.

— Pronta?

— Sim.

O tapa é na minha nádega esquerda. Mais forte do que os outros, no limite da dor, mas espalha uma onda de calor pela minha pele que me faz gemer.

Fecho os olhos e me mexo inquieta no colo dele, esperando outro.

Esperando e desejando.

A voz dele é como um afago calmante no meu cérebro febril.

— Fala comigo, baby. Como você está se sentindo?

— Bem.

— Usa as cores.

— Verde.

Ele me aperta, passando a mão da curva do quadril até o topo da minha coxa, me acariciando. Minha bunda está quente e sensível sob o toque dele.

— Vou dar mais cinco, depois vou parar e perguntar de novo. Pronta?

Minha resposta é apenas um gemido fraco.

— Natalie. Você está pronta? — pergunta ele, em um tom mais severo.

Quando concordo com um sussurro, ele me dá uma sequência de tapas, com a mesma força do último. Minha bunda inteira treme a cada golpe.

É incrível.

Obsceno, ardente e incrível. Toda a parte inferior do meu corpo pulsa, em chamas. Gemo mais alto e mexo os quadris.

— Caralho, baby — murmura Kage, ofegante. — Você gosta mesmo disso, né?

— Verde. Superverde. Mais. Por favor, mais — digo, em um tom quase inaudível.

Kage solta um grunhido baixinho. Passa a mão em mim de novo e em seguida enfia os dedos entre as minhas pernas.

Quando ele pressiona gentilmente meu clitóris inchado, eu arquejo. Ele move os dedos em uma espiral e sussurra:

— Tão. Perfeita.

Movo o quadril contra a mão dele, desesperada para sentir aqueles dedos em mim, mas ele se afasta e me dá mais cinco tapas na bunda.

Estremeço de prazer.

Kage me toca de novo até eu rebolar contra sua mão e então volta a me bater. A cada cinco tapas, minha recompensa é ganhar uma atenção especial entre as pernas.

Em menos de um minuto dessa tortura maravilhosa, estou à beira de um orgasmo.

— Por favor, Kage — choramingo. — Por favor.

— Fala comigo.

— Eu preciso gozar. Por favor.

— Ah, vou te fazer gozar, baby. Mas não agora.

Solto um grunhido, decepcionada, e enfio o rosto no lençol.

— Eu vou continuar, mas não quero que você goze ainda. Quero que você se controle. Me avisa quando estiver perto.

É difícil reunir fôlego para responder qualquer coisa.

— Por quê? — consigo perguntar.

A voz dele fica mais gentil.

— Porque vai ser muito mais intenso se você tentar esperar. A sensação vai se intensificar cada vez mais até explodir como uma supernova. Quero te dar isso. Quero fazer você gozar como nunca gozou na vida. Mas se você não quiser, sabe o que fazer.

Há uma possibilidade real de que eu morra aqui, mas estou disposta a arriscar.

— Verde — digo, entredentes.

Desta vez, o tapa vem mais rápido.

Não tenho tempo para me recuperar antes do próximo. Estou gemendo cada vez mais alto quando sinto seus dedos deslizarem para dentro de mim.

— Olha só para você, se abrindo toda para mim — diz ele, com a voz grave e rouca. — Mexendo os quadris para eu te ver implorando por mim. Implorando pela minha boca.

Ele puxa meu clitóris de leve. Quero gritar de prazer, mas em vez disso solto gemidos contra os lençóis.

Ele enfia os dedos em mim enquanto diz com aquela voz baixa e hipnótica o quanto me adora, o quanto precisa de mim, o quanto não consegue pensar direito quando estamos distantes.

— Estou quase lá, estou quase... — digo, arfando.

Ele tira os dedos e os aperta nos meus lábios.

— Lambe.

Obedeço.

Só consigo pensar nos dedos dele entrando de novo em mim, o mais fundo possível.

— Vou te amarrar agora. Te amarrar, vendar seus olhos e te comer. Mas antes disso você vai ficar de joelhos e me colocar na boca enquanto eu te dou mais uns tapas, porque estou viciado nessa sua bunda linda e nas suas reações.

Kage continua a falar em russo.

Solto um gemido com os dedos dele ainda na minha boca.

Reviro os olhos de prazer.

É o melhor Natal da minha vida.

28

NAT

Kage me coloca no chão ao lado da cama, depois me manda ficar de quatro e me diz para apertar sua coxa quando estiver prestes a gozar.

E então ele bate na minha bunda enquanto eu o chupo e tento desesperadamente não gozar.

Quando ele para de bater e passa a mão pela minha pele ardente, solto um gemido e aperto as coxas para aliviar o desejo em mim.

— Não, baby — diz ele, ofegante. — Ainda não.

Seguro o pênis dele com uma das mãos e apoio a outra, trêmula, na sua perna. Continuo a usar a boca e a língua, brincando com a cabeça inchada, lambendo devagar.

Kage geme e se aproxima para acariciar meus seios. Ele os segura com as mãos grossas e belisca meus mamilos, lançando ondas de prazer até o meio das minhas pernas.

Mais gemidos. Preciso tanto senti-lo dentro de mim que estou quase chorando.

— Você quer o meu pau?

Eu continuo chupando, assentindo ao mesmo tempo.

Ele pega minha mão e a leva para baixo. Aperto de leve suas bolas, arrancando um gemido suave dele. Kage passa a mão no meu cabelo e segura minha nuca, movendo o quadril no ritmo da minha língua.

Quando levanto o olhar, vejo que ele está com os olhos fechados, os lábios molhados entreabertos e a testa franzida. Todos os músculos da barriga dele estão tensos.

Ele também está quase lá.

— Eu amo sua boca. Cacete, que gostoso — sussurra ele.

Quando aperto sua coxa, ele abre os olhos e me encara. Suas pupilas estão completamente dilatadas.

Kage puxa a minha cabeça para trás e se afasta, liberando minha boca. Ele me beija vorazmente, enfia a língua na minha boca e me puxa de volta para a cama.

Ele me empurra de costas, me beija de novo e aperta a região entre minhas pernas.

— Eu amo essa sua boceta também — diz ele com a boca contra a minha, e então desliza um dedo para dentro de mim, me fazendo arquear as costas e gemer. — E esses peitos lindos.

Kage leva a cabeça até meus peitos, beija o mamilo e gira a língua antes de começar a morder.

Estou tremendo de prazer e enfio as mãos no cabelo dele, empurrando meu peito para sua boca.

— Amo cada pedacinho de você e nunca vou te deixar, não importa o que aconteça — diz ele baixinho no meu ouvido. — Entendeu?

A voz dele está arrastada, desesperada.

Abro os olhos e o vejo me encarando. O rosto dele está corado. Nunca o vi tão emocionado, como se seus olhos refletissem seu coração.

Quando me vê assentindo, ele me beija de novo, soltando um gemido de prazer.

Kage se afasta e fica em pé ao lado da cama, me olhando.

— Não se mexe e não faz nenhum barulho.

A voz dele mudou. Está mais grave, mais séria e mais sombria. Sua expressão também mudou. Distante. Impenetrável.

Ele está no modo alfa.

Tremendo, com a pele em chamas e o coração acelerado, concordo.

Ele se aproxima da minha cômoda e abre uma gaveta. Ao não encontrar o que procurava, abre outra. Enfia a mão nela, empurrando calcinhas e sutiãs, e se vira para mim mostrando um par de meias sete oitavos.

— Deita de costas no meio da cama.

Eu faço o que ele diz. Kage volta para a cama e fica parado me observando, os olhos famintos passeando pelo meu corpo nu.

— Coloca os braços acima da cabeça e abre as pernas.

Se meu coração continuar assim, vou desmaiar ou morrer. Enquanto isso não acontece, levanto os braços, os apoio no travesseiro acima da cabeça e abro mais as pernas.

Kage usa uma meia para amarrar meus pulsos e a outra para amarrar meus pulsos na cabeceira. Testa a força dos nós, puxando até ter certeza de que estão firmes o bastante.

— Apertei demais?

— Não. Tá bom assim.

— Ótimo. Me diz se ficar desconfortável.

Ele se aproxima e me beija. Então, bem de leve, me bate no meio das pernas. Eu me sobressalto e solto o ar contra a boca dele. Ondas de prazer se espalham pelo meu corpo.

— Cor?

— Verde — sussurro, arfando.

Kage me olha nos olhos enquanto passa a mão em mim, me apertando e acariciando até eu me contorcer, depois me dá um tapa de leve, me fazendo gemer como uma atriz pornô.

A sensação é incrível. Deliciosa, intensa e incrível. Quero que ele faça de novo, porém não me atrevo a pedir.

Mas ele sabe.

— Você conseguiria gozar só assim, né?

Começo a assentir vigorosamente.

Kage fecha os olhos. Um sorriso perigoso surge nos seus lábios carnudos.

— Boa garota. Mas não agora. Desta vez você só pode gozar quando eu mandar.

Kage pressiona os dedos em mim de novo, em seguida se levanta e volta para a cômoda. Abre as gavetas enquanto eu me mexo na cama, inquieta, puxando as amarras.

A sensação de estar amarrada é, ao mesmo tempo, aterrorizante e incrivelmente erótica. Sei que Kage não vai me machucar, mas estar assim desperta um medo muito primitivo. Como se eu estivesse impotente.

Sei que, em parte, é isso que torna tudo tão excitante.

Ele vai fazer o que quiser comigo, vai me tirar da minha zona de conforto até eu pedir para parar. Pensar no que ele pode fazer — no que ele vai fazer, se eu deixar — está me deixando louca de desejo.

Eu me sinto como um fio elétrico desencapado.

Nunca fiquei tão excitada na vida.

Kage se vira e eu congelo quando vejo o que ele tem em mãos: um lenço de seda preto.

Sei exatamente o que ele vai fazer com aquilo.

— Queria que você pudesse ver a sua cara — murmura ele. — Cor?

— V-verde.

Ele se aproxima devagar, o que faz minha antecipação aumentar a cada passo, então se abaixa e coloca as mãos no colchão ao lado da minha cabeça.

— Você é maravilhosa. Está pronta?

Confirmo, engolindo em seco.

Ele me beija de leve e venda meus olhos, dando voltas no tecido até que eu não consiga ver através dele. Meu nariz e minha boca estão expostos, então consigo respirar facilmente.

Bom, eu *conseguiria* respirar facilmente, se não estivesse hiperventilando.

— Respira fundo, baby — diz ele, em um sussurro calmo, e amarra as pontas acima do meu nariz. — Não esquece: você é quem manda.

Sou eu que mando. Sou eu que mando. Sou eu que mando.

Caralho, acho que vou morrer.

Kage repousa a mão no meu peito por um segundo e tento controlar a respiração. Pela primeira vez na vida, estou extremamente ciente do meu corpo. Sinto o sangue correr nas veias. Sinto o ar passar pelos meus braços. Sinto como se eu fosse um aparelho meteorológico aguçado, medindo a temperatura de tudo neste quarto com cada terminação nervosa e célula do meu corpo.

Kage senta ao meu lado, uma fonte de calor e poder.

— Você é tão linda. Minha linda. Fala que você é minha.

Umedeço os lábios e digo.

Ele move a mão do centro do meu peito para meus seios, acariciando devagar. Passa o polegar pelo mamilo excitado, então desliza a mão pela minha barriga e entre minhas pernas.

— Fala que isso aqui é meu.

Minha resposta é fraca.

— É seu. Você sabe que é. Acho que meu coração vai parar.

— Quieta. Nenhuma palavra a menos que eu faça uma pergunta.

A cama se mexe, então sinto a boca quente de Kage em mim. Puxo o ar enquanto ele lambe e brinca com meu clitóris. Abro mais as pernas e levanto os quadris contra a boca dele.

Kage faz mágica com a boca e aperta meus mamilos ao mesmo tempo. Eu solto um gemido e deixo a cabeça cair de volta no travesseiro.

Não estava preparada para o tapinha leve que sinto no meio das minhas pernas. Eu me sobressalto, ofegante.

— Eu disse quieta.

A voz dele é inebriante. Profunda e firme, vibrando com poder e masculinidade.

Em algum lugar muito distante da minha mente, eu respondo, obedecendo por instinto. Relaxo o corpo e desisto de tentar controlar meu coração, minha respiração irregular ou o caos na minha mente.

Finalmente, eu me entrego a ele por completo.

Como ele parece saber de tudo, não é surpresa que ele também saiba disso.

— Você nasceu pra ser minha — rosna ele. — Minha rainha. Você não se ajoelha para ninguém além de mim. E porra, eu te idolatro por isso.

Ele dá mais um tapinha para me testar.

Puxo o ar com força pelo nariz, mas fico em silêncio.

Minha recompensa é a boca dele entre minhas pernas.

Estou arfando e tremendo, curtindo a onda de prazer que está prestes a se quebrar, quando ele para. Espero deitada, em silêncio e suada, enquanto ouço a gaveta da mesa de cabeceira se abrir e Kage mexer ali dentro.

— Esse — diz ele para si mesmo.

Ouço um clique e o som de uma vibração. Kage toca meu queixo e vira meu rosto.

— Abre a boca.

Sinto seu membro macio como veludo roçar meus lábios. Abro a boca e o envolvo, sedenta.

Ele desliza o vibrador entre minhas pernas.

É uma tortura maravilhosa: estou tentando respirar sem fazer barulho, com Kage na minha boca, enquanto ele movimenta o vibrador no meu clitóris sensível. Quando ele o empurra para dentro de mim, quase cedo e solto um gemido, mas me controlo.

Mas meus quadris agem por conta própria. Eles se movem, desenfreados, ao mesmo tempo em que Kage mete o vibrador em mim e eu o engulo inteiro.

— Maravilhosa — diz ele, entredentes. — Puta merda.

Meu coração está descontrolado. Estou flutuando fora do meu próprio corpo, olhando para baixo, mas sinto tudo. Cada vibração, cada movimento, cada centímetro dele na minha boca.

Também me sinto poderosa.

Porque sei que é só eu falar que tudo isso acaba. Mesmo que ele não quisesse, sei que pararia na hora caso fosse esse meu desejo.

Mas não é. Na verdade, espero que isso nunca acabe.

Ofegante, Kage sai da minha boca, tira o vibrador de mim e o desliga. Então, sobe na cama, abre minhas pernas com o joelho e se posiciona em cima de mim, se equilibrando com um cotovelo. Eu envolvo os quadris dele com as coxas, colando meu corpo no dele.

Ele desliza, de leve, e coloca só a cabecinha.

Arqueio as costas, tentando respirar, fora de mim de tanto prazer e desesperada para senti-lo até o fundo.

Mas ele não entra. Sinto-o passar o braço ao redor do meu corpo e deslizar a mão para procurar aquele lugarzinho proibido.

Ele o massageia com o dedo.

Também estou molhada lá por causa de tudo que ele fez com a boca e com o vibrador, provocando uma excitação desenfreada. Tão molhada que não precisaria de muito esforço para o dedo dele entrar.

Estamos ambos ofegantes. Sinto o corpo tremer. Fecho as mãos presas em punhos.

Kage se aproxima da minha orelha e pergunta:

— Cor?

Ele paira sobre mim até eu responder.

— Verde.

Então, ele me beija e entra em mim com força.

Ele continua com uma das mãos segurando minha nuca e a outra brincando com aquele pontinho específico, o dedo acariciando, mas sem entrar.

A sensação é insuportavelmente boa.

Kage, grande e quente em cima de mim, dentro de mim, com a língua na minha boca e um dedo brincando lá atrás. Eu me sinto cercada por ele. Engolida por ele. Dominada por ele. Consumida por ele.

Quando ele começa a sussurrar em russo no meu ouvido, sinto que estou chegando lá. Não consigo mais aguentar. As ondas de prazer me derrubam repetidamente até eu convulsionar sob o corpo de Kage, gemendo o nome dele.

Ele beija minha garganta e ordena:

— *Goza agora.*

E então ele cruza a barreira daquele pequeno círculo lá atrás e enfia o dedo.

Meu orgasmo vem como uma explosão.

Eu me perco em um caos ofuscante de luz e prazer, tremendo, e ouço algo como o uivo do vento ao meu lado. Ouço-o xingar e gemer de longe, sinto seus espasmos, mas estou fora de mim, caindo no infinito.

Como uma supernova.

Me sinto selvagem, uma criatura indomável. Nunca senti tal mistura de êxtase e euforia. Não me importo com nada, passado ou futuro. Só existe o agora.

Só existe ele, e eu existo apenas para ele.

Estou viciada, e ele é como uma droga injetada direto no meu sangue.

O momento se prolonga, e as leis do tempo e do espaço parecem não existir mais. Eu renasço e morro um milhão de vezes, voltando para os braços dele até me perder de novo. Perco a noção de quem sou e tudo parece fazer sentido, como se, ao me perder, eu finalmente encontrasse o que estava procurando há tanto tempo: um propósito.

A conexão que temos é a única coisa que importa, porque é a única coisa que vai continuar quando tudo se foi. Nada importa porque, no fim, tudo acaba.

Menos isso aqui.

Sei que vou me lembrar disso para o resto da vida… e além.

Quando volto para meu corpo, estou chorando.

Meu amor sabe o que está fazendo.

Kage solta minhas mãos das amarras, sussurrando baixinho com carinho e devoção. Tira a venda dos meus olhos, me cobre com os lençóis e me abraça. Ele me balança, com os braços e as pernas envolvendo meu corpo, e seu calor e sua força são como um bálsamo para o caos na minha mente.

Eu me sinto segura com ele. Segura e protegida, de um jeito único.

Adormeço nos braços dele, exausta, e Kage fica ali comigo por horas até eu acordar com a luz do sol entrando pelas persianas do quarto.

— Oi — murmura ele, sorrindo com os olhos.

— Oi — sussurro em resposta.

— Está com fome?

— Um pouco. E você?

— Eu poderia comer um cavalo.

— Não tenho um cavalo. Que tal panquecas?

— Maravilhoso. Qualquer coisa que dê para fazer sem usar o forno.

Sorrimos um para o outro por um segundo, então começamos a gargalhar.

E ficamos assim por um bom tempo.

29

NAT

Depois desse dia, algo muda entre a gente.

Não conversamos a respeito, mas está ali: uma consciência alarmante de que ultrapassamos todas as fronteiras e estamos em território novo e mais profundo.

Antecipamos e terminamos as frases um do outro. Elaboramos as emoções com um olhar. Passamos a semana entre o Natal e o Ano-Novo a sós, na minha casa, conversando, comendo, assistindo a filmes antigos e fazendo amor.

É como um sonho.

E como em todo sonho, uma hora, precisamos acordar.

Quando acordo na manhã fria e nevada do terceiro dia de janeiro, estou nos braços de Kage. Ele já está acordado, me olhando com a intensidade de sempre, mas há algo diferente em seu olhar que me faz sentir um nó se formar na minha garganta.

— Você vai embora — sussurro.

— Volto assim que eu puder.

Fecho os olhos e me aconchego nele, desejando ter mais tempo. Porém, cedo demais, ele sai da cama e começa a se vestir.

Eu me sento e puxo os joelhos para o peito, observando-o com um aperto no peito. Sei que vai ser sempre assim e sinto uma pontada de tristeza tão intensa que fico sem ar. Quando ele se vira para mim, desvio o olhar para os lençóis.

Ele também não quer ir. Mas é assim que as coisas são. Não vai adiantar nada fazer com que ele se sinta culpado por isso.

Kage se aproxima da cama e me puxa para si. Eu abraço sua cintura e apoio a cabeça no seu abdômen rígido enquanto ele acaricia meu cabelo.

— Quando voltam as aulas?

— Semana que vem.

É uma pena que as férias de fim de ano da escola não sejam mais curtas; sem o trabalho para me ocupar e sem Kage aqui, não sei o que fazer com tanto tempo livre.

Ele segura meu rosto e o levanta para me olhar. Há uma dor nos olhos dele.

— Obrigado — diz ele, em um tom suave.

— Pelo quê?

— Por me dar um motivo para viver.

Kage se aproxima e me beija de leve. Sem dizer mais nada, ele se vira e vai embora.

Fico sentada na cama, exatamente onde ele me deixou, ouvindo seus passos sumirem pela casa. A porta da frente se abre e fecha, e então ele se foi.

Sei que vão haver muitos momentos como este no futuro, então tento não chorar. Respiro fundo, jogo as cobertas para o lado e vou até o banheiro para começar o dia.

Não há motivo para ficar me lamentando. Isso não vai mudar a situação. Sei disso melhor do que ninguém.

~

Lavo todas as roupas sujas. Limpo a casa inteira. Faço uma caminhada pelo bairro. Quando o relógio marca cinco horas, já estou me sentindo melhor e confiante de que Kage não vai demorar para voltar e desfazer esse nó na minha garganta.

Estou na cozinha, me servindo de uma taça de vinho, quando o celular toca. Tiro-o do carregador na bancada da cozinha. Vejo o número na tela e fico em êxtase.

— Sloane! Você tá viva!

Ela ri.

— Claro que tô, bobinha. Só porque não nos falamos nos últimos dez dias não quer dizer que tô morta numa vala.

— Como eu ia saber? Você nem me ligou pra desejar Feliz Ano-Novo. *Nem* Feliz Natal.

Ela ri de novo.

— A suja falando da mal-lavada, né? Você também não me ligou.

— Eu estava meio ocupada — respondo, sorrindo.

— Ah, é? Me conta. Sua preciosa já caiu de tanta atividade?

— Você primeiro. Como estão as coisas com o Stavros? Onde você tá agora? Em algum país na África? Em Belize?

Sei que ela está sorrindo quando responde:

— Mais perto. Vem abrir a porta.

Eu me viro e corro pela casa para abrir a porta da frente. Minha amiga está na minha varanda, com o celular no ouvido, sorrindo para mim.

Está vestindo uma roupa de esqui rosa-choque, botas brancas peludas e um chapéu branco. Parece que acabou de ganhar uma medalha de ouro nas Olimpíadas de Inverno.

A gente se abraça e começa a rir.

— Que saudade!

Ela continua rindo quando se solta do abraço.

— Eu sei. Deve ser horrível não me ter por perto, mas tenho certeza de que você se manteve ocupada com seu homem.

Ela me encara e olha para dentro da casa. Minha expressão muda na hora.

— Ele foi embora hoje de manhã.

— Não sem marcar território, pelo visto — responde ela, em um tom seco.

Levo a mão até o ponto sensível no meu pescoço e sinto o rosto corar.

— É, ele se empolga às vezes.

— Claro que ele se empolga. — Ela sorri para mim. — Você é uma deusa. Agora vai abrir um vinho que a gente tem muita coisa pra conversar.

— Mentes brilhantes pensam igual. Já estou com uma garrafa aberta.

Nós entramos e, ao chegarmos na cozinha, pego outra taça e a garrafa na bancada antes de nos sentarmos à mesa. Mojo vem da sala e se joga nos pés de Sloane. Poucos segundos depois, ele está roncando.

Ela começa a fazer carinho nele com o pé.

— Ele continua o mesmo, pelo visto.

— Estou gritando como uma louca há uma semana e ele nem se mexe — digo, servindo o vinho. — Parece até que cresceu em uma casa mal-assombrada. Não importa quanto barulho eu faça, ou o quanto a casa balance, esse cachorro dorme feito uma pedra.

Sloane ergue a taça no ar.

— Um brinde a ter rola de qualidade à vontade.

— Você é tão romântica.

Nós rimos e bebemos.

— Então — diz Sloane quando colocamos as taças de volta na mesa —, você tá apaixonada.

— Quando você fala assim, parece que tô com câncer. E como você sabe?

— Tá na cara, Julieta. O Romeu mafioso te pegou em todas as superfícies horizontais dessa casa e agora você tá radiante.

Sinto o rosto esquentar ao me lembrar de como foi essa "pegada". E não foi só na horizontal.

— E você? Tá apaixonada pelo Stavros?

O vinho quase sai pelo nariz dela.

— Garota, fala sério. Com quem você acha que tá falando? Eu fiquei morrendo de tédio depois de três dias no mar. Nunca conheci um homem tão preocupado na vida. Parecia que eu tava morando com minha avó. O que ele mais ama fazer é ficar andando de um lado para o outro, contorcendo as mãos. Ainda bem que eles tiveram que voltar pra Nova York pra reunião, senão eu teria me jogado no mar.

Meu coração para.

— Nova York? Que reunião?

Ela parece surpresa.

— O Kage não te contou?

— Eu não perguntei.

— Eu também não.

— Então como você sabe?

— Uma das minhas habilidades é ouvir conversas. Além do mais, depois de alguns dias, a equipe dele esqueceu que eu tava lá. Ou acharam que não tinha problema porque eu tava com ele. Enfim, ouvi um monte de coisa que provavelmente não deveria saber.

Sinto o coração acelerar e me inclino para a frente, segurando a taça com tanta força que acho que vai quebrar.

— Tipo o quê?

— Tipo que… vai começar uma guerra.

Sinto um embrulho horrível no estômago.

— Meu Deus. Uma guerra não é coisa boa.

— Definitivamente não. Fiquei sabendo que rolou uma reunião em Boston com os chefes das famílias e não foi muito boa. Os irlandeses estavam putos com o que aconteceu no La Cantina…

— Espera aí. Os *irlandeses* estavam lá? A reunião não foi só com as famílias da máfia russa?

— Aparentemente todas as famílias foram. Armênios, italianos, mexicanos, chineses, irlandeses. — Ela deu de ombros. — Todo mundo.

Dá para imaginar a cena; é como se fosse um filme na minha cabeça. Uma mesa comprida, cercada de homens com aparências suspeitas vestindo casacos pretos, fumando charutos, desconfiando uns dos outros e com as armas prontas para atirar por baixo da mesa.

— Enfim, as coisas ficaram tensas e os irlandeses sacaram as armas — continua Sloane. — Pelo que ouvi, parece que rolou muito sangue.

Largo o corpo na cadeira e sinto uma náusea subindo pela garganta.

— Essa reunião foi na véspera de Natal?

— Foi. Como você sabe?

— Porque o Kage apareceu aqui, no meio da noite, com uma ferida de bala.

Sloane arregala os olhos.

— Caralho. Ele tá bem?

— Sim, sim. Eu costurei a ferida.

Ela me encara, incrédula.

— Você fez o quê?

— É mais fácil do que parece — respondo, fazendo um gesto de modéstia com a mão. — Volta pra reunião. O que mais aconteceu?

— Parece que os russos são os chefões da costa leste há décadas. Mesmo com o chefe, o tal do Maksim, preso há alguns anos, eles têm a maior operação. Todas as outras famílias têm acordos com eles pra conseguir pegar os bens nos portos...

— Bens?

— Contrabando. Drogas. — Ela pausa por um segundo. — E outras cargas.

Quando entendo o que ela quer dizer, sinto mais uma onda de náusea.

— Os russos estão traficando pessoas?

Ela nega com a cabeça.

— Só os armênios e os chineses. Os russos trabalham mais com armas e drogas.

— Ah, bom saber. — Minha voz sai fraca.

— Enfim, os irlandeses culpam os russos pelo massacre no La Cantina. Acho que fazia anos que ninguém atirava no outro e isso violou um acordo de trégua. Além do mais, um dos caras que morreu era sobrinho de alguém importante. Então eles querem uma compensação. E as negociações não deram muito certo. Quando a reunião acabou, havia corpos pra todo lado. — Ela toma mais um gole do vinho. — Então agora estão em guerra.

— E essa próxima reunião em Nova York? Quem organizou isso?

— Seu homem. — O sorriso dela é gentil. — Devia ter sido antes, mas ele disse que teriam que esperar.

Fecho os olhos e aperto minha mão contra o coração palpitante.

Kage adiou a reunião de planos de guerra para passar o fim de ano comigo.

Sloane bufa e parece enojada.

— Pois é. É nojento de tão romântico. Enfim, é só isso que eu sei. Vamos encher a cara.

Pulo da cadeira e começo a andar de um lado para o outro.

Sloane se serve de mais uma taça de vinho e olha para mim.

— Você tá parecendo o Stavros.

— Como você consegue ficar tão calma? Eles vão entrar em guerra!

— Eu entendo, amiga, por causa do Kage e tal, mas pra mim o Stavros já era.

Paro de repente.

— O que aconteceu?

Ela olha para mim sobre a borda da taça.

— Você não ouviu a parte sobre ele me deixar completamente entediada? Eu terminei. Ficar com aquele homem vinte e quatro horas por dia é exaustivo. — Ela dá de ombros e toma outro gole. — Me conta mais sobre o que aconteceu quando a polícia apareceu aqui. Me atualiza de tudo.

Paro por um segundo para observá-la.

Em menos de duas semanas, ela ficou no meio de um tiroteio, viu quatro homens morrerem, foi para Roma, velejou pelo Mar Mediterrâneo, ouviu conversas de um monte de gângsters assassinos e terminou com o namorado bilionário; tudo isso sem estragar o esmalte e sem nenhum arranhão.

Sloane é mais foda do que qualquer galã de filme.

Eu me sento e começo pelo começo, desde a última vez em que nos vimos. Ao terminar, ela balança a cabeça.

— Então o Chris ainda tá a fim de você. Isso é um problema.

— Não acho que seja isso.

— Pff. Parece ser exatamente isso.

— Seja lá o que for, Kage disse que vai dar um jeito.

— Então a gente deve ver o obituário do Chris no jornal em breve.

— Não! Falei para o Kage não machucar ele.

Sloane balança a cabeça como se estivesse realmente decepcionada comigo.

— Se eu tivesse um assassino particular, eu daria uma lista de pessoas do tamanho da Bíblia pra ele.

Assassino.

A palavra me deixa em choque. Eu me lembro de Chris aos gritos, dizendo que o apelido de Kage é Ceifador, assim como a imagem de um esqueleto de olhos vermelhos sob uma capa preta, carregando uma foice.

Com as mãos tremendo, entorno a taça de vinho. Na minha cabeça, é impossível conciliar o Kage que conheço — apaixonado, gentil, caloroso — com o líder da máfia russa.

Líder interino, no caso.

Sloane percebe minha reação.

— Amiga, você ficou pálida.

— Tô só tentando processar tudo.

— Amar é foda. Por isso eu nunca me meto com essas coisas.

— Você ainda vai pagar sua língua, garota.

— Tá pra nascer um homem que faça eu me apaixonar — diz ela, sorrindo. — Pode acreditar, eu tenho muita experiência no assunto.

— Ah, eu sei bem. Também sei que a pessoa certa tá em algum lugar por aí. Você só não a encontrou ainda. Mas, quando encontrar, vou ser a primeira a esfregar isso na sua cara.

Sloane ri de mim, sem acreditar em uma palavra, então enfia a mão no bolso para pegar o celular.

— Boa sorte. Enquanto isso, deixa eu mostrar a foto do cara gato que conheci vindo pra cá.

Ela me mostra o celular. A tela mostra um homem loiro, sorridente e bronzeado, uma versão mais jovem de Brad Pitt, sentado no banco traseiro de um sedã.

— Vindo pra cá? O que você fez, deu carona pra um estranho no meio da estrada?

— Viagem compartilhada de Uber. Ele vai me levar pra jantar hoje à noite.

Eu rio, parte por admiração, parte por descrença.

— Você nem espera o corpo esfriar pra ir atrás do próximo.

Ela vira o celular de volta para si e sorri para a tela.

— Tenho um número em mente e quero chegar nele antes de escrever minha autobiografia. Vai ser um sucesso. As pessoas amam mergulhar de cabeça em uma boa história.

— O que esse aí faz da vida?

— Quem se importa? Você viu as covinhas dele? Quero me afogar nessas belezinhas.

— Sloane?

— Oi?

— Quero ser você quando eu crescer.

Ela sorri e dá uma piscadela para mim.

— Entra na fila.

Nesse momento, Mojo levanta a cabeça do pé de Sloane e olha para a janela escura sobre a pia da cozinha.

As orelhas dele ficam em pé.

Todos os pelos ficam arrepiados.

Ele solta um rosnado grave e mostra os dentes.

30

NAT

Sloane olha para Mojo com os olhos arregalados.

— Ah, não. Isso não é nem um pouco assustador — ironiza ela. — O que aconteceu, cachorro?

Encaro a janela.

— Boa pergunta — murmuro.

Eu podia jurar ter visto um movimento lá fora, mas está escuro demais para ter certeza.

Eu me levanto e olho para o quintal. Além dos feixes de luz da cozinha iluminando a neve, está um breu.

Alguém poderia estar bem ali, me encarando, e eu não conseguiria ver.

Sinto um arrepio nos braços.

Abaixo a persiana e me viro para Sloane. Mojo está de pé, mas ainda está encarando a janela e rosnando.

— Tá tudo bem, garoto. Bom garoto.

Ele choraminga e se aproxima para esfregar o focinho na minha mão, depois senta ao meu lado, se apoia na minha perna e fica olhando ao redor e tremendo.

— Desde quando ele fica nervoso assim? — pergunta Sloane.

— Desde nunca.

Trocamos olhares.

— Vou trancar a porta da frente. Você tranca a de trás.

Ela me encara como se eu tivesse sugerido que fumássemos uma tonelada de crack e depois enfiássemos agulhas nos olhos.

— Você não tranca as portas quando tá sozinha em casa? Você *quer* que um louco entre aqui?

— Você pode brigar comigo depois de trancarmos tudo.

Mojo me segue enquanto corro até a porta da frente. Como esperado, está destrancada. Eu me esqueci de fechar depois que a Sloane entrou. Eu me xingo baixinho e passo o ferrolho. Depois me certifico de que todas as janelas da sala estão trancadas.

Faço o mesmo no quarto e no restante da casa, passando por todos os cômodos e fechando cortinas e persianas que estão abertas.

Mojo me acompanha a cada passo.

Não sei quem está mais preocupado: ele ou eu.

Quando volto para a cozinha, Sloane está abrindo outra garrafa de vinho, tranquila.

— E aí?

— A porta de trás estava trancada. Chequei a garagem também. Tudo certo. Não tem nenhum louco.

Aliviada, me sento à mesa e coço atrás das orelhas de Mojo. Ele apoia o focinho na minha coxa e olha para mim com uma expressão preocupada.

— Não se preocupa, amigão. A mamãe tem uma arma sem munição que ela pode mostrar e provavelmente assustar um intruso.

Sloane tira a rolha da garrafa.

— E a tia Sloane tem uma Magnum .357 na bota *com* munição, então você não precisa mesmo se preocupar.

Fico chocada.

— Desde quando você leva uma arma no sapato?

Ela me encara.

— Desde que eu fiz um passeio de barco no Mediterrâneo com uma dúzia de gângsters.

— Mas eles deviam proteger você!

Ela bufa.

— Você nunca sabe quando um desses idiotas vai decidir que alguém insultou a honra dele e começar a atirar em todo mundo. Além disso, se alguém além do Stavros quisesse mexer comigo, eu tinha que saber dizer "não" em um idioma que eles entendessem. Não tem explicação melhor do que uma arma apontada para as bolas de um homem.

Essa mulher é incrível. Eu a amo tanto.

— Onde você conseguiu a arma?

Sloane volta a se servir, enchendo sua taça e depois a minha.

— Roubei do Stavros.

— Você *roubou*?

Ela faz uma careta para mim.

— Ele não vai nem perceber. Os meninos tinham armas espalhadas pra todo lado como se fossem tigelas de doces que as pessoas deixam pras visitas.

— Nossa. Deve ter sido um puta passeio.

Ela dá um sorriso breve e misterioso, depois puxa uma cadeira e se senta do meu lado.

— Um dia eu conto tudo. Agora, preciso de todos os detalhes sórdidos sobre o que você fez com aquele monstro bonitão, King Kong Kage. Pode começar pelo sexo anal.

Sinto o rosto esquentar.

— Por que você tá supondo que teve anal?

Ela me analisa por alguns segundos e joga a cabeça para o lado. Seu sorriso fica mais largo.

— Você tá com um brilho de quem fez anal.

— Isso nem existe.

— Claro que existe.

— Para de inventar! Ninguém fica brilhando depois disso.

— Claro que fica — responde ela, com uma expressão séria. — Vem das glândulas fosforescentes do seu esfíncter. Por que você acha que a minha pele é tão perfeita?

Olho para o teto e solto um suspiro.

— Tá bom, sua estraga-prazeres — diz ela. — Não precisa me contar do sexo, mas você *precisa* me falar pelo menos uma coisa.

— O quê?

Ela apoia os cotovelos sobre a mesa, se aproxima e fala mais baixo.

— Ele deve ser do tamanho de um cavalo, né?

É minha vez de abrir um sorriso misterioso.

Sloane suspira, indignada, e dá um tapa na mesa.

— Sua ridícula! Para de esconder o ouro!

Bebo um gole do vinho, e ela continua enfurecida.

— Se você não começar a falar, vou atirar em você com essa arma bem aqui na minha bota. Juro que vou.

— Não vai, não.

— Me dá um bom motivo pra não atirar.

— Porque eu tenho aquela foto de quando você tinha quinze anos, logo depois de colocar aparelho nos dentes. Lembra que foi durante a sua fase de ter um cabelo moicano e usar batom preto? Quando você quis fugir com o circo e virar um palhaço emo? E estava experimentando ter piercings na cara? E tinha umas sardas bem bonitinhas também.

— Você sabe que eram espinhas — diz ela, séria. — E era contorcionista punk, não a porra de um palhaço emo. E você disse que tinha jogado essa foto fora!

Suspiro, como se estivesse me deliciando com as lembranças.

— Eu menti. Mas tenho certeza de que o jornal local *adoraria* uma foto antiga da terceira colocada no concurso Miss Tahoe de 2014…

— 2015.

— … na coluna social. Você é uma professora de ioga famosa da região. Quantos seguidores no Instagram você tem agora? Quatro mil?

— *Quarenta* mil. Você sabe disso. Ridícula.

— Ah, talvez eles queiram fazer um "antes e depois"! É sempre um grande sucesso. Acho que ainda tenho fotos do verão entre a quinta e sexta série, quando seus pais mandaram você para o acampamento de perda de peso.

— Você é péssima.

— Também te amo.

Um segundo depois, ela ergue a taça para brindar.

— Tá bom. Você ganhou. Vou continuar achando que é maior do que meu antebraço, então.

Sorrio.

— Se fosse assim, eu estaria no hospital agora.

Nessa hora, Sloane percebe o anel no meu dedo e congela. Ela o encara como se fosse uma aranha gigante na minha mão.

— O que… é… *isso*?

— Um anel.

— Tá de sacanagem! Você ficou noiva e não me disse nada?

Brinco com o anel de faixas de ouro no meu dedo e balanço a cabeça.

— É um anel de compromisso.

Ela semicerra os olhos e me observa.

— Esse compromisso envolve um pacto de suicídio?

Eu suspiro, esfrego as mãos no rosto e bebo um grande gole do vinho. Mojo decide que está na hora de dormir de novo e se acomoda debaixo da mesa.

— Não é um anel de noivado porque não podemos nos casar. Ele só pode se casar com quem o chefe mandar — conto. Sloane abre a boca, em choque, e eu volto o olhar para a mesa e continuo: — Também não podemos morar juntos. Ele acha que não é seguro. E só vamos nos ver de vez em quando, quando ele tiver uns dias livres. E parece que não vai ser tão frequente assim. E...

Hesito.

— Meu Deus, tem mais?

— Tem. — Bebo mais um gole do vinho e solto o ar. — Ele não pode ter filhos. Não, na verdade... ele não *quer* ter filhos, então fez uma vasectomia quando era mais novo.

Silêncio.

Quando volto o olhar para Sloane, ela está me encarando com a expressão de choque de quando está preocupada comigo.

— Que cara é essa?

— Eu só espero...

— O quê?

Ela olha para a taça e passa o dedo pela borda. Em seguida, seu olhar encontra o meu, e ela diz, em um tom gentil:

— Eu espero que ele valha a pena, amiga. Porque parece que você tá abrindo mão de muita coisa só pra sentar no pau desse cara.

— Ei, *você* é que queria tanto que eu transasse com ele.

— Sim, que transasse com ele. E fosse pra próxima, como uma pessoa normal.

— Eu disse que isso ia acontecer! Falei que ia me apaixonar se eu fosse pra cama com ele, e você riu de mim!

— Eu não sabia que seu coração ficava dentro da sua vagina.

— Nem todo mundo tem a sorte de ter um coração de gelo — retruco, amarga.

Assim que as palavras saem da minha boca, eu me arrependo, então estendo a mão para tocar a dela.

— Desculpa, não foi isso que eu quis dizer.

Ela aperta minha mão de volta e suspira.

— Tudo bem. Você tem razão. Mas não acho que tenho sorte. Porque eu sou... — Ela tem dificuldade para escolher a palavra certa. — Defeituosa.

— Você *não* é defeituosa.

— Eu sou, sim — diz ela, com um tom estranhamente melancólico. — Não tenho aquela coisa que faz as pessoas se apaixonarem. Sou a única mulher que conheço que revira os olhos quando escuta músicas românticas, que odeia quando os caras ficam apegados e prefere ir a um funeral do que a um casamento.

— É verdade, você é praticamente um homem. Mas mesmo assim, não é defeituosa. Tô dizendo, você só não conheceu a pessoa certa ainda.

— E *eu* tô dizendo que *não* consigo me apaixonar.

— Você tá exagerando.

— Não. Eu sou literalmente incapaz de me apaixonar. Meu cérebro não funciona assim. É tipo você com matemática. Responde rápido: quanto é nove vezes doze?

Depois de alguns segundos de muito esforço mental, eu respondo:

— Ok, e daí que você não consegue se apaixonar?

— Viu? Não é deprimente?

— Pelo menos você sabe ajustar as medidas de uma receita. Da última vez que eu fiz muffins de banana, precisei ligar pra minha mãe pra saber como dobrar dois terços de uma xícara de farinha.

Trocamos um olhar triste por um instante, mas, logo em seguida, Sloane recupera seu bom humor.

— Eu sei do que a gente precisa agora!

— Se você disser "sexo", eu não me responsabilizo pelos meus atos.

Ela me ignora.

— Pizza. Ninguém consegue ficar triste enquanto come uma pizza cheia de queijo e carne.

— Boa ideia.

— Nossa, não se empolga muito — ironiza ela, ao notar minha expressão triste. — Quem é o palhaço emo agora?

— Eu só estava pensando que... e se a gente acabar como duas velhinhas solteiras e ranzinzas que moram juntas, brigam pelo controle remoto e gritam com as crianças da vizinhança? E se essa coisa de amor não for pra gente e, no fim das contas... *nós* sejamos o grande amor da vida uma da outra?

Ela me lança um sorriso carinhoso.

— Nós somos. Mas não se preocupa. Você vai ter o seu final feliz com o Romeu mafioso. Nem que eu mesma tenha que ameaçá-lo de morte.

Tenho certeza de que, entre todas as vezes que Kage já teve sua vida ameaçada de morte, nenhuma se compara à ameaça da minha melhor amiga.

— Tô tão feliz que você voltou — digo, emocionada.

Ela se levanta da mesa e vai até a gaveta do lado do forno onde eu guardo os cardápios de delivery.

— Eu também. Talvez você mude de ideia quando eu pedir couve na pizza.

— Que nojo.

— E massa de couve-flor.

— Que horror! Você tá destruindo o conceito de pizza. Por que não pedimos logo uma salada?

— Porque eu comi salada no almoço.

— Claro que comeu. Seu vício em vegetais está fora de controle.

Com um cardápio em uma das mãos, ela usa a outra para ligar para o restaurante.

— Uma criança fica traumatizada quando passa a infância inteira sendo chamada de "baleia" pelos pais. Ainda tô processando tudo.

Eu me levanto e a abraço por trás, apoiando a cabeça no seu ombro enquanto ela pede a pizza de couve-flor com couve.

Sei que vai ser horrível.

Vou comer mesmo assim.

Kage não é o único a quem sou completamente leal.

Sinto uma pontada de saudade no peito e perco o ar. Sloane termina de passar os dados do cartão de crédito para a pizzaria enquanto eu pego o celular no bolso e mando uma mensagem para Kage.

Depois, termino de beber minha taça de vinho, sirvo outra e tento não pensar sobre o que ele deve estar fazendo agora.

Seja lá o que for, não tem nada a ver comigo.

E não deve ser nada bom.

31

KAGE

Quando a mensagem chega, estou parado no meio de um armazém frio no Lower East Side, cercado por dezenove russos armados e perigosos.

Tomara que seja a minha garota. Preciso de algo bom hoje.

Ignoro o apito no bolso do meu casaco e continuo.

— Fechem tudo imediatamente. Nada que não seja nosso entra. Nem nos portos, nem nas fronteiras, nem nos aeroportos, de qualquer lugar para qualquer lugar. Quero que eles se sintam pressionados. Que não consigam vender nada. Quando a grana apertar, vão ficar mais suscetíveis a aceitar outra reunião. E aí vamos dar a cartada final. Avisem a todos os capitães e soldados que estamos em guerra. Acordos de paz estão suspensos.

Olho para cada homem no círculo. Todos são letais. Todos são leais. Todos estão prontos para matar ou morrer sob meus comandos.

Apesar das ordens virem de Max, sou eu quem as executa. Na ausência dele, sou a mão do rei, e sou eu quem governa tudo.

E governo com punho de ferro.

— O que aconteceu na véspera de Natal foi um alerta — continuo. — Nossas parcerias com as outras famílias estão funcionando de modo muito suave. Isso os deixou atrevidos. É hora de se lembrarem de quem somos e por que estamos no comando.

Volto a atenção para um dos homens à minha frente. Ele tem o corpo forte, a cabeça raspada e uma cicatriz que vai da sobrancelha esquerda até o queixo. É o chefe da Bratva de Chicago, impressionantemente leal. E do tipo mais perverso.

— Pavel, há uma remessa de gado do Asif chegando. Certifique-se de que eles não vão receber.

Ele assente, sem precisar ser avisado que cada vaca que ele interceptar carrega quase cinquenta quilos de cocaína embalados no estômago.

Eu me viro para outro membro do grupo, um homem mais velho com uma barba comprida, olhos insanos e dentes manchados. Seu nome verdadeiro é Oleg, mas todo mundo o chama de Canibal devido à propensão a abrir o peito dos homens que mata e morder o coração.

Ninguém o chama assim na cara, óbvio.

Ninguém é tão idiota.

— Oleg, os containers do Zhou vão chegar no porto de Miami amanhã à noite. A polícia precisa chegar primeiro.

— Quero ficar com uma das meninas.

Os homens trocam olhares, mas não desvio os olhos do rosto de Oleg.

— Não. Não tocamos na mercadoria.

— Pavel pode ficar com a cocaína! E o que eu ganho?

— A oportunidade de continuar vivo. Se me desobedecer, você é um homem morto.

Ele cerra os dentes. Mas sei que quer manter seu posto como líder da família em Miami mais do que quer uma das meninas sequestradas do container, então não vou ter problemas. Próximo.

— Ivan, Rodriguez tem uma dúzia de mulas chegando no aeroporto de Los Angeles vindo da Cidade do México. Vou te passar os detalhes. Intercepte todos assim que passarem pela alfândega.

— E depois que extrairmos o produto?

Ele quer saber o que fazer com os corpos.

— Certifique-se de que Rodriguez veja suas mulas no jornal à noite.

Todos riem. Eles se divertem com a ideia de irritar o arrogante líder do cartel Sinaloa e estão ansiosos para ver que coisas bizarras e grotescas que Ivan vai fazer com os corpos.

Ele tem uma reputação de ser criativo nessa área.

— Aleksander.

— Sim, *Pakhan*?

Eu pauso, pego de surpresa pelo título.

Todos ficam surpresos e se remexem, desconfortáveis, trocando olhares e esperando minha reação.

Não tenho escolha. Enquanto Max estiver vivo, não sou Pakhan, o "chefão". Ele que é.

Se eu aceitasse o cumprimento de Aleksander, seria um sinal claro de deslealdade em relação a nosso líder e uma declaração da minha intenção de assumir o trono.

A menos que não tenha sido um erro.

Talvez seja um teste.

E talvez o teste tenha vindo de alguém mais esperto do que Aleksander.

Com um olhar gélido e a voz firme, respondo:

— De joelhos.

Com seu terno de seda de cinco mil dólares, seus sapatos sob medida e um casaco feito de lã de filhotes de antílope tibetanos, ele se ajoelha em silêncio no chão de cimento, e então espera, assim como todos os outros. Sua respiração sai em pequenas nuvens em meio ao ar gelado.

— Esvazie os bolsos.

Ele engole a saliva. Enfia as mãos nos bolsos do casaco e tira um celular e um maço de notas de cem, jogando os itens no chão e seguindo para os bolsos do terno. Pouco depois, uma pistola, um canivete, uma caneta e um pente caem no chão ao lado do celular e do dinheiro.

A última coisa que ele tira dos bolsos é um alicate.

Ele está prestes a jogar o item na pilha quando eu digo:

— Espera.

Ele congela e seu olhar encontra o meu.

Vejo o medo e a resignação nos olhos dele.

Aleksander já sabe o que vou pedir.

— Um da frente. E não conserte. Quero que todos possam ver seu desrespeito ao Maksim.

Ele solta o ar e olha para o alicate na mão.

Em seguida, coloca as hastes de metal em um dos dentes da frente e começa a puxar.

É um processo longo e sangrento. Os homens o observam com diferentes níveis de interesse e tédio. Pavel checa o relógio. Oleg umedece os lábios. Quando acaba, Aleksander está arfando, com o terno ensopado de sangue.

Gesticulo para ele se levantar.

Ele obedece e cospe sangue no chão.

— Como eu estava dizendo, nosso amigo armênio, sr. Kurdian, tem um navio cheio de AKs e munição chegando no porto de Houston daqui a dois dias. As armas vão para um trem com destino a Boise. Descarrilhe o trem. Quanto maior a explosão, melhor.

Ele assente. Está com o rosto pálido e suado, mas não solta um gemido de dor nem dá um sinal de desobediência.

Geralmente isso me agrada. Hoje, me cansa.

Depois de uma semana nos braços de Natalie, esta vida me parece amarga.

Dou instruções para o restante dos homens e depois os dispenso. Todos somem em meio às sombras do armazém, voltando para suas famílias e territórios espalhados pelos Estados Unidos.

Exceto um, que eu ordeno que fique.

Mikhail é o membro mais jovem da liderança Bratva, e também o mais agressivo e ambicioso. Era o braço direito do líder da família de Boston, mas foi promovido no ano passado, quando seu chefe foi assassinado.

— Gostaria da sua ajuda — digo, colocando a mão no ombro de Mikhail.

Percebo que ele fica surpreso e orgulhoso.

— Obrigado. O que quiser.

— Descobri uma operação não autorizada de apostas online em Tahoe. São dos nossos, mas não estão pagando o que devem.

— O que quer que eu faça?

Aceno para Stavros, que estava esperando perto da porta. Ele se aproxima, torcendo as mãos.

— Faça um levantamento da renda que acumularam desde que começaram a operar. Devem metade para o Maksim. Precisam pagar até, no máximo, segunda feira que vem. Em seguida, coloque-os em uma rotação de pagamento mensal de vinte por cento daqui em diante.

— E se não tiverem o dinheiro?

Hesito. Isso seria muito mais fácil se Stavros não estivesse envolvido com a amiga da Natalie.

Se ele não conseguisse pagar, eu cortaria seus dedos das mãos e dos pés, um para cada dia de atraso, até o cara fazer o pagamento.

E se passasse de vinte dias, começaria a cortar outras coisas.

— Não se preocupe com isso por enquanto. Apenas certifique-se de que ele entenda qual vai ser a consequência se fizer merda de novo.

Não é como se ele não soubesse, mas é melhor garantir.

Libero Mikhail para se encontrar com Stavros e então vou até o carro que me espera do lado de fora. Assim que entro no Bentley, pego o celular.

Já estou com saudade. Bjs

Meu desejo se tornou realidade: a mensagem é de Natalie.

Visualizo o rosto sorridente dela. Depois, lembro dela nua e ruborizada embaixo de mim, com os olhos fechados, os lábios entreabertos e uma marca escura dos meus dentes no pescoço.

Sinto como se alguém estivesse apertando meu coração. Solto um longo suspiro e sussurro:

— Saudade também, baby.

Ligo para ela enquanto meu motorista sai do estacionamento vazio e pega a rua principal, e espero impaciente.

No terceiro toque, ela atende.

— Oi!

Ela soa feliz. O aperto fica mais forte.

— Ouvi dizer que você está com saudade.

— É muito chato aqui sem um russo mandão dando ordens. Quem diria.

— Então você gosta quando eu dou ordens.

— Só na cama.

Eu lembro dela de olhos vendados e amarrada, com a boca ocupada e movendo os quadris contra um dos brinquedos dela, se controlando para não gemer.

Minha voz fica mais grave.

— Estou pronto para te dar algumas ordens agora mesmo. Vai para a cama.

Ela ri, nervosa.

— Eu iria, mas a Sloane tá aqui. Seria estranho.

— Ela voltou da viagem.

— Voltou. Ela terminou com o Stavros... mas você já deve saber disso.

Não sabia, mas bom saber. Agora as coisas ficam menos complicadas se ele não conseguir o dinheiro para Max.

— Estão tendo uma noite das meninas?

— Pedimos pizza. Abrimos umas garrafas de vinho. Então sim, acho que é uma noite das meninas. O que você vai fazer hoje?

Passo a mão pelo cabelo, apoio a cabeça no banco e fecho os olhos.

— Vou desejar estar com a cabeça no meio das suas pernas — digo baixinho.

Ela deve ter percebido o tom de saudade nas minhas palavras; de saudade e desejo, porque sua voz soa preocupada agora:

— Você tá bem?

— Não — respondo sinceramente.

— O que aconteceu? — Ela sobe um tom na voz.

— Deixei uma coisa na Califórnia.

— O quê?

— Meu coração, baby. Meu coração gelado, morto e inútil, que nem batia até eu conhecer você.

Silêncio.

— Estou apaixonada por você — sussurra ela.

Desta vez, não consigo conter um gemido.

Ela acabou de atirar uma flecha no meu coração. Estou morto.

— Eu não disse isso quando você estava aqui porque... bom, porque você estava me pedindo pra falar. Mandando, na verdade. Você sabe como é...

— Fala de novo.

A risada dela é leve e acolhedora.

— Viu? Exigente.

— Por favor. Por favor, fala de novo.

Ela provavelmente percebe a dor na minha voz, pois para de rir e assume um tom sério e tranquilo.

— Estou apaixonada por você, Kage. Eu te amo. Muito. Achei que sabia o que era amar, mas não era nada comparado ao que sinto agora. Quando você vai embora, é como se todas as luzes se apagassem. Como se meus pulmões só funcionassem quando você tá aqui comigo. Eu me sinto... meio perdida. Não sei o que fazer. Só sei que quero ficar com você o tempo todo. — Ela pausa por alguns segundos e depois volta a falar, soando meio arrependida. — Desculpa. É o vinho. Eu juro que não queria que isso soasse tão… tão…

— Perfeito — completo, com a garganta tão apertada quanto o peito.

Isso nunca vai funcionar.

Não consigo ficar longe dela. Não consigo me concentrar. Eu deveria estar pensando em outras coisas, mas não consigo tirá-la da cabeça. Estou liderando uma guerra, mas mal consigo me importar.

Nada mais importa.

Apenas ela.

A mulher que pagaria com a própria vida caso nossos mundos se encontrassem.

A mulher cujo amor gentil se transformaria em puro ódio se ela descobrisse minha vida dupla.

A mulher que não posso ter por perto e, ao mesmo tempo, da qual não consigo ficar longe.

Ficamos em silêncio por um tempo até ela falar:

— Vai estar bem aqui, esperando você. Seu coração. Vou cuidar dele enquanto isso. Mas preciso que você me faça um favor.

— Pode falar.

— Você precisa cuidar do meu, porque você o levou embora.

Quando finalmente me recupero, respondo:

— Vou voltar assim que possível. Fala que você me ama de novo.

— Eu te amo, seu mandão. — Sei que ela está sorrindo. — Você é minha vida agora. Volta logo.

Preciso desligar sem me despedir.

Não consigo.

Porque, pela primeira vez desde que era criança, estou tentando não chorar.

32

NAT

Depois daquela noite, não tenho notícias de Kage por três dias. Quero ligar, mas me contenho.

Tento ficar firme e me lembrar de que ele está indo para uma guerra. O homem está ocupado.

Recebo uma mensagem no quarto dia: *Sonhei com você ontem.*

Pergunto qual foi o sonho, mas ele não responde.

No sexto dia, fico obcecada.

Ele morreu. Levou um tiro. Uma facada. Foi envenenado. Capturado pela polícia ou pelo FBI. Algo deu errado e eu nunca vou saber, não vou ter respostas nem nenhum jeito de descobrir o que aconteceu com ele.

O sentimento é estranhamente familiar.

Mesmo assim, não fico sabendo de nada.

Mesmo assim, espero.

As aulas recomeçam. Ensinar é um alívio bem-vindo para a paranoia em que me afundo quando estou sozinha em casa. Na segunda semana sem notícias de Kage, começo a pintar sem parar. Termino mais telas em três dias do que no ano inteiro.

Quando chega o meio de janeiro, já estou enlouquecendo.

— Liga pra ele, amiga. Que besteira.

Estou na cama, falando no telefone com Sloane. São dez da noite. Sei que não vou dormir de novo porque não consigo dormir direito desde que ele foi embora.

— Tá muito tarde pra ligar. É uma da manhã em Nova York.

— Você é uma idiota, sabia?

— Não quero atrapalhar. Ele tá muito ocupado.

— Você é uma grande idiota.

— Por que *ele* não liga pra *mim*? Eu disse que o amava, aí ele ficou todo estranho e nunca mais ligou!

— Sei que você não acredita de verdade que o motivo do sumiço é você ter dito que ama ele.

Eu suspiro.

— Não, não acredito.

— Então, qual é o problema? De verdade.

Engulo em seco e olho para o teto, sem querer dizer em voz alta.

— Basicamente... um déjà-vu.

— Ah. — Ela pausa por um instante. — Tudo bem. Você precisa falar isso pra ele. Tipo, *agora*. Tenho certeza de que ele não pensou nisso, porque homens são sem noção, mas você não devia ter que reviver seu passado. É crueldade. Liga pra ele agora e fala isso.

— Sério?

— Sério. Vou desligar. Me liga depois que ele terminar de rastejar aos seus pés.

Sloane desliga e me deixa a sós com meus pensamentos.

Kage nunca disse que eu não podia ligar quando estivesse longe, mas não quero ser esse tipo de mulher. Uma mulher grudenta, insegura e carente.

Não que seja grande coisa, mas tenho meu orgulho.

Só que, pelo visto, não tenho nem isso. Porque, dez segundos depois de desligar com a Sloane, ligo para Kage.

O telefone chama. De novo. E de novo. Eu me sento na cama e sinto o coração acelerar.

Porque estou ouvindo o toque do telefone e o eco vindo de algum lugar de dentro de casa.

Quando Kage entra correndo pela porta do quarto, estou com as pernas bambas, e ele me agarra.

Caímos na cama, nos beijando sem nenhum controle.

Ele está tão desesperado quanto eu, devorando minha boca e me apertando, as mãos grossas sedentas. Puxo seu cabelo e envolvo as pernas na sua cintura. Ele deixa o corpo cair em mim, me prendendo no colchão, gemendo na minha boca.

Estou em chamas. Eufórica. Embriagada de alívio, desejo e prazer de tê-lo aqui, de sentir seu corpo grande e quente. Seu cheiro. Seu gosto. Seus sons. Seu desejo voraz e insaciável por mim.

Estou vestindo uma camisola. Ele a rasga.

Minha calcinha de renda é destruída.

Kage me arrasta para a beirada da cama, fica de joelhos, abre minhas pernas e coloca a cabeça entre elas, como se estivesse faminto. Gemidos guturais sobem pela sua garganta.

Suspiro, aliviada, e enfio as mãos no cabelo grosso dele, mexendo os quadris.

Ele bate na minha coxa. Solto um gemido de aprovação e ele belisca minha perna, depois bate de novo, mais forte. O movimento dos meus quadris acelera. Arqueio as costas e grito seu nome.

Ele me deita de barriga para baixo, coloca uma das mãos no meio das minhas costas e começa a bater na minha bunda.

Kage continua enquanto fala em russo, me batendo até minha bunda ficar quente e meu corpo gritar por ele.

Quando estou quase lá, ele me vira de costas, me puxa até eu ficar sentada, abre o zíper da calça, segura sua ereção e põe a mão no meu pescoço.

Não diz uma palavra. Não precisa.

Eu o seguro com as duas mãos e umedeço os lábios.

Quando eu o engulo, ele geme.

É um som desesperado, irregular e cheio de excitação. Ele fica parado, de pernas abertas na beirada da cama, com uma das mãos no meu cabelo e a outra no meu pescoço.

— *Ia tebia liubliu. Ty nujna mne. Ty moia.*

As palavras rasgam o silêncio do quarto. Não sei o que significam, mas entendo.

Não preciso de um tradutor para entender o coração dele.

Kage se afasta e me empurra de novo na cama. Ele tira a camisa e a joga para longe, depois tira os sapatos, a calça jeans e a cueca. Então, cai sobre mim, arfando.

— Não consigo pegar leve.

— Eu te mataria se você tentasse.

Ele esmaga a boca na minha e entra em mim.

Gememos juntos. Estremecemos juntos. Paramos por um segundo para aproveitar.

Quando abro os olhos, ele está me encarando com tanto desejo e adoração que perco o fôlego.

Ele segura meu rosto entre as mãos gigantes e diz:

— Todo dia que passo sem você, morro por dentro.

Digo seu nome, tentando não me afogar no tsunami de emoções que toma conta de mim.

— Você me destruiu. Me arruinou. Não consigo pensar em mais nada.

Puxo o ar com força. Ele move os quadris, entrando e saindo. Cada vez mais forte.

— Me diz o que eu quero ouvir.

— Eu sou sua — sussurro. — Estou apaixonada por você. Você é o dono do meu coração.

Ele relaxa e umedece os lábios. Sei que quer mais.

— Não consigo pensar em mais nada — continuo. — Tudo fica cinza quando você não está aqui. Você é a única cor da minha vida.

Ele me beija de novo, desesperado, e aumenta a velocidade das investidas. A cabeceira da cama bate contra a parede.

Quando estou prestes a chegar no clímax, tremendo e gemendo, ele coloca a boca próxima à minha orelha.

— Você transformou esse monstro em um homem de novo, minha linda — diz ele, entredentes. — Agora, goza para mim.

Ele chupa um dos meus mamilos, e eu obedeço prontamente.

Convulsionando, grito seu nome.

Kage continua até eu ter um orgasmo. Em seguida, é a vez dele de gozar enquanto morde meu pescoço e puxa meu cabelo.

Ficamos deitados, ofegantes, colados um no outro. O coração dele bate tão forte quanto o meu. Sinto pequenos espasmos e meu abdômen se contraindo. Isso o faz gemer de prazer.

Depois ele se apoia nos cotovelos e me beija.

É um beijo lento. Dolorosamente suave. Ele me mostra todo o seu desejo e devoção com a boca, então encosta a testa no meu ombro e suspira.

Estou dolorida. Minha bunda está ardendo. Assim como o ponto onde ele mordeu meu pescoço.

Mas estou tão feliz que poderia sair voando.

Ele sai de mim com um gemido baixinho e nos vira, depois se deita de costas e me abraça forte enquanto dá um beijo na minha têmpora.

— Bem-vindo de volta — sussurro.

A risada dele faz meu corpo balançar. Ele passa a mão pelas minhas costas até chegar na bunda, acariciando a curva.

— Preciso passar um creme nesse pêssego.

Faço uma careta no escuro e respondo:

— Isso é código pra alguma sacanagem?

— Não. — Ele ri de novo. — Estou dizendo que preciso passar algo para aliviar sua pele. Eu peguei pesado.

Eu me aconchego nele, cheirando seu pescoço alegremente.

— Eu amei.

— Eu sei que amou, baby. Eu também.

Ficamos em silêncio por alguns minutos até eu me lembrar de que estava falando com Sloane antes de ele entrar.

— Ah. Eu preciso pedir um favor.

Ele para de me acariciar de repente.

— O que foi?

— Quando você não tá aqui… Não sei como dizer isso sem parecer que tô reclamando.

— Pode falar.

Solto o ar.

— Ok. É que quando passo dias sem ter notícias de você, fico preocupada. Você tem uma vida perigosa. Não tenho como saber se… se alguma coisa aconteceu com você. E se acontecer, nunca vou saber. Seria como…

Quando pauso, ele completa meu pensamento:

— Como o que aconteceu com seu noivo.

É óbvio que ele sabe. Sempre sabe como eu me sinto. Fecho os olhos com força para conter a emoção.

— Prometo entrar em contato todos os dias a partir de agora.

Escondo o rosto na curva do pescoço dele.

— Desculpa. Não quero ser chata.

— Não, eu é que peço desculpas. É minha culpa. Nunca pensei em como deveria ser difícil para você. Em como não ter notícias de mim poderia te lembrar do que aconteceu com ele.

Kage engole em seco e me abraça mais forte. Quando ele fala de novo, sua voz sai rouca.

— Diz que me perdoa.

— Não tem o que perdoar.

Vejo pela expressão dele que está com a mente a mil por hora, que quer dizer um milhão de palavras, porém, depois de uma pausa longa e tensa, ele diz apenas:

— Tem, sim.

O tom dele é tão sombrio e gélido que me assusta. Minha intuição me diz que algo está errado e sinto um arrepio descer pelas costas.

— O quê?

Ele não fala por um bom tempo, e eu começo a hiperventilar. Começo a pensar em tudo de horrível que ele pode ter feito que exigiria meu perdão. E todas as opções envolvem outra mulher.

Levanto a cabeça e encaro seu rosto. Kage está olhando para o teto com a mandíbula tensa.

— Kage?

Ele vira a cabeça e olha nos meus olhos. Sua expressão é indecifrável.

— Eu já fiz coisas terríveis, Natalie. Coisas que não têm volta. Coisas que fariam você me odiar — diz ele, em um tom grave.

Meu coração está em pânico e eu tento me afastar, mas ele não deixa. Seus braços são como uma prensa.

— Você tem outra pessoa — digo, a voz falhando. — É isso que quer dizer?

— Não.

— Tem certeza? Porque parece que…

— Sou seu até morrer. — Ele me interrompe com a voz séria. — Você está usando meu anel. Você é a dona do meu coração. Nunca duvide disso.

Analiso o rosto de Kage. Tenho certeza de que ele está falando a verdade, então relaxo um pouco. Mesmo assim, não posso deixar de me perguntar do que ele está falando.

— Você quer me falar sobre essas coisas que fez? — pergunto, hesitante.

— Nem fodendo. — Ele fecha os olhos e bufa, então começa a rir. — E é por isso que sou um babaca egoísta.

— Desculpa, fiquei confusa. Parece que você quer me contar alguma coisa.

Kage inspira, enchendo o peito. Expira. Quando fala de novo, parece ter cem anos de idade.

— Deixa para lá.

Sinto uma onda de medo me invadir.

— Ai, meu Deus. Seu chefe achou uma esposa pra você. Você vai se casar — concluo, com a voz fraca.

Ele abre os olhos e me encara, horrorizado.

— Não! Natalie, não. Eu juro. Meu Deus. Desculpa, baby. Não é disso que estou falando.

Ele me beija com intensidade, segurando meu queixo e minha nuca enquanto me deito sobre seu peito, trêmula. Então ele me rola na cama e joga uma perna sobre a minha.

— Olha aqui — diz ele, nervoso —, se isso acontecer, se ele me der essa ordem, não vou fazer isso. Vou desobedecer. Nunca vou ficar com mais ninguém além de você.

Tento não chorar e digo:

— Mas você fez uma promessa. Você disse que teria que…

— Prefiro matá-lo do que trair você. Prefiro destruir esse império inteiro do que dar as costas para a mulher que eu amo.

Sinto como se tivesse sido atingida por uma bala de canhão.

Fico deitada, sem fôlego, encarando seu rosto sério e lindo, pois sei, pelo tom de voz e pelo olhar dele, que Kage está dizendo a verdade.

Sou sua rainha… e ele mataria o próprio rei por mim.

Mas talvez isso não seja uma declaração aleatória.

Talvez seja um plano.

Levo as mãos ao rosto dele e digo, firme:

— Não faça nenhuma besteira. Não faça nada que coloque sua vida em risco.

Ele ri.

— Minha vida está em risco a cada segundo.

— Você sabe do que eu estou falando, Kage. Não arrisque sua vida por mim.

Com os olhos brilhando no escuro, ele me encara em silêncio e começa a balançar a cabeça devagar.

— Já arrisquei, baby. Já arrisquei.

33

NAT

Demoro horas para pegar no sono.

Fico deitada no escuro, aconchegada nos braços de Kage, segura, ouvindo sua respiração profunda e constante. Ele está deitado de lado com um braço e uma perna por cima de mim, me protegendo mesmo dormindo.

Mais cedo, ele me fez ficar em pé ao lado da cama enquanto passava hidratante em cada uma das minhas nádegas, depois me trouxe uma aspirina e um copo d'água. Ficou nervoso ao ver a marca que deixou no meu pescoço, mas depois se tranquilizou quando menti e disse que não estava sentindo nada.

Então ele me puxou para a cama e caiu no sono.

Não se mexe há horas.

Eu me pergunto quando foi a última vez que ele dormiu.

Também me pergunto como vai terminar essa tragédia que estamos orquestrando.

É inevitável. Sei, no fundo do coração, que estamos em um navio sem rumo, com velas rasgadas, velejando em alto-mar em direção a um recife cheio de tubarões comedores de humanos e pedras afiadas.

Tenho a sensação de que algo ruim vai acontecer.

Uma tempestade se aproxima.

Quando tento sair da cama, Kage acorda em estado de alerta.

— Você está bem? — pergunta ele, sério.

— Calma, tigrão. Preciso fazer xixi.

Ele relaxa contra os travesseiros e passa a mão no rosto.

— Não demora.

Uso o banheiro, volto para a cama e me deito ao lado dele, debaixo das cobertas. Ele me puxa para perto para ficarmos de conchinha e enfia o nariz no meu cabelo.

Sinto a ereção dele me cutucar. Mas ele a ignora e se concentra no abraço.

— Eu preciso que você me amarre — sussurro, no escuro.

Ele congela.

— Eu preciso… — Sou tomada pelo medo. Um medo que sei que ele pode extinguir, mesmo que por pouco tempo. — Eu preciso me distrair. Quero você me amarre como fez daquela vez e…

— E o quê? — pergunta ele, em uma voz baixa e rouca.

— Me faça esquecer de tudo.

Ele fica parado. Quieto. O único sinal de que minhas palavras tiveram algum efeito sobre ele é a sua respiração. Isso e a ereção que parece ter ficado firme como aço.

Kage se aproxima e expira um ar quente na minha orelha.

— Permissão para comer essa sua bunda linda.

Ele não diz mais nada. Não se mexe. Só espera minha decisão.

— Verde — digo, com a voz quase inaudível.

Ele respira pesado. O ar move o cabelo no meu pescoço. Ele sobe a mão pelo meu braço até o ombro, depois desce de novo até meu pulso.

Minhas mãos estão tremendo.

— Nunca conheci alguém de quem eu precisasse tanto quanto preciso de você — diz ele no meu ouvido. — Não consigo compreender. Essa obsessão. Por você, por um momento com você, eu morreria. Eu faria qualquer coisa. Daria qualquer coisa. Desde o dia em que te conheci, sou seu.

Fecho os olhos. Uma lágrima solitária escorre pelo meu rosto.

— Me diz que você é minha.

— Você sabe que eu sou — sussurro. — Pra sempre.

Ele expira, beija meu ombro e me deita de barriga para baixo.

Estremeço, com os olhos fechados, enquanto ele se levanta, acende o abajur e abre as gavetas da cômoda. Abre a gaveta da mesa de cabeceira também, depois sinto seu peso no colchão.

Ele amarra meus pulsos na cabeceira da cama com as meias, como na última vez, mas não cobre meus olhos com o lenço.

— Eu preciso ver seu rosto — explica.

Ouço o barulho de um gel se derramando, e então ele desliza a mão entre as minhas pernas. Está cheia de lubrificante. Ele desliza os dedos pelo meu clitóris e para dentro de mim enquanto fico ali deitada, hiperventilando.

Kage passa os dedos pela minha bunda e espalha o lubrificante ali também, bem gentilmente.

Respiro fundo ao ouvir o barulho do vibrador, e então ouço sua voz sombria e mandona.

— Usa as cores, Natalie.

Ele aperta o vibrador no meu clitóris.

Todos os meus músculos tensionam. Puxo as amarras. É um reflexo que me faz gemer de prazer.

— Que bunda linda. Meu Deus, olha isso.

Ele passa uma das mãos pelas minhas curvas enquanto a outra mexe o vibrador entre as minhas pernas.

Estou começando a suar.

Quando ele enfia o vibrador em mim, solto um gemido de prazer.

Quando ele passa o dedo lá trás, meu gemido fica mais alto.

— Cor?

— Verde.

Kage mexe o dedo atrás e o vibrador na frente, entrando e saindo no mesmo ritmo, até eu começar a me mover junto.

— Tão apertado. Que gostoso. Caralho — sussurra.

Puxo as amarras, arqueando as costas. Ofegante, abro mais as pernas.

Ele responde com um grunhido de aprovação enquanto me assiste, e então enfia o dedo atrás o mais fundo possível. Estou pulsando. Meus quadris assumem o controle e começam a girar bem devagar.

Kage se ajoelha entre minhas pernas abertas e diz com a voz rouca:

— No começo vai doer. Respira fundo. Tenta não ficar tensa. Eu vou devagar. Se quiser, eu paro.

Continuo a mexer os quadris contra o dedo dele e o vibrador.

— Verde — sussurro.

Ele tira o dedo devagar, aproxima o corpo do meu e empurra um dos meus joelhos pelo colchão, me expondo por completo.

Em seguida, algo muito maior do que um dedo me toca lá atrás.

Fico tensa, ofegante, mas Kage não entra. Ele me dá um segundo para processar, passando a cabeça do pênis ali.

— Respira, baby — sussurra ele, me acariciando. — Me deixa entrar.

Meu coração bate tão rápido que estou sem fôlego. Meus mamilos estão duros e meu clitóris está absurdamente sensível graças ao vibrador e às sensações deliciosas na frente e atrás.

— Verde. *Vai.*

Com um pequeno movimento do quadril, ele entra.

E ele é imenso.

E meu Deus, como *dói.*

Fico paralisada, ofegante. Ergo a cabeça do travesseiro e sinto a bunda tensionar.

— Cor — diz Kage, entredentes.

— Amarelo. Porra! Amarelo.

— Respira, Natalie.

Ele pressiona o vibrador no meu clitóris.

Estou tremendo tanto que a cama balança. Meu corpo não sabe bem o que sentir, o prazer do vibrador ou a dor atrás.

Mas, depois de alguns instantes, o prazer fica maior, e deixo a cabeça cair no travesseiro, gemendo.

Kage começa a falar em russo.

O som das palavras se mistura ao ruído do vibrador e à sinfonia na minha cabeça que acompanha a explosão de sensações no meu corpo. Vejo luzes piscando, cores voando e neon brilhando.

Então Kage insere o vibrador em mim mais uma vez, e me transformo em um foguete disparando em direção à lua. Empino a bunda e solto um grande suspiro, liberando toda a tensão do corpo.

— Isso, baby — sussurra ele. — Isso aí.

Ele entra mais fundo.

Gememos ao mesmo tempo.

Ele me abre com uma das mãos, deslizando os dedos ao redor de onde está entrando cada vez mais fundo. Não dói tanto quanto antes, mas ainda sinto um desconforto. Me sinto preenchida na frente e atrás e meu rosto está em chamas.

— Verde — sussurro. — Isso, continua. Por favor.

Kage resmunga algo em russo que parece um monte de sacanagem. Ele empurra os quadris para a frente e entra por inteiro em mim.

A sensação é indescritível.

Ele continua a brincar com os dedos na área, o que deixa tudo ainda mais intenso. Tudo está latejando, formigando, pulsando, doendo. Tudo parece quente e escorregadio.

Estremeço, sussurrando seu nome.

Kage se move com cuidado, mesmo que eu saiba que ele está ansioso para se descontrolar e meter com tudo.

O amor que sinto por ele agora é imenso e assustador, um calor incontrolável tomando conta do meu peito.

Sinto como se meu coração estivesse completamente exposto e começo a soluçar.

Kage para.

— Não para — peço. — Eu tô bem, juro.

Ele se abaixa e coloca a cabeça no colchão, ao lado da minha, então beija minha bochecha, respirando devagar.

— Fala comigo, baby. Me diz do que você precisa.

— Me come. Me faz gozar. Diz que nunca vai me deixar.

Ele grunhe baixinho e me beija de novo, na bochecha, no pescoço e no ombro.

— Nunca vou te deixar.

Ele entra em mim.

— Nunca, amor.

Mais uma vez.

— *Nunca.*

Então ele volta a ficar de joelhos e me puxa junto até meus braços atados ficarem esticados e eu estar sentada nas coxas dele, com o peito no ar.

Ele passa um braço pela minha cintura, enrola meu cabelo no pulso e continua a se mover, nos salvando, ao menos por um instante, do desastre iminente.

34

KAGE

Quando a vista da janela muda de preto para cinza, estou fazendo minha nova coisa favorita no mundo: acordando nos braços de Natalie.

Ela se mexe e suspira, com a cabeça apoiada no meu ombro. Acaricio seu cabelo e dou um beijo leve nos lábios. Ela abre os olhos aos poucos e, ao ver aquele azul-acinzentado maravilhoso, sinto o coração explodir de felicidade.

— Você estava me encarando enquanto eu dormia — sussurra ela.

— Estava.

Natalie controla um sorriso e finge um grunhido de reprovação.

— *Tão* sinistro.

Eu a beijo de novo e amo a sensação da sua boca na minha.

— Não resisto.

— Você gosta de mim, né?

— Eu acabaria com exércitos inteiros com uma espada em punho se você pedisse — digo, firme.

Ela torce o nariz.

— Não é necessário. — Uma pequena pausa. — Você tem uma espada?

— Várias, mas todas disparam balas.

— Ah. Entendi.

Sorrimos um para o outro.

O paraíso não é melhor do que isso.

Ela se espreguiça como um gato, arqueando as costas com os músculos flexionados, e então se vira de novo para mim, se aninhando contra meu peito.

Enfio o rosto no cabelo dela e inspiro fundo.

A risada dela é doce e gentil.

— Eu preciso mandar uma carta de agradecimento pra empresa que fabrica meu xampu.

— Não é o xampu que tem esse cheiro bom — digo, com a voz rouca. — É você. Você é deliciosa. — Cheiro o pescoço dela. — O cheiro da sua pele é viciante.

Ela desliza a mão na minha nuca e enfia os dedos no meu cabelo, sorrindo.

— Você tá ouvindo músicas românticas demais.

Nos beijamos. Beijos leves que aos poucos ficam mais intensos.

Ela pressiona o peito contra mim. Enfio os dedos na curva do seu quadril e a puxo para perto.

— Tá dolorida?

Deslizo a mão para tocar a bunda dela.

— Tô. Meu corpo todo. Eu amo.

Solto o ar e sinto o sangue descer.

— Você é tão gostosa, baby. Gozou gostoso para mim.

— Até onde eu sei, você também — provoca ela.

— Fui ao céu e voltei.

— Você rugiu como um leão.

— É. É assim que você faz eu me sentir. Como um leão. Sou seu leão inebriado, seguindo você por aí de quatro.

— *Inebriado*. Você andou aprendendo novas palavras. Gostei.

Beijo o pescoço dela e passo a mão pela bunda, pela coxa, pelo quadril e pelas costas, memorizando todas as curvas. A pele dela é quente e macia. Quero morder cada pedacinho.

— Você tá rosnando, Simba — sussurra ela.

Mordo seu pescoço de leve. Sinto o pau começar a pulsar.

Mas já estou atrasado.

Quando suspiro no pescoço dela, Natalie sabe.

— Ah, não. Já?

A decepção na sua voz é como uma faca no meu coração. Eu me deito de costas e puxo seu corpo para cima de mim, posicionando-a como gosto para ficarmos frente a frente.

— Não vou poder voltar por um tempo — digo, sentindo um aperto no peito.

— Quanto tempo?

Hesito, mas preciso falar a verdade.

— Provavelmente um mês.

Ela fica em silêncio. Então suspira.

— Meu aniversário é dia vinte de fevereiro.

— Eu sei.

— Daqui a mais ou menos um mês. Quem sabe…

— Sim. Eu prometo.

Parte da tensão no corpo dela se dissipa. Com a voz baixinha, Natalie responde:

— Tudo bem.

Mais uma faca no meu coração, que, desta vez, me apunhala várias vezes.

Ficamos deitados em silêncio. Respiramos em sincronia. Lá fora, um passarinho começa a cantar uma canção triste de despedida.

Meu Deus. Estou enlouquecendo.

A dor no meu peito fica insuportável e forma um nó na minha garganta.

Depois de um tempo, ela fala:

— Eu queria perguntar uma coisa… O que aconteceu com o Chris? Não o vejo passar de carro aqui há um tempo.

— Eu cortei a cabeça de um cavalo e coloquei na cama dele enquanto ele dormia.

Ela vira a cabeça para mim e me encara de olhos arregalados.

— Foi uma piada, Natalie.

Ela suspira de alívio.

— Meu Deus. Não faz isso!

Eu me sinto um pouco ofendido.

— Eu sou muitas coisas, mas não sou do tipo que corta cabeças de animais inocentes.

Natalie abre um sorriso e diz:

— Não fica nervoso, senhor gângster. É uma cena muito famosa de um filme muito famoso sobre máfia, e você tem uma tendência a fazer gestos dramáticos.

— Não tenho uma tendência a fazer gestos dramáticos.

— Ah, é? Abrir uma conta com dez milhões de dólares é o quê? Comum?

— Alguém está pedindo umas palmadas — ameaço, arqueando uma sobrancelha.

Ela morde o lábio.

Também quero morder.

Giro nossos corpos e pressiono Natalie contra o colchão, beijando-a com intensidade.

É um beijo mais brusco do que o de antes. Ela está tão desesperada quanto eu, me beijando de volta com a mesma vontade, enfiando as unhas nas minhas costas.

Quero muito transar mais uma vez antes de ir, mas não vai adiantar.

Não há como suprir essa necessidade terrível e persistente.

Nem suprir, nem ignorar.

— O que foi, então?

— O quê?

— O que você disse que fez o Chris se afastar?

— Você parou nosso beijo para me perguntar de outro homem... enquanto estamos pelados na cama?

— Não fuja da pergunta.

— Tá bom. O policial Babacão recebeu uma ligação minha, muito civilizada, explicando os motivos pelos quais ele não deveria se aproximar de você. Nunca mais.

Natalie olha para mim com cuidado. Provavelmente se perguntando onde escondi o corpo.

Sorrio.

— Eu disse que foi civilizada.

— É, você disse. Mas acho que você não sabe o significado dessa palavra.

— Ele está vivo, meu bem. Eu juro.

Traumatizado, mentalmente abalado, mas vivo.

Deixei bem claro o que faria se ele não obedecesse.

Dou um último beijo em Nat e, em seguida, me levanto da cama e me visto. Ela me observa em silêncio.

Como se suas palavras já não tivessem destruído meu coração, seus olhos terminam o trabalho.

— Volta a dormir — digo. — Vejo você no seu aniversário, baby.

Saio pela porta, fechando-a ao passar.

Fico parado por um instante com a mão na maçaneta, de olhos fechados, respirando devagar para lidar com a dor no meu peito. Sinto algo tocar meu joelho e olho para baixo.

Mojo, o péssimo cão de guarda, está sentado ao meu lado com a língua para fora.

— Porra, cachorro — resmungo, me abaixando para coçar as orelhas dele. — Você é grande demais para ser tão dócil.

Mojo dá um latido baixo. Acho que significa: "Olha quem fala."

Pego o casaco que joguei na cadeira da cozinha quando entrei pela porta dos fundos e depois as balas que trouxe no bolso.

Antes de ir embora, coloco munição na arma de Natalie.

35

NAT

Janeiro chega ao fim.

Fevereiro entra, trazendo tempestades de neve que param a cidade e fecham a escola por dias a fio. Passo bastante tempo com a Sloane, foco na pintura e marco um X no calendário para cada dia que passa e me aproxima do momento em que vou ver Kage de novo.

Meu aniversário está marcado com um grande coração vermelho.

Na semana antes do meu aniversário é o Dia de São Valentim, que comemoro sozinha, jantando um pote inteiro de sorvete enquanto assisto televisão no sofá. Sloane saiu com Brad Pitt Jr., que provavelmente vai mantê-la ocupada a noite toda.

Kage manda cem rosas vermelhas e um colar de diamante gigantesco que nunca vou poder usar na rua.

Não me importo. Eu o uso dentro de casa com meu roupão e minhas pantufas, e me sinto como uma rainha.

Uma rainha solitária e perdida, ansiando por seu leão inebriado.

Duas vezes nessa semana, ao sair para trabalhar ou tirar o lixo, vejo pegadas na neve ao redor da casa. Pelo tamanho, presumo que sejam de um homem. Sei de quem são.

Mas não conto para Kage que Chris está por perto, porque sei o que vai acontecer e não quero esse peso na minha consciência.

Mil anos depois, chega meu aniversário.

É sábado. Acordo cedo, empolgada. Ontem à noite, Kage mandou uma mensagem dizendo apenas "Vejo você em breve", então não sei que horas ele vai chegar. Mas quero estar pronta, então tomo banho, me depilo inteira, visto uma roupa, limpo a casa, troco os lençóis da cama e espero.

E espero.

E espero.

Às oito da noite, estou murcha, sem esperanças.

Fico parada na frente do espelho do banheiro, encarando meu reflexo cabisbaixo. Estou com o vestido vermelho que Kage admirou naquela noite no Michael's, meses atrás, e o colar que ele me deu de Dia de São Valentim. Meu cabelo está preso e minha maquiagem está perfeita, mas, pela minha expressão, parece que meu cachorro morreu.

Sei que não é justo ficar decepcionada por Kage não estar aqui. Ele costuma chegar tarde. Além do mais, preciso considerar o voo de cinco horas, além do fato de ele estar lidando com uma guerra e todas as funções de um líder da máfia. Ele tem uma longa lista de afazeres.

Eu só queria estar mais próxima do topo da lista.

Sentada na cozinha, solitária, pego um pedaço frio do filé mignon que preparei mais cedo e tento não sentir pena de mim mesma.

É uma batalha perdida.

Quando o telefone toca, levo um susto tão grande que deixo o garfo cair, fazendo um barulho alto ao atingir o prato. Meu coração acelera e eu pulo da cadeira para atender na esperança de que seja Kage.

— Alô?

A voz gravada diz:

— Olá, você tem uma ligação a cobrar da Penitenciária Green Haven. Para aceitar a cobrança, digite dois. Para recusar, digite nove.

Meu coração congela.

Kage foi preso. Ele está na cadeia.

Com as mãos trêmulas, digito dois.

A gravação diz:

— Obrigado. Por favor, aguarde.

Ouço uma série de cliques, como se a ligação estivesse sendo transferida.

— Olá, Natalie.

A voz é masculina, rouca e tem um sotaque pesado. Parece que é de alguém que fuma dois maços de cigarro por dia. Definitivamente não é Kage.

— Quem é?

— Maksim Mogdonovich.

Não consigo respirar. Fico paralisada, em choque, fitando os armários da cozinha.

— Pelo seu silêncio, presumo que você saiba quem eu sou.

Sinto as mãos tremerem e um nó se formar na garganta.

— Eu sei quem você é — sussurro.

Kage. Meu Deus, Kage. O que aconteceu com você?

Porque algo deve ter acontecido. Algo terrível. O chefe da máfia russa não ligaria para me desejar feliz aniversário.

— Ótimo. Você deve estar se perguntando por que liguei.

Maksim pausa e espera uma resposta, mas meus pulmões estão congelados. Meu corpo inteiro está congelado de medo. Menos meu coração, que bate rápido como as asas de um beija-flor.

Ele continua a falar, com um tom calmo:

— Pra ser sincero, *dorogaia*, quando descobri o que estava acontecendo, não acreditei. Meu Kazimir, que é como um filho pra mim há vinte anos, jamais me desobedeceria. Jamais mentiria para mim. E com certeza jamais me trairia. Ainda mais por uma mulher.

Desobedecer? Trair? Do que ele está falando?

— Mas fiquei curioso com todas as viagens inexplicáveis para a costa oeste, então mandei um passarinho espiar — continua Maksim. — Quando vi sua foto, as peças se encaixaram. Tão bela. Com esses lindos cabelos pretos.

As pegadas na neve. A noite em que alguém estava do lado de fora da minha cozinha. Todas as vezes que tive a sensação de alguém estar me observando. Era ele.

— Você se parece muito com sua mãe — diz ele. — Como está a Naomi, por falar nisso? Curtindo a vida no campo de golfe? Eu jamais conseguiria morar no Arizona. Seco demais. Aqueles cactos horrorosos. Mas acho que Scottsdale faz bem para a saúde do seu pai.

Ele sabe tudo sobre meus pais. É uma ameaça? Ai, meu Deus. Ai, meu Deus. Ai, meu Deus.

Começo a hiperventilar. Sinto náuseas. O filé que comi vai voltar e vou vomitar no chão da cozinha.

Seguro o telefone com força e respondo, com a voz trêmula:

— Não sei do que você tá falando, mas meus pais não têm nada a ver com isso. Por favor…

— Claro que têm. Foram eles que te colocaram no mundo. Você, a mulher que fez Kazimir se voltar contra mim. São cúmplices. Vão pagar, assim como você.

— Eu não fiz ele se voltar contra você! Não sei do que você tá falando! Por favor, *me escuta…*

— Talvez sirva de consolo, *dorogaia*, saber que Kazimir nunca levou nenhuma mulher a sério. Tratava todas como descartáveis. Irrelevantes. Até você. E espero que você valha a pena.

Ele ri. É um som horrível, como uma lixa esfregando madeira.

Espero que essa falha na respiração dele seja câncer de pulmão.

— Cadê o Kage? O que você fez com ele? — pergunto, com a voz esganiçada e desesperada.

— Nada ainda. Mas, se meu timing estiver certo, ele deve chegar em breve e encontrar você morta. No seu aniversário. Que trágico. Queria poder estar aí para ver a reação dele, mas o Viktor vai me contar.

— Quem é Viktor? — grito, descontrolada.

— Eu.

Eu me viro e vejo um homem parado no meio da minha cozinha, sorrindo.

Ele é alto, tem ombros largos e está todo de preto, com um terno, um casaco de lã e luvas de couro. Seu cabelo é grisalho e curto. Ele tem os olhos mais azuis que já vi na vida.

A arma que aponta para mim é imensa.

Do outro lado da linha, Maksim continua:

— Ele é muito bom no que faz. Quase tão bom quanto Kazimir. Se você cooperar, vai ser menos pior. Vai ser mais rápido. — Em um tom mais baixo, ele continua: — E pode acreditar quando eu digo que você não quer que ele demore.

Largo o telefone.

Sorrindo, Viktor gesticula para uma das cadeiras da cozinha.

— Sente-se. Vamos conversar.

Nunca senti tanto medo na vida. E não é só por causa da arma apontada para mim, nem da ligação que recebi, nem do fato de que o chefe da máfia russa quer minha cabeça e a de Kage.

É também por causa do sorriso no rosto de Viktor.

Um sorriso ávido e caloroso, como se ele estivesse prestes a fazer sua coisa favorita.

Continuo paralisada, me apoiando na bancada da cozinha, ofegante.

— Sente-se, Natalie, senão vou foder seu cadáver depois de matá-la e mandar um vídeo para os seus pais.

Sinto a bile ácida e quente na garganta. Respiro devagar, mas é como se meus pulmões estivessem cheios de água. Como se eu estivesse me afogando.

Quando o sorriso some do rosto de Viktor, dou um jeito de me mover e me jogo na cadeira mais próxima.

— Muito bom. Agora me diga onde está o dinheiro.

— Dinheiro? — sussurro, suando e tremendo.

Ele solta o ar, decepcionado.

— Sou um homem ocupado. Não tenho tempo para brincadeiras. Então vou perguntar mais uma vez e você vai me dizer a verdade, depois vamos seguir em frente. — A voz dele fica mais firme. — Onde está o dinheiro?

Meu estômago revira. Sinto uma gota de suor frio descer pelas costas.

— Você tá falando da conta fiduciária?

Ele inclina a cabeça, curioso.

— Ele abriu uma conta para você?

Umedeço os lábios, assentindo. Pela minha visão periférica, vejo Mojo em pé, paralisado na sala, com as orelhas baixas e os pelos eriçados, encarando Viktor.

— Bom, acho que faz sentido. Essas porras de contadores. Qual banco?

Contadores?

— M-moraBlanc. Em Andorra.

— Andorra? Boa escolha. Ele sempre usava bancos armênios quando trabalhava para o Max. Eles cobram dez por cento de juros. É um bom jeito de ganhar dinheiro. Qual é o número da conta?

Quando ele trabalhava para o Max? Isso significa que não trabalha mais? Kage virou freelancer?

Estou tão em pânico que quase não consigo ouvir as palavras que saem da minha boca em meio aos gritos na minha cabeça.

— Não sei. Não mexi no dinheiro.

Ele me encara por um segundo. O sorriso some e os olhos azuis brilham como gelo sob o sol.

— Não me faça de idiota. Você não consegue comprar um colar desses com seu salário de professora.

Toco as pedras no meu pescoço.

— Foi um presente de Dia de São Valentim — sussurro.

Viktor semicerra os olhos e analisa meu rosto.

— Este ano?

— É.

Ele dá um passo na minha direção e sobe o tom de voz.

— Você ainda está em contato com ele? Onde ele está? Onde ele está morando?

Não entendo o que está acontecendo. Falta uma peça do quebra-cabeça. É quase como se Viktor estivesse falando de outra pessoa.

Mas não consigo me concentrar porque estou tentando pensar em como não levar um tiro.

— Sim, estamos em contato. Ele me disse que mora em Manhattan.

Viktor solta uma risada baixa, abismado, e balança a cabeça.

— Todo esse tempo, debaixo dos nossos narizes — murmura.

Ele me examina da cabeça aos pés com um novo interesse no olhar.

— Você tem andado muito ocupada. Como arranja tempo para tudo isso, professorinha?

Quando balanço a cabeça, confusa, ele faz um gesto desdenhoso com a mão.

— Quem quer arruma um jeito, pelo visto. Não achei que você era uma puta, mas as aparências enganam. Às vezes as santinhas são as piores.

— Você acabou de me chamar de *puta*?

Viktor parece surpreso com meu tom. *Eu* estou surpresa com o meu tom. Foi alto, raivoso e um pouco ameaçador.

Ele responde com uma voz calma e um sorriso no rosto:

— Do que você chamaria uma mulher que transa com dois caras ao mesmo tempo?

Mojo se aproxima por trás de Viktor, com a cabeça baixa e os dentes à mostra.

— Não sei do que você tá falando.

— Eles se conhecem? — Ele ri. — Espero que não. Vou contar para ele antes de matá-lo. Mal posso esperar para ver a reação dele.

— *Não sei do que você tá falando!*

Quando grito com Viktor, Mojo solta um rosnado feroz.

Viktor vira a cabeça na direção do som e aproveito a oportunidade para sair da cadeira.

Assim que eu me mexo, Mojo avança.

Ao ver a bola de quase cinquenta quilos de pelos avançando na sua direção, Viktor atira na direção de Mojo. O barulho é ensurdecedor. Eu grito, puramente por instinto, e não olho para trás ao sair correndo em direção à porta da frente.

Estou a poucos metros de distância quando ouço uma bala passar voando pela minha cabeça e acertar a parede de *drywall*. Eu me abaixo e continuo a correr, mas outra bala passa voando e atravessa a porta. Me jogo no chão e ouço Viktor rugir de dor e rolar, batendo no canto entre a porta e a parede.

Viktor está lutando contra Mojo, que morde o braço dele bem na altura do pulso que está segurando a arma; deve ser por isso que os tiros não me acertaram. O cachorro está rosnando, furioso, jogando Viktor de um lado para o outro com força, fazendo-o perder o equilíbrio.

De alguma forma, Viktor se liberta.

Ele não desperdiça um tiro com o cachorro. Levanta o braço e vem na minha direção, apontando a arma para a minha cabeça.

Levanto as mãos e grito.

— Para!

Em seguida, ouço um barulho cortando o ar e vejo uma luz branca, e então a cabeça de Viktor explode como um tomate.

Há sangue e cérebro espalhados pelo teto e pelas paredes.

O que sobrou dele cai no chão. Há sangue jorrando de uma artéria rompida no pescoço.

Fico sentada, imóvel, sem entender o que aconteceu. Encaro o homem morto no chão da minha sala, incrédula, até levantar o olhar e ver Kage do outro lado segurando a espingarda do meu pai.

Pelo visto, ele carregou a arma.

Feliz aniversário para mim.

36

NAT

Kage larga a espingarda, atravessa a sala e cai de joelhos do meu lado, então segura meu rosto entre as mãos.

— Baby. Baby, fala comigo. Você se machucou? Natalie, olha para mim. *Olha para mim.*

Desvio o olhar do corpo inerte de Viktor e foco em Kage, atordoada.

— Maksim... O dinheiro... Meus pais... Você matou ele... — sussurro, atordoada.

Ele me segura e me abraça apertado. Beija a minha cabeça.

— Você está bem — diz ele no meu ouvido. — Está tudo bem. Estou aqui. Levanta.

Kage tenta me ajudar, mas minhas pernas não funcionam. Eu me apoio nele, entorpecida. Ele me carrega até o sofá e me senta devagar, tirando o cabelo do meu rosto. Depois se posiciona de pé à minha frente.

— Preciso dar um jeito no corpo. Fica aqui. Entendeu?

Eu o encaro, assentindo devagar, sem entender nada.

Ele beija minha testa, depois se endireita, vai até o corpo de Viktor, o enrola no tapete da sala, o joga sobre o ombro e sai pela porta dos fundos.

Ao vê-los, Mojo sai do seu esconderijo debaixo da mesa de centro.

Não sei quanto tempo demora para Kage voltar. Parecem apenas minutos, mas podem ter sido horas. Dias. Semanas. Quando ele chega, se ajoelha à minha frente e pega minha mão.

Tento não pensar na quantidade de sangue nas mãos dele e me concentro em seu rosto.

— Me conta o que aconteceu — pede ele.

Engulo em seco, fechando os olhos para tentar afastar a imagem mental da cabeça de Viktor explodindo.

Em uma voz entorpecida que soa distante para mim mesma, respondo:

— Recebi uma ligação do Maksim. Ele disse que você o traiu. Que o desobedeceu. Ele falou dos meus pais. Disse que os dois precisam pagar por eu ter feito você se virar contra ele. E aí o Viktor apareceu. Perguntou onde estava o dinheiro. Contei pra ele da conta fiduciária que você fez pra mim. Depois... ele agiu estranho. Queria saber onde você morava. Se eu estive em contato com você. Falou como se você não trabalhasse mais para o Maksim. Eu não entendi. Mas aí não importava mais, porque ele estava prestes a atirar em mim. Eu tentei correr... O Mojo mordeu ele... Foi tudo tão rápido...

Abro os olhos. Kage se ajoelha na minha frente e aperta minhas mãos, angustiado.

Com uma expressão de culpa.

— Por que ele veio aqui? O que você fez? O que aconteceu? — pergunto.

Kage fica em silêncio por um instante, depois solta minhas mãos e se levanta. Ele se vira, recua alguns passos, então para e dá meia-volta.

A expressão dele está neutra. Quando fala, a voz está vazia.

— Ele veio atrás de dinheiro. Como eu.

Eu o encaro. De repente, formar uma frase inteira parece extremamente difícil.

— Como você? Não entendi.

Ele fica em silêncio, então me forço a continuar.

— Você quer dizer que ele queria o dinheiro da conta que você me deu?

— Não.

— Então que dinheiro é esse?

O olhar dele me assusta. Há um brilho ali, uma apatia, como se algo estivesse morrendo ou chegando ao fim, mas não sei o que significa.

— Os cem milhões de dólares que seu noivo roubou de Max — explica ele, em uma voz baixa.

Meu coração, que batia desenfreado, para por completo.

Uma vez, quando eu tinha dez anos de idade, pulei da prancha de mergulho mais alta na piscina do centro comunitário. Sloane me desafiou, então é óbvio que eu fui.

Queria pular como uma bala de canhão porque é o jeito mais divertido e espalha muita água. Mas fiz besteira e soltei as pernas cedo demais. Caí de cara na água.

Cara, peito, barriga e coxas. Tudo bateu na mesma hora.

O impacto foi violento. Tirou o ar dos meus pulmões. Ardeu como se eu tivesse caído em uma fogueira, como se uma mão gigante tivesse me dado um tapa com um pedaço de asfalto frio, estilhaçando todos os ossos do meu corpo.

Fiquei paralisada. Meu corpo inteiro queimava.

Em choque, afundei na piscina, agonizando, até Sloane mergulhar para me salvar.

Até David desaparecer, aquela havia sido a pior dor que eu já tinha sentido na vida.

Estou sentindo de novo. O baque de tirar o fôlego. A dor dilacerante, sufocante.

— Meu noivo falecido? David? — sussurro.

Kage pausa por um instante e olha para mim com aqueles olhos vazios de despedida.

— O nome dele não é David. É Damon. E ele ainda está vivo.

37

KAGE

Todo mundo tem, pelo menos uma vez na vida, um acerto de contas.

Meu pai me disse isso. Sabia muito sobre acerto de contas. Sobre calcular perdas e ganhos. Deixou tudo para trás na Rússia para começar uma vida nova em outro país. Para dar aos filhos oportunidades melhores do que as que ele mesmo havia tido.

Ele pagou por isso com a própria vida, mas duvido que tenha se arrependido. Ele era mais forte do que eu. Nunca se arrependeu de nada.

Mas eu, aqui e agora... me arrependo de tudo.

Se eu tivesse contado para Natalie desde o começo, não teria que lidar com esse olhar no rosto dela.

Não teria que ver o amor dela por mim desaparecer.

Ela fica completamente imóvel. As costas estão eretas. O rosto está pálido. As mãos, espalmadas nas coxas. O colar que comprei para ela brilha no seu pescoço.

— Damon? — repete ela, baixinho.

É um convite para que eu continue. Ou talvez um pedido para que eu pare. Não sei dizer.

Minha única certeza é que, se fosse possível matar com um olhar, eu não estaria mais aqui.

— Ele era nosso contador.

As narinas dela inflam. Há algo sombrio em seu olhar.

— Você conhecia ele?

— Sim.

Não consigo encará-la, então desvio o olhar e passo a mão pelo cabelo.

— Max confiava nele cegamente — continuo. — Damon era bom com números. Economizou muito dinheiro para a organização. Fez a gente ganhar muito dinheiro também. Bolsa de valores, contas estrangeiras, mercado imobiliário internacional... Ele era um gênio. Tão inteligente que ninguém percebeu que estava roubando. Que tinha aberto centenas de contas falsas para guardar o dinheiro. Que ele estava planejando sua saída anos antes de finalmente fugir.

O tique-taque do relógio na parede soa mais alto do que o normal. Como Nat continua em silêncio, eu me viro para ela.

Ela parece uma estátua.

Fria. Sem vida. Vazia. Como uma escultura de mármore em uma tumba.

Para lidar com a agonia que cresce em mim e forma um nó na minha garganta, continuo falando.

— Ele fez um acordo com o FBI. Ofereceu evidências em troca de perdão judicial. Testemunhou contra Max. Entregou um monte de dados, registros, arquivos. Max foi condenado e pegou prisão perpétua. Damon entrou no programa de proteção às testemunhas. O governo deu um nome novo para ele. Uma identidade nova. Uma vida nova. E o realocou aqui.

Respiro fundo.

— E aí ele conheceu você.

Natalie me encara, imóvel. Quando fala, parece que está sob efeito de entorpecentes.

— Não acredito em você. David não tinha um centavo no bolso. É mentira.

Tiro o celular do bolso, abro o aplicativo de fotos e deslizo o dedo até encontrar o que estou procurando. Então, entrego o celular para ela.

Natalie o pega da minha mão em silêncio. Encara a foto na tela. Sua garganta se mexe, mas ela não fala.

— Arrasta para a esquerda — digo. — Tem mais.

Ela desliza pela tela. Para e arrasta de novo. Continua assim por um bom tempo, o rosto ficando cada vez mais pálido.

— Quem são essas pessoas com ele?

Quando ela vira o celular para mim, eu me preparo e olho nos olhos dela.

— A esposa e os filhos dele.

Ela abre a boca. Ouço o tique-taque do relógio. Meu coração bate forte, como um tambor.

— A… *esposa.*

— Ele era casado antes de entrar no programa de proteção às testemunhas. A esposa, Claudia, ainda mora na mesma casa. Não faz ideia do que aconteceu com ele. Ele deixou tudo para trás, inclusive ela.

— E os filhos — completa Natalie, com a voz bruta.

— Sim.

— Ele era casado e tinha filhos quando nos conhecemos.

— Sim.

— Ele roubou dinheiro da máfia, colaborou com o FBI, colocou Max na cadeia, abandonou a família… veio pra cá com uma identidade nova e… e…

— Conheceu você. Ficou noivo.

Ela segura o celular no colo e fecha os olhos. Não se mexe, nem fala nada. Está pálida e sem vida como um fantasma, exceto pela veia pulsando no pescoço.

Eu cortaria meus pulsos e sangraria até a morte, de joelhos na sua frente, se isso acabasse com a dor dela. Mas sei que não adiantaria nada.

A única coisa que posso fazer é continuar falando a verdade.

— Não sabíamos para onde ele tinha ido até ano passado. E aí conseguimos um contato dentro do FBI. Alguém disposto a trocar informações por dinheiro. Ele nos disse para onde tinham mandado o Damon, o nome novo, tudo. Mas quando isso aconteceu, Damon já tinha se mudado.

— Imagino que essa mudança tenha acontecido cerca de cinco anos atrás, né? — Ela solta uma risada ácida. — É. No dia antes do nosso casamento. Meu Deus.

Não sei o que dizer além de:

— Sinto muito.

Ela abre os olhos e me encara com um olhar sombrio e cheio de ódio. Tão letal que quase me faz dar um passo para trás.

— E você sabia. Esse tempo todo, você sabia de tudo.

— Natalie…

— Não. Você não tem mais permissão pra dirigir a palavra a mim.

— Por favor. Deixa eu explicar.

Ainda parada, ela me entrega o celular com as mãos trêmulas.

— Pega isso e vai embora.

— Me escuta, baby...

— *Sai da minha casa!*

O grito dela dói tanto quanto um tiro. Fico parado, indefeso, e balanço a cabeça.

— Você devia ter me matado, não é? — diz ela, respirando fundo e tremendo. — Por isso que Max disse que você o traiu. Você veio aqui pra descobrir se eu sabia onde David tinha escondido o dinheiro ou pra onde ele tinha ido. E depois deveria me matar, como o Viktor. Em vez disso...

Ela ri. É o pior som que já ouvi na vida.

— Em vez disso, você decidiu fazer diferente. Decidiu se divertir primeiro. Então transou comigo. Fez eu me apaixonar por você. Me deu um anel e me contou um milhão de belas mentiras.

— Não, Natalie. *Não.*

— Quando você ia começar a me fazer perguntas sobre ele? Começar a levantar esse assunto sutilmente?

Subo o tom de voz.

— Eu não ia. Isso aqui é real. Eu me apaixonei por você.

Ela me encara, agoniada, com os olhos marejados.

— Claro. Igualzinho ao David. Agora sai da porra da minha casa, Kazimir.

Natalie fala meu nome como se fosse uma maldição.

Sinto meu estômago se revirar e o meu sangue ferver. Mal consigo respirar de tanta dor. Mantenho a voz firme e a encaro.

— Você não quer que eu vá embora. Você me ama. Você é minha.

A respiração dela vira um soluço baixinho.

— Você é doente! Olha o que você fez comigo! *Olha!*

Natalie gesticula para o próprio rosto. Está vermelho. Os olhos dela estão selvagens. As veias saltam. A expressão é o equivalente a um prédio em chamas.

— Eu posso consertar isso.

— Vai pro inferno! Max ameaçou meus pais! Meus *pais*, Kage. E se tiver alguém lá agora? E se houver outro Viktor em Scottsdale, batendo na porta dos meus pais nesse momento?

— Não. Viktor agia sozinho, como eu. O plano dele seria vir aqui primeiro e depois lá.

Ela me encara, incrédula.

— Você realmente acha que isso vai fazer eu me sentir melhor, não acha?

Quando não respondo, ela se move de repente, atravessando a sala e indo até a cozinha em direção à porta dos fundos. Eu a agarro antes que ela consiga sair e a prendo contra mim, segurando-a firme.

— Me solta!

— Para por um instante! Me escuta!

— Vai se foder!

— Eu te amo! Eu não queria…

— Você não queria nada, seu filho da puta mentiroso!

Ela se debate nos meus braços, me empurrando, desesperada para fugir.

Não vou ceder.

Em vez disso, eu a beijo.

Natalie se recusa a abrir a boca para mim e vira a cabeça. Eu passo a mão em seu cabelo e a seguro firme para beijá-la de novo.

Desta vez, ela me deixa colocar a língua na sua boca. Ela me deixa sentir seu gosto, abraçá-la, enquanto respiramos juntos pelo nariz, nossos corpos colados.

Então sinto o cano frio da minha própria arma pressionando minha têmpora.

Ela a tirou da minha cintura.

Sinto uma onda de admiração pela minha garota, tão corajosa e inteligente, mas logo o sentimento muda para desespero.

— Tira a porra da mão de mim — diz ela, baixinho, contra minha boca.

Quando abro os olhos, ela está me encarando. Não há um traço de carinho, amor ou piedade ali.

Minha alma está em pedaços. Não há nada em mim. Estou destruído, um casco vazio.

Fico de joelhos na frente dela e abaixo a cabeça.

— Atira, então. Sem você, estou morto, de qualquer forma.

Há uma longa pausa.

— Eu devia — sussurra ela, com a voz trêmula.

Natalie aperta o cano contra a minha cabeça.

Mas algo na voz dela acende uma fagulha de esperança em mim. Levanto a cabeça e olho para ela, a mulher que eu amo e que acabei de destruir.

Enquanto ela aponta a arma para mim, com o dedo no gatilho, eu a encaro.

— Eu te amo. Isso não é uma mentira. Eu te amo mais do que tudo. Mais do que quero continuar respirando. Daria qualquer coisa para você me perdoar, e isso inclui minha vida.

Eu me inclino para a frente e a arma toca o meio das minhas sobrancelhas. Levanto as mãos e as coloco na cintura dela.

Com todo o meu coração na minha voz, digo:

— Me mate se isso for aliviar sua dor, meu amor. Se isso for te trazer pelo menos um pouco de paz, aperte o gatilho e acabe comigo.

Natalie engole os soluços. Suas mãos tremem. Ela umedece os lábios. Com a mão livre, enxuga os olhos marejados.

Depois de um longo momento sem respirar, ela solta o ar e abaixa a arma.

Com um gemido, eu a abraço pela cintura e enterro o rosto na barriga dela. Eu a seguro apertado até ela suspirar.

— Levanta, gângster. Não sei lidar com você assim.

Obedeço. Tento segurar o rosto dela, mas ela se afasta e balança a cabeça, depois estende a arma para mim.

— Pega essa merda.

Enfio a arma na cintura da calça nas minhas costas e tento tocá-la de novo. Natalie se encolhe, dá as costas para mim e abraça o próprio corpo. Então, vai até a pia e se apoia ali, olhando para baixo.

— E agora? — diz ela, com a voz baixa.

Fico tão aliviado de ela não estar gritando para eu ir embora que quase caio de joelhos de novo.

— Coloquei Viktor no carro, mas tenho que…

Hesito, não querendo traumatizá-la ainda mais.

— Se livrar do corpo. Entendi. Pode ir.

Eu devia saber que ela iria reagir assim. Minha rainha valquíria.

— Volto em cerca de uma hora.

Ela vira a cabeça e fala por cima do ombro.

— Para onde você vai levá-lo?

— Para o lago.

Ela pausa.

— É pra lá que você ia me levar? Se não tivesse se apaixonado por mim.

Merda.

— Chega de mentiras, gângster — diz ela, baixinho.

Demoro para conseguir responder.

— Sim.

Ela vira a cabeça e olha para as persianas fechadas sobre a pia.

— Obrigada por ser sincero.

As palavras soam como "Vai se foder", mas não temos tempo para discutir.

— Não abre a porta nem atende o telefone. Não sai de casa. Quando eu voltar, vou limpar o resto. E aí vamos pensar em um plano.

— Um plano?

— Quando Viktor não mandar notícias, Max vai mandar outra pessoa.

— Entendi. Um plano. Faz sentido.

Ela está estranhamente calma, ainda mais considerando o quão nervosa estava há poucos minutos. Está processando o choque.

Dou um passo na direção dela, com o coração apertado.

— Baby…

— Vai logo, Kage. Preciso de um minuto pra processar tudo isso. Quando você voltar, vamos conversar. Eu prometo.

Quero abraçá-la. Quero beijá-la. Quero acabar com essa distância entre nós. Mas, por enquanto, fico feliz por termos uma trégua.

Eu poderia estar deitado numa poça de sangue.

E tenho que agir rápido. O tempo está passando.

Vou embora sem dizer mais uma palavra.

Quando volto uma hora depois, a casa parece um campo de batalha e ela sumiu.

38

NAT

Assim que Kage sai pela porta, corro para o quarto, entro no closet e puxo o álbum de noivado da prateleira.

Quando abro a capa de couro, a carta de David voa e aterrissa no meu pé. Eu a guardei ali quando voltei do banco.

Jogo o álbum para longe, pego a carta e começo a ler rapidamente. Minhas mãos estão tremendo tanto que o papel amassa.

Finalmente o fato de eu ter achado essa carta estranha na caixa de segurança faz algum sentido.

Há uma pista aqui.

Não percebi porque não tinha o contexto. Não estava olhando para a situação do jeito certo. Mas agora, sabendo o que sei, tudo faz sentido.

David não me contou sobre a caixa de segurança porque era um segredo. Um segredo só para mim. Enviar a chave pelo correio foi o jeito dele de me dizer que era algo especial.

Se a carta não tivesse ficado presa na caixa de correio velha, eu teria recebido a chave poucos dias depois de ele ter desaparecido. Talvez no dia em que devíamos ter nos casado. E se eu *tivesse* recebido na época, teria mostrado para a polícia. Sem a menor dúvida. Eles teriam achado a caixa e pedido para o banco abrir.

E, assim como quando eu a abri, haveria uma carta de amor lá dentro.

Nada de dinheiro. Nada de título de investimento. Nada suspeito, só uma carta.

A polícia teria achado que era um beco sem saída. Mas eu compreenderia. Por causa daquela frase que agora estou tão desesperada para reler, que acho que vai me dizer tudo que eu preciso saber.

Nat,

Eu te amo. Primeiro de tudo, lembre-se disso. Você é a única coisa boa na minha vida, e agradeço a Deus todos os dias por você e seu lindo sorriso.

Eu murmuro "filho da puta mentiroso do caralho" antes de pular para outro trecho.

Você me disse uma vez que se encontra na arte. Disse que, quando se sente perdida, se encontra nas suas pinturas.

Minha bela Natalie, espero que você me encontre lá também.

— Me encontre *lá* também — repito devagar.

Sinto um arrepio. Levanto a cabeça e olho para todas as pinturas nas paredes do quarto.

Para as *minhas* pinturas.

E me lembro do filme a que eu e David assistimos, sentados na cama, na semana antes do nosso suposto casamento.

Era um drama policial chamado *Traffic*. Havia várias histórias diferentes que se conectavam, todas relacionadas ao tráfico internacional de drogas. Um juiz com uma filha viciada em crack. Dois agentes contra o narcotráfico que protegiam um informante.

E a esposa de um chefão do tráfico que tocava os negócios depois que ele ia preso.

Catherine Zeta-Jones fazia o papel da esposa. Estava incrível, claro. Mas havia uma cena em que ela visitava o marido na cadeia e reclamava que ela e as crianças não tinham dinheiro porque o governo havia congelado todas as contas bancárias.

O marido, sempre tranquilo, sabendo que os guardas estavam assistindo a tudo e gravando cada palavra, respondia algo casual do tipo: "Talvez você possa vender algumas coisas. Temos várias coisas caras." Uma longa pausa. "Veja as pinturas."

E então lançava um *olhar* para a esposa.

Ela, como esposa de um chefe do tráfico, entendia o que ele queria dizer.

E não significava que devia vender as merdas das pinturas.

Em seguida, ela começava a investigar todos os quadros da casa e encontrava microfilmes escondidos nas molduras com informações sobre contas estrangeiras onde o marido havia guardado a maior parte do dinheiro ilegal.

Nessa hora, David virou para mim e disse:

— Boa ideia. Não acha?

Não lembro da minha resposta, mas lembro que ele me lançou o mesmo olhar que o marido usou no filme.

— Nossa, David. Foi longe, hein? — sussurro.

Eu ando pela casa, entrando em todos os cômodos e arrancando os quadros das paredes.

Analiso as molduras, na frente e atrás. Depois, as telas. Então, passo para o forro e para as bases. Enfurecida, rasgo várias obras de arte.

Não encontro porra nenhuma.

Quarenta e cinco minutos depois, estou desesperada.

Kage vai voltar a qualquer momento e vou precisar explicar o que estou fazendo. Então começo a revirar as cadeiras e derrubar lâmpadas até estar no meio de um bom e velho surto em vez de procurando pelo tesouro escondido.

Quando sinto que cheguei ao meu limite, fico parada no meio da sala, mexendo na bagunça, me perguntando o que deixei passar.

Nessa hora, meu olhar cai sobre a pintura acima da lareira.

Eu devia ter começado com aquela.

A pintura que fiz para dar de presente de aniversário para David. Ele adorava um lugar nas montanhas, com uma vista para o lago Tahoe, chamado Chickadee Ridge. No inverno e na primavera, se você visitar o lugar com um punhado de alpiste, os passarinhos se aproximam para comer direto na sua mão. É um lugar lindo e mágico, e a pintura reflete essa beleza.

De todas as paisagens que já pintei quando estávamos juntos, essa era a favorita de David.

— Seu merdinha nojento — digo para a pintura.

Uma esposa. *E filhos.*

E eu quase me casei com ele.

Como eu queria que ele tivesse mesmo caído de uma montanha e batido a cabeça.

Sei que vou precisar de uma terapia intensa para lidar com tudo isso depois. Muita terapia. Provavelmente para o resto da vida. Mas, agora, estou em algum tipo de Terra do Nunca bizarra. O mundo "real" não existe.

Encontrar David — Damon — se tornou minha única obsessão.

Tiro o quadro da parede e o deito no chão. Retiro o acabamento de madeira, expondo a moldura e o verso da tela…

No canto inferior, vejo uma única palavra escrita com a letra de David. *Panamá.*

Ele não precisava escrever mais nada. Tinha certeza de que eu saberia para onde ir.

Faço uma mala. Ligo para meus pais e os convenço a ficarem na casa de algum amigo até eu voltar. Depois deixo Mojo na casa da Sloane.

Quando ela me pergunta para onde vou, digo a verdade: para minha lua de mel.

Então, pego um táxi até o aeroporto e compro uma passagem de primeira classe.

Aquela conta que Kage abriu para mim acaba sendo útil, afinal.

39

NAT

O Hotel Villa Camilla, no Panamá, fica entre uma praia de areia branca e uma floresta tropical na Península de Azuero, na costa do Pacífico. Com apenas sete quartos, é um hotel pequeno, mas fabuloso.

Quando chego, é o começo da tarde e está fazendo um calor de trinta e dois graus, com muita umidade. Estou derretendo com minhas botas, suéter de gola alta e casaco de inverno.

A concierge, uma mulher atraente, me cumprimenta com um sorriso amigável.

— Bem vinda ao Villa Camilla, *señorita*. Check-in?

Suada e exausta depois de doze horas de voo com uma conexão no aeroporto de Los Angeles, largo a mala nos azulejos vermelhos espanhóis e me apoio na bancada de mogno entre nós.

— Não tenho certeza.

— Gostaria de um tour da propriedade ou de um dos quartos? Temos duas suítes disponíveis, ambas com vista para o mar.

— Na verdade, queria checar se há alguma mensagem pra mim.

— Posso checar, claro. Qual é o nome do hóspede que deixou a mensagem?

— David Smith. Mas ele não é um hóspede.

Ela levanta uma sobrancelha.

— É complicado — continuo. — Devíamos ter vindo aqui na nossa lua de mel, mas… o casamento não aconteceu.

A concierge faz uma cara de espanto.

— Sinto muito.

— Tudo bem. Aparentemente, ele já era casado.

Ela me encara, piscando.

— *Dios mio.*

— Não é? Um babaca. Enfim, tenho quase certeza de que ele deixou uma mensagem para mim aqui. Meu nome é Natalie Peterson. Poderia dar uma olhada?

— Claro. — Ela começa a digitar no teclado. — Quando essa mensagem teria sido deixada?

— Deve ter sido há uns cinco anos atrás.

Ela para de digitar e olha para mim.

— Eu sei. É uma longa história.

Não sei se a expressão dela é de curiosidade ou se ela está prestes a chamar um segurança. De qualquer forma, continua a digitar. Então, balança a cabeça.

— Não tenho nada no sistema para Natalie Peterson.

Merda.

— Tem algum lugar onde vocês deixam mensagens físicas? Uma caixa de correio? Um arquivo?

— Não. Tudo fica no computador. É o padrão desde que abrimos.

Apoio a cabeça nas mãos e resmungo.

Tudo isso para nada. Por que eu não liguei antes, meu Deus?

O que vou fazer agora?

Tenho uma ideia. Pego o celular, ignoro todas as mensagens e ligações de Kage e uso o navegador para pesquisar um nome. Em seguida, me inclino sobre o balcão.

— Tente Helena Ayala.

A concierge tem sobrancelhas muito expressivas, que agora estão me dizendo que ela está começando a ficar preocupada com a própria segurança por causa da mulher louca à sua frente.

Tento dar um sorriso simpático.

— É uma piada interna — explico.

Era o nome da esposa do chefão preso no filme *Traffic*, mas não vou contar isso para ela.

A concierge hesita por um instante antes de começar a digitar de novo. Então, a preocupação em seu rosto se transforma em alívio.

— Achei. Aqui está.

Quase grito "Puta merda!", mas me contenho.

— O que diz?

Ela dá de ombros.

— É só um endereço.

Ela escreve em um bloco de notas, arranca o papel e me entrega.

— É perto daqui? — pergunto.

— Cerca de nove horas de carro.

Quando arregalo os olhos, ela complementa:

— Ou uma hora de avião.

Sinto cada quilômetro da viagem de Tahoe até aqui pesar nos meus ombros.

— Ok. Obrigada. Acho que vou voltar pro aeroporto, então.

— Vai precisar de um barco também.

Quando arregalo os olhos, ela dá um passo para trás.

A loucura deve estar evidente no meu olhar.

— É uma ilha, *señorita*.

— Uma ilha — repito devagar.

— Quer que eu peça um táxi pra você?

Ela já está pegando o telefone. A coitada só quer se livrar de mim.

Pego a mala no chão, tiro uma nota de vinte dólares da carteira e entrego para ela.

— Sim, por favor. E obrigada. Você foi de grande ajuda.

Fico com pena dela e espero o táxi lá fora.

~

Ou a concierge estava muito mal-informada sobre o barco ou estava descontando por eu tê-la assustado, porque encontro um voo direto da Cidade do Panamá até meu destino. Quando desembarco do avião na pequena ilha verde-esmeralda chamada Isla Colón de Bocas del Toro, já é fim de tarde e estou delirando de cansaço, fome e estresse.

Sinto as mãos tremendo. As pálpebras também. Estou enjoada. E ainda por cima estou alucinando, porque um Viktor decapitado aparece atrás de cada poste e palmeira, com sua carótida cortada jorrando sangue.

Chamo um táxi e leio o endereço para o motorista, torcendo para não parar em um beco sem saída.

Se houver um banco e uma caixa de segurança me esperando depois de tudo isso, vou tacar o foda-se para essa merda toda e ir direto para Andorra sacar meus dez milhões.

Vou morar na Antártica, onde os únicos machos solteiros são pinguins.

Fecho os olhos e apoio a cabeça no assento, me perguntando o que vou dizer para David quando o encontrar.

O que seria apropriado, dadas as circunstâncias?

Oi! Quanto tempo, hein, seu merda? Abandonou mais alguma mulher por aí?

Que bom te ver, seu cuzão! Obrigada pelos últimos cinco anos infernais!

Vê se morre, seu imbecil!

Ou talvez eu opte por algo simples e só diga: *Surpresa!*

Mal posso esperar para ver a cara dele.

E para tacar fogo nele e apagar com uma marreta.

Não sei bem qual sentimento é o mais forte, mas há vários formando um ninho de cobras venenosas no meu estômago.

O pior de tudo é que volto a pensar em Kage toda hora e preciso ficar me forçando a pensar em outra coisa.

Sempre achei que amor e ódio fossem coisas bem diferentes, mas, neste momento, parecem inseparáveis.

O estado de choque e a adrenalina são as únicas coisas que ainda me mantêm de pé.

Que seguram meu coração para que ele não se quebre em mil pedacinhos.

Que me impedem de arrancar meus próprios olhos de tanta dor.

Eu poderia começar um grupo de apoio para mulheres que se apaixonaram e foram traídas pelo assassino enviado para matá-las, mas eu seria a única integrante.

Socorro. Estou enlouquecendo.

O táxi para. Devo ter dormido, mas agora estou acordada; olho pela janela e vejo um portão de metal cercado por colunas com leões de pedra.

Atrás do portão, após uma estrada de cascalho, há uma casa em cima de um morro com vista para o azul cristalino do Mar do Caribe.

Não. "Casa" não é a palavra certa.

É um palácio.

Irradiando um brilho branco ofuscante sob o pôr do sol, a propriedade ocupa acres de terras bem cuidadas. Há fontes de vários andares derramando água em piscinas. Cascatas de buganvílias vermelhas se espalham sobre balaustradas de mármore. Um pavão passeia por ali, exibindo sua plumagem majestosa.

Bem no meio, na entrada para a construção principal, há uma porta dupla de carvalho escuro aberta.

Um homem está parado ali.

Quando saio do táxi, ele sai da entrada e começa a descer pelo caminho de cascalho.

Ele é alto, magro e muito bronzeado. O cabelo escuro está com as pontas douradas graças ao sol. Ele se aproxima, vestindo uma camisa branca com as mangas dobradas até o cotovelo, um short cáqui e chinelos.

Ao se aproximar, ele me observa com aqueles olhos castanhos que eu reconheceria em qualquer lugar.

Apesar de tudo que achei que faria ou diria neste momento, de todos os xingamentos que eu queria gritar e insultos que queria proferir, a única coisa que consigo fazer é cair de joelhos, tentando respirar.

Quando meus joelhos tocam o cascalho, David começa a correr.

40

KAGE

Fico parado no meio da bagunça na sala de Natalie, pensando. Ela não atende o telefone.

A bolsa e o carro sumiram.

O cachorro também.

A primeira coisa que penso é que ela foi para a casa de Sloane, mas Nat sabe que eu iria até lá. Se a intenção era fugir de mim, deve ter ido para outro lugar.

Duvido que iria para a casa dos pais, mas é uma possibilidade. Tenho certeza de que ela tem amigos do trabalho, mas também pode só ter ido para um hotel.

Só há um jeito de descobrir.

Tiro o celular do bolso e abro o GPS.

— O aeroporto — murmuro, olhando para o pontinho vermelho na tela.

Merda.

Espero conseguir chegar lá antes que ela pegue um voo, mas, mesmo que seja tarde demais, o rastreamento do celular que dei para ela vai mostrar o destino.

Enquanto isso, tenho que dar um jeito de matar um prisioneiro em uma penitenciária de segurança máxima.

Não importa o preço, mesmo que seja meu próprio sangue, Max vai morrer.

Ninguém ameaça meu amor.

41

NAT

Quando acordo, estou deitada em um sofá de couro, com um pano frio na testa. Já deve fazer algum tempo, porque o sol se pôs e os grilos estão cantando lá fora.

A sala é grande e arejada, decorada no estilo balinês tropical. O chão de madeira escura polido está brilhando. Há samambaias, orquídeas e palmeiras ao lado de mesas de teca e pequenas estátuas de pedra do Buda. As cortinas de linho transparente balançam com a brisa que entra pelas portas de correr. Sinto um cheiro salgado no ar, ouço gaivotas gritando à distância e tento lembrar de como vim parar aqui.

David está sentado no outro sofá na minha frente, me observando.

Está com as pernas bronzeadas cruzadas e os pés descalços. Seu olhar está fixo em mim com uma intensidade imutável.

Quando me sento, de repente, o pano cai no meu colo e a sala começa a girar.

— É o calor que está te fazendo passar mal — diz ele, baixinho.

Essa voz. A voz baixa e grave que ouvi com tanta frequência nos meus sonhos e nas minhas lembranças ao longo dos últimos cinco anos... aqui está.

E não sinto nada.

Há uma mesa de centro quadrada de madeira entre nós. Na superfície, estão alguns itens da vida dele: livros de viagem, uma tigela de vidro com conchas bonitas e uma pequena escultura de bronze de um corpo nu relaxado.

Sinto um impulso quase incontrolável de bater nele com a escultura.

Encontro o olhar dele e passo um bom tempo em silêncio, observando-o, tentando não esmagar sua cabeça. Ele está bem. Saudável e descansado. Como se não tivesse nenhuma preocupação na vida.

Esse filho da puta safado, mentiroso, traidor.

— Ou talvez seja o fato de ter passado os últimos cinco anos de luto, achando que você tinha morrido, enquanto você estava aqui, vivendo como um rei em uma ilha paradisíaca.

Ele me encara, como se estivesse tentando entender tudo, então abre um pequeno sorriso.

— Senti falta desse seu senso de humor ácido, minha flor.

— Se me chamar desse apelidinho de novo, vou enfiar essa tigela de conchas no seu cu.

A gente se encara em silêncio. Ele finalmente se mexe, descruzando as pernas e se inclinando para a frente, com os antebraços apoiados nas coxas. Fixa o olhar em mim.

— Por que demorou tanto para vir?

Ele diz isso em um tom gentil, não como uma acusação, mas sinto como se fosse.

Como se ele achasse que eu *falhei*.

— Nossa, não sei. Será que foi o fato de eu ter achado que você estava morto?

— Eu mandei a chave...

— A merda da chave ficou presa na caixa do correio. Só a recebi quando o dono do Thornwood a encontrou durante uma reforma.

Ele abre a boca, então fecha os olhos e suspira.

— Pois é — continuo. — Ótimo plano, David. Sabe o que teria sido melhor? Um *telefonema*.

Ele balança a cabeça.

— Eu não podia arriscar entrar em contato. A polícia passou meses de olho em você.

— Ok, isso cobre os primeiros meses. E os outros quatro anos e meio?

Quando David me olha de novo, seu olhar é inquisitivo, como se eu fosse uma pessoa estranha.

— Você mudou — diz ele, a voz suave.

— É. Não sou mais tão fácil de lidar. Pode ir se acostumando.

Depois de um minuto de silêncio, ele pergunta:

— Por que você tá com tanta raiva de mim?

Não me lembro de ele ser tão idiota assim.

— Uau, por que será? Ah, aqui vai uma teoria: seu desaparecimento. Um. Dia. Antes. Do. Nosso. *Casamento.*

Ele se levanta de repente e atravessa a sala com as mãos nos bolsos e os ombros tensos. Olha para as portas de correr que levam ao mar e diz:

— Não sou o homem que você acha que eu sou, flor. Há muita coisa que nunca contei.

Já estou sabendo de tudo, David. E pode parar com a coisa de "flor". Eu estava falando sério sobre a tigela de conchas.

Ele olha para mim e para minha mão esquerda.

— Tem alguma coisa que você também não está me contando, não tem?

Passo o polegar no anel de compromisso de Kage. De repente, o aro parece ferver, como se estivesse queimando minha pele e marcando meus ossos.

Quando fico em silêncio, ele continua:

— Eu sei reconhecer um nó do amor russo, Natalie.

— Aposto que sim. Deu um pra Claudia?

Um brilho de surpresa surge nos olhos dele, transformando-se logo em alarme.

Ele dá as costas às portas e volta na minha direção com uma expressão preocupada, subindo o tom de voz.

— Como você sabe da Claudia? Com quem esteve falando?

— Ué, não vai tentar negar? Não é do seu feitio não ter uma historinha pronta pra cobrir a mentira.

Ele ignora meu sarcasmo.

— Quem quer que seja o cara, você não pode confiar nele. Ele está tentando se aproximar de você para coletar informações sobre mim….

— É — interrompo. — Já estou sabendo disso também. Os últimos dias foram fora de série.

Ele se agacha, pega minhas mãos suadas e me encara.

— Me diz quem entrou em contato com você. Me conta o que aconteceu. Me conta como chegou aqui. Tudo. — Ele deve perceber que estou prestes a arrancar os olhos dele com meus polegares, porque decide acrescentar, em um tom mais baixo: — Por favor.

Agora, consigo sentir o cheiro dele. Aquela mistura inebriante de especiarias e sândalo. Doce e cremoso, macio e caloroso, é como se fosse um feitiço.

Como eu amava esse cheiro. Como era reconfortante para mim.

Ênfase no "era".

Em vez de ficar surpresa ou magoada porque essa voz, esse cheiro e esse olhar não têm mais o mesmo efeito sobre mim, sinto alívio.

Vai ser muito mais fácil mandá-lo ir para o inferno agora que não estou mais apaixonada.

A imagem do lindo rosto de Kage aparece na minha mente. Eu me forço a piscar para fazê-la desaparecer.

— Você primeiro, bonitão. Me diz por que me deixou um dia antes do nosso casamento sem nem dizer tchau. Amarelou? Ou por acaso bateu a cabeça e lembrou que já era casado, mas com outra mulher?

Ele respira fundo e abaixa a cabeça, apoiando-a nas nossas mãos entrelaçadas. Diferente da minha, a testa dele está fria e seca.

— Eu nunca quis magoar você — diz ele. — Sinto muito mesmo, Natalie.

— Ótimo. Pode pular pra parte boa.

Ele solta um suspiro pesado, beija as costas das minhas mãos e as solta antes de se levantar e voltar para o outro sofá.

— Imagino que você já saiba que eu trabalhei com a máfia.

— Sei.

— Eu era um contador no grupo de Nova York. Respondia diretamente ao chefe.

— Maksim Mogdonovich.

David assente.

— Era um trabalho de escritório. Nunca precisei sujar as mãos. Nunca feri ninguém.

— Parabéns pra você. Continua.

Ele pausa e cerra a mandíbula por um tempo. Não gosta da minha nova versão, a mandona.

— Quando terminei a faculdade, eles me recrutaram com uma oferta de salário absurda. Eu tinha vinte e dois anos e foi impossível resistir. Então aceitei. Me convenci de que não estava fazendo nada de errado. De que não estava machucando ninguém. Mas depois de quase uma década trabalhando com eles, mudei de ideia. Eu era cúmplice de toda a violência, mesmo sem ter derramado uma gota de sangue. Minhas habilidades os ajudaram. Então decidi que queria pular fora. Pra sempre.

Ele soa sincero, mas é um mentiroso de primeira classe. Dormi com ele por anos e não fazia ideia de que era outra pessoa.

Gesticulo para ele continuar.

— Só que é impossível sair da Bratva. Você não pode pedir demissão e ir embora. Eu precisava de um plano, então comecei a trabalhar.

— Então você entregou Mogdonovich pro governo.

— Sim. Dei tudo de que precisavam para acusá-lo e conseguirem pena perpétua. Em troca, me deram uma nova identidade, me instalaram em outro lugar e apagaram qualquer registro da minha existência. Coisas que eu não poderia fazer.

Olho para ele, tão frio e calculista. Tão diferente de Kage.

Para de pensar no Kage!

— E sua esposa, David? E seus filhos?

Ele assume uma expressão severa. Por um momento, parece mais um gângster do que um contador.

— Claudia me odiava. Foi um casamento arranjado. Ela era de uma das famílias italianas às quais Max queria se aliar. Ele sempre forçava as pessoas a se casarem pra provar a lealdade. Ela me traía direto. Descaradamente. Acho que aquelas crianças nem são minhas. São a cara do segurança siciliano cabeludo dela.

Eu lembro de Kage contando que não podia casar comigo porque Max controlava sua vida inteira e sinto uma pontada de empatia por David.

Mas aí penso em todas as vezes em que eu mesma quis matá-lo depois de ele ter desaparecido, e a empatia evapora.

— Você podia ter me contado. Você podia ter me contado tudo.

Os olhos castanhos dele brilham de emoção. Ele balança a cabeça lentamente.

— Eu devia. Mas eu te amava demais. Não queria correr o risco de você me deixar, se soubesse da verdade.

Ele sempre teve medo de correr riscos. Sinto uma nova onda de náusea, então desvio o olhar.

— Aí você me deixou. Me disse que ia fazer uma trilha e nunca mais voltou. — Reúno forças para fazer contato visual com ele de novo e suspiro. — Quebrou meu coração em mil pedaços e me transformou em um zumbi. Me deixou na merda. Você pensou em como foi pra mim? Não saber o que tinha acontecido com você? Tanto tempo... sem conseguir seguir em frente?

Está na cara que ele quer pular daquele sofá e me abraçar, mas não o faz. Apenas olha para meu anel.

— Você não seguiu em frente? — pergunta ele, seco.

A esperança na voz dele me dá vontade de quebrar alguma coisa.

— Vamos voltar pra parte em que você explica por que foi embora antes do nosso casamento — digo, em um tom ácido. — Vamos conversar sobre isso.

Ele senta se inclinando para a frente e apoia os cotovelos nos joelhos e o rosto nas mãos. Solta um grande suspiro.

— Meu coordenador do programa de proteção às testemunhas me avisou que eles souberam, por fontes confiáveis, que minha localização em Tahoe havia sido vazada. Insistiram pra que eu mudasse de local, imediatamente. Mal me deram tempo antes de irem me buscar.

Quando David levanta a cabeça e me olha, os olhos dele estão cheios de dor.

— Disseram que eu nunca mais poderia entrar em contato com você. Que você ficaria pra sempre sendo vigiada pelos capangas do Max. Que usariam você como uma armadilha pra me pegar. E que, se eu caísse nessa armadilha, você não seria mais útil pra eles e seria morta. Seria como se eu mesmo apertasse o gatilho. Desde que eu me mantivesse longe, você ficaria viva. E eu achei... achei que você iria receber a chave, ler a carta e entender que precisaria tomar medidas extremas...

— É uma grande suposição pra se fazer sobre minha habilidade de conectar pontos bem distantes.

— Você sempre foi mais inteligente do que pensava — diz ele, em um tom gentil. — Eu tinha esperança.

Nós nos encaramos. Minha mente é invadida por um milhão de lembranças da nossa vida em comum. Levo um instante para me recuperar antes de conseguir falar de novo.

— E o dinheiro que você roubou do Max? Nós morávamos como indigentes. Você economizava cada centavo. Costumava lavar e reutilizar sacos de sanduíche, lembra? E agora tá aqui, vivendo uma vida de astro de cinema.

— O FBI não sabe que peguei esse dinheiro. Se eu começasse a comprar carros e casas, iriam descobrir. E pode acreditar quando digo que não há nada que agentes federais queiram mais do que dinheiro. Teriam dado um jeito de me fazer entregar. Provavelmente iriam me mandar pra cadeia se eu não colaborasse. E eu não queria ir parar na mesma prisão que o Max.

Isso está ficando cada vez pior.

É minha vez de deixar o rosto cair nas mãos e soltar um suspiro pesado.

David continua:

— Quando fui embora, passei a primeira semana em Juneau, no Alaska, morando numa quitinete que os agentes federais alugaram pra mim sob o nome de Antoni Kowalski. Depois, fugi. Sabia que você ia me procurar no Panamá, então vim pra cá. Pela rota mais longa. Peguei carona até a rodovia Pan-Americana pra não haver registros da viagem. Depois que cheguei, vendi algumas das criptomoedas nas quais investi com o dinheiro do Max e comprei este lugar. E fiquei esperando. — Ele para por um segundo para respirar fundo. — Fiquei aqui esperando esse tempo todo.

Era melhor quando eu estava com raiva. Agora estou esgotada e deprimida.

Quando não abro a boca, ele pergunta:

— Quem contou pra você sobre mim?

Levanto a cabeça e encontro seu olhar, ciente de que a próxima parte vai ser difícil.

— Kazimir Portnov.

O rosto de David fica pálido na hora.

— É. Essa é a reação que todo mundo tem quando escuta o nome dele.

— Ele… Ele… — David engole em seco, piscando. — Ele te machucou?

— Não fisicamente.

— Não entendi.

Tento pensar em algum jeito de falar isso sem que pareça ridículo. Esse jeito não existe, então opto pela verdade.

— Ele foi pra Tahoe em setembro com o objetivo de me torturar pra obter informações sobre você e depois me matar.

David solta um ruído baixo e horrorizado. Abro um sorriso triste.

— Espera. Fica pior. Em vez de ser um bom assassino, me dar um tiro na cabeça e jogar meu corpo no lago, achou que seria divertido fazer eu me apaixonar por ele primeiro. E foi o que fez, aquele filho da puta.

Ele abre a boca. Parece prestes a vomitar.

— Eu sei. Sou uma idiota. Aparentemente, tenho um tipo muito específico: homens da máfia que mentem pra me levar pra cama, mas não têm a menor intenção de ficar. Ou de me manter viva. Enfim, depois de cinco meses, o Mogdonovich descobriu que o Kage ainda não tinha me matado. Que ele tava brincando com a idiota que devia matar. Como um gato brincando com um rato. Você sabe como gatos gostam de brincar com ratos antes de arrancar a cabeça deles? É o que Kage resolveu fazer comigo. Mas estou mudando de assunto. Enfim, Mogdonovich ficou puto porque eu não estava morta e mandou o Viktor atrás de mim.

David faz um som sufocado de choque.

— Ah, você conhece o Viktor? Olhos azuis? Um charme de pessoa. Pelo menos ele não tentou fazer eu me apaixonar. Foi direto ao assunto. Mas não deu muito certo, e foi a cabeça dele que explodiu com um tiro de espingarda.

Ele arqueja, cada vez mais horrorizado.

— Adivinhei sobre o dinheiro e a pista na carta por causa do Viktor, por sinal. Se ele não tivesse aparecido, eu ainda não teria a mínima ideia de que você está aqui, vivo, e ainda estaria sendo enganada pelo Kage.

Paro para respirar, mas não consigo. Meus pulmões estão paralisados. É nessa hora que percebo que meu rosto está acabado e minhas bochechas estão molhadas.

Estou chorando.

Em seguida, ouço uma voz grossa atrás de mim:

— Eu nunca enganei você, baby. Eu te amei desde o primeiro dia.

Eu me viro. David se levanta.

Ambos encaramos Kage, que aparece na porta em meio às sombras.

Ele tem a expressão fria, um olhar letal e está segurando uma arma.

Que está apontada para David.

42

NAT

Sinto o estômago revirar e as mãos começarem a tremer. Por alguns segundos, há apenas silêncio. Encaro Kage, tão lindo e ameaçador, e meu coração se quebra mais uma vez.

Eu o amo.

E odeio amar esse homem que faz meu corpo queimar e me conta as mais belas mentiras.

— Como você me achou? — pergunto, com a voz trêmula.

Kage mantém o olhar fixo em David quando responde:

— Você nunca vai conseguir se esconder de mim.

— Você sempre foi bom em achar pessoas, Kazimir — diz David. — Suponho que ainda tenha contatos na Administração Federal de Aviação que podem ser subornados para te dar acesso a listas de passageiros?

David parece abalado, mas está tentando ser corajoso. Kage o ignora e rosna:

— Eu devia matar você pelo tanto que a fez sofrer.

— Kage, não. Não o machuque, por favor — sussurro.

Ele olha para mim de modo mais gentil.

— Não vou, baby. Eu prometo. Mas só porque você não quer.

Kage olha de novo para David e toda a suavidade some de sua voz.

— Que fique registrado que não tínhamos ideia de que você tinha ido para Tahoe até ano passado. Não tínhamos um contato no FBI ainda. Então ou o seu cara do programa de proteção às testemunhas mentiu sobre termos te achado ou você mentiu. Eu aposto em você. Sempre foi um mentiroso da porra.

Quero me virar para ver a expressão de David, mas não consigo. Meu olhar está fixo no rosto do Kage, enquanto meu cérebro confuso tenta digerir tudo em meio às perguntas.

Se ele não vai matar David, por que me seguiu até aqui?

Por que ele está me chamando de "baby" se eu já descobri o plano todo?

E por que ele arriscaria a própria vida só para transar comigo?

Ele devia saber que o chefe não aceita desobediência. Devia saber que Maksim ia querer sua cabeça se descobrisse que ele não me matou e, em vez disso, ficou meses comigo mesmo sem eu dar nenhuma informação nova sobre David...

Ou talvez a ligação de Maksim tenha sido parte de um grande plano elaborado para me assustar e me fazer tomar medidas drásticas? Eles não tinham conseguido nada de mim até agora, então armaram todo esse confronto para me fazer falar se eu soubesse de alguma coisa?

Mas então por que Kage matou Viktor? Isso era parte do plano?

Não sei. Eu não sei! Ah!

Acima de tudo, ele é um mentiroso. Nunca me contou sobre o David. David trabalhava na máfia, era casado, roubou dinheiro, fugiu e se escondeu, e tudo mais. E ele sabia de tudo isso quando me comeu até eu cansar.

Mas era mesmo mentira ou era outra coisa?

Algo como... manter segredos.

Algo que eu aceitei.

Meu Deus.

— Você quer o dinheiro — diz David, me tirando do transe. — Posso devolver tudo que roubei do Max.

— Não quero a porra do seu dinheiro, Damon.

David engole em seco.

— Então o que você quer?

Kage olha para mim de novo e seus olhos estão ardendo como duas brasas, cheios de amor.

— Minha garota.

Caímos no silêncio de novo. Sinto David me encarar, mas não consigo olhar para ele. Estou perdida nos olhos de Kage.

Finalmente, David diz:

— Se Max descobrir que você o desobedeceu e não devolveu o dinheiro...

— Eu sou um homem morto. Eu sei.

O tom de Kage indica que ele está pouco se fodendo.

— Vocês *dois* estão mortos — corrige David.

— Ele não vai tocar nela. Estou resolvendo isso.

— A menos que... — sussurro.

— O quê? — perguntam David e Kage ao mesmo tempo.

Umedeço os lábios e fico parada, estremecendo.

— A gente se esconda.

Os olhos de Kage brilham. Ele abaixa a arma até a lateral do corpo e diz:

— A gente?

Fecho os olhos e respiro fundo, juntando forças. Então abro os olhos e o encaro.

— Não vai achando que eu perdoei você. Não perdoei mesmo. Só preciso de um lugar novo pra morar. Não posso mais dormir naquela casa com o fantasma do Viktor por ali.

Com a voz amorosa, Kage responde:

— Que mentirosa.

— Olha quem fala, gângster.

De algum lugar da casa, uma mulher grita:

— Amor? Cadê você? Cheguei!

Fico paralisada por alguns segundos e então me viro para David. Seu rosto está ainda mais pálido, como uma folha de papel.

Uma mulher bonita com cabelos castanhos aparece no canto da sala. Ela é jovem, curvilínea e tem um grande sorriso, que desaparece assim que ela vê nós três e a arma de Kage.

Ela fica parada. Olha de um para o outro com os olhos arregalados.

— Nikki? — diz ela, com a voz estridente e nervosa. — O que tá acontecendo?

Assustada, ela leva a mão ao pescoço e vejo um anel de diamante gigante na mão esquerda.

"Ainda esperando por mim" é o meu cu. Nossa, como homens são decepcionantes.

Olhando para David, eu pergunto:

— Por quanto tempo você me esperou exatamente?

Ele engole a saliva. Umedece os lábios e se mexe.

— Um ano.

— Agora você quer que eu atire nele? — pergunta Kage, seco.

Espero a dor bater, mas ela não vem. Não sinto nada.

Depois de tanto tempo, não me importo.

Kage dá a volta no sofá e pega minha mala do chão, jogando-a sobre o ombro. Guarda a arma na cintura.

— Vamos, baby. Hora de ir.

Ele me estende a mão.

Eu me aproximo e a seguro.

Antes de irmos embora, me viro para David.

— Ah, e só pra você saber, *Damon*, seus filhos não parecem sicilianos. Eu vi as fotos. São a sua cara.

Ao sairmos, ouço a nova esposa de David perguntar:

— Quem é Damon? Que *filhos*?

Se ela tiver sorte, não vai demorar mais do que cinco anos para descobrir a verdade sobre o homem que chama de Nikki.

Espero que consiga metade dos cem milhões.

Tenho certeza de que ela merece.

43

KAGE

Natalie não fala nada desde que saímos da casa de Damon.

Passamos a noite na suíte de um hotel. Eu peço serviço de quarto e preparo um banho de banheira para ela. Eu a observo comer em um silêncio torturante. Eu a ouço tomar banho do outro lado da porta trancada e quero derrubar a porta e forçá-la a falar comigo.

Não faço nada disso.

Meu sofrimento é minha penitência. Não importa quanto tempo ela fique em silêncio: vou esperar.

Natalie dorme na cama king size. Eu fico deitado, acordado, no sofá, sentindo uma dor no peito e ouvindo a respiração dela.

Na manhã seguinte, viajamos para Nova York. Ela não pergunta para onde vamos. Acho que está em estado de choque total depois de ver Damon.

Eu devia ter matado aquele babaca.

Quando chegamos no aeroporto de LaGuardia, Natalie está dormindo. Tiro o cinto de segurança dela e passo a mão no seu cabelo.

— Baby. Acorda. Chegamos.

Com os olhos fechados, ela murmura:

— Onde?

— Em casa.

Ela abre os olhos e me encara por um instante, depois olha pela janela.

A vista deixa claro que não aterrissamos no aeroporto internacional de Tahoe.

Mas ela só respira fundo e se levanta, evitando meu olhar.

Ela se recusa a olhar para mim no caminho até a cidade. Também não olha para meu motorista nem demonstra qualquer tipo de surpresa quando um Bentley nos aguarda na pista de pouso. Só observa a vista com o olhar distante.

Mantenho as mãos fechadas em punhos para me impedir de puxá-la para mim e enfiar o rosto no seu cabelo.

Quando chegamos em Manhattan, ela olha para cima para observar os arranha-céus. Parece muito jovem, olhando curiosa pela janela com os lábios entreabertos.

Quero levá-la para conhecer o mundo inteiro só para ver esse olhar de novo e de novo.

Assim que ganhar sua confiança de novo, é isso que vou fazer.

Sem perceber, ela brinca com o anel no dedo o tempo todo. O fato de não o ter tirado é um bom sinal.

Queria tanto saber o que ela está pensando.

Quando paramos na garagem do meu apartamento na Park Avenue, Natalie se encosta no assento e segura a maçaneta, olhando em frente. Mesmo de perfil, sua ansiedade é palpável.

Eu consigo senti-la, vindo em ondas.

— Essa é a minha casa. Uma delas. Vamos ficar seguros aqui até isso acabar — digo.

Ela engole em seco, mas não pergunta o que é "isso".

Estendo o braço e seguro a mão dela. Está gelada e suada. Quando a aperto, ela recua e coloca as duas mãos entre as pernas, fora do meu alcance.

Usamos o elevador privativo até o octogésimo-segundo andar. As portas se abrem, mas Natalie não se mexe. Ela fica parada no canto do saguão de entrada da cobertura.

É o andar inteiro. Cerca de setecentos e cinquenta metros quadrados. Vista panorâmica da cidade. Você vai amar.

Ela demora um pouco até finalmente dar um passo adiante. Seguro as portas abertas, ignorando o alarme eletrônico que começa a soar. Natalie sai do elevador e entra na casa. Ela não para até cruzar a sala inteira e chegar às janelas, que vão do teto ao chão.

Por um bom tempo, fica em silêncio, observando a vista para o Central Park.

Então se vira para mim e pergunta baixinho:

— Não vou voltar para o meu trabalho, vou?

Ciente de que nunca mais poderei esconder absolutamente nada dela, respondo sem hesitar:

— Não.

— Nem para Tahoe.

— Não.

— Nunca mais?

— Nunca mais.

— E se eu disser que quero voltar?

— Você não quer, baby — respondo em uma voz suave. — Você já teria dito se quisesse.

Ela respira fundo. A gente se encara. Meu corpo dói de saudade do corpo dela.

— Deixei Mojo com a Sloane.

— Vou trazer ele para cá. E todas as coisas que estão na sua casa.

Depois de alguns segundos, ela sussurra:

— Pode tacar fogo na casa inteira. Em tudo.

Quando dou um passo na direção dela, com o coração apertado, Natalie levanta a mão para mim.

— Ainda não, Kage. Você precisa me deixar sozinha por um tempo.

Há uma mágoa na voz dela. Seus olhos brilham, cheios de lágrimas.

Vou deixá-la sozinha o tempo que precisar depois, mas agora Natalie precisa do homem dela.

Quando continuo me aproximando, com o olhar fixo no dela, ela responde em um tom firme:

— Não.

— Sim.

Eu a puxo contra o meu peito e a abraço apertado.

Ela não se afasta, mas também não me abraça de volta. Enfio a mão do seu cabelo e sussurro no seu ouvido:

— Me diz o que fazer. Qualquer coisa.

Com o rosto escondido na minha camiseta, ela suspira.

— Pode começar me dando uma taça de vinho. Não consigo lidar com tudo isso sóbria.

— Você vai fugir enquanto eu estiver na cozinha?

— Eu pensei nisso. Mas sei que você iria me seguir, então...

Ela suspira de novo.

— Iria mesmo. Eu sempre vou te seguir. Você é meu Norte.

Natalie suspira e enfia mais o rosto no meu peito. Com o coração mais leve, beijo seu pescoço e a abraço apertado.

— Para de cheirar meu cabelo, seu tarado.

— Não consigo. Seu cheiro é minha coisa favorita.

— Se você disser mais uma coisa romântica, eu vou vomitar.

Ela está com raiva e na defensiva, mas por trás de tudo aquilo ouço algo a mais.

Amor.

Eu me contenho para não soltar um gemido.

O celular no meu bolso toca. Não quero atender, mas estou esperando uma ligação importante.

Se for a que estou aguardando, não posso perder.

— Pode atender — diz Nat, baixinho, ao se afastar. — Dá pra ver que você quer.

— Vou pegar uma taça de vinho para você. Já volto.

Ela assente, se vira e abraça o próprio corpo. Eu a deixo sozinha, olhando a vista da cidade, e vou para a cozinha enquanto tiro o celular do bolso e o coloco no ouvido.

O número é confidencial, um bom sinal. Todo mundo que me liga está na lista de contatos.

— Fala — digo.

— Está feito — alguém responde.

A voz do outro lado da linha tem um leve sotaque italiano. Massimo só morou na Itália até os dez anos de idade, mas sua voz denuncia a naturalidade.

— Ótimo. Como?

— Teve uma briga no refeitório. Fiz parecer que ele estava no lugar errado, na hora errada. Que levou bala no fogo cruzado. Ninguém vai questionar.

Ao ouvir isso, respiro mais leve. Até que Massimo continua:

— Você está me devendo uma.

Esses italianos gananciosos do caralho. Sempre querem mais.

Mas eu já esperava. Um acordo difícil como esse nunca é simples.

— Estou abrindo os portos para você, lembra? Pode voltar com seu comércio, fazer o dinheiro rodar, enquanto todas as outras famílias continuam travadas. Esse foi o acordo. Estamos quites.

— Não. — Ele solta uma risada curta e ácida. — Matar o chefe de uma família é grande demais pra ficarmos quites. E você sabe que, se eu abrir a boca sobre o assunto, você já era.

— Ninguém iria acreditar em você, Massimo. Você é um mentiroso nato.

— Pelo visto você está disposto a arriscar, certo? Há sempre alguém ambicioso na linha de comando que adoraria organizar um golpe pra virar o novo rei. — Ele ri de novo. — Você sabe bem como é.

Não me preocupo com a ameaça. Tenho a sensação de que Massimo quer alguma coisa. Ele não está nem aí para me expor ou não, mas quer ter privilégios.

Seja lá o que for, em breve ele vai abrir o jogo.

— Vá em frente. Diga o que quiser. Meus homens são leais a mim e estamos no meio de uma guerra. Você vai parecer um idiota.

— *Seus* homens? O corpo do Max nem esfriou e você já está assumindo? Você é um belo de um filho da puta, Kazimir.

— Lembre-se disso da próxima vez que tentar me ameaçar.

Ele bufa.

— Como se eu não tivesse um plano de contingência para isso. Se eu morrer, todos os chefes das famílias russas recebem um pacote contando tudo o que você fez.

— Claro. Com qual prova?

— Uma gravação dessa conversa, por exemplo.

Sorrio e abro a porta da adega climatizada.

— Pena que estou com um codificador na ligação, então tudo que você vai ouvir na gravação é ruído branco.

No silêncio que se segue, consigo ouvir a frustração de Massimo.

— Olha só, agradeço todo o trabalho e, como estou me sentindo generoso, desde que o que você me contou seja verdade e eu veja nos jornais que Max morreu por puro azar em uma briga na prisão entre italianos loucos por causa de drogas, eu te faço um favor. Vou ignorar se você quiser roubar um dos nossos carregamentos ou algo assim. *Accordo*?

Ele pausa por um segundo.

— *Accordo*.

A pausa foi rápida demais para eu acreditar que vai ser algo tão pequeno quanto um roubo de carga, mas vou lidar com isso quando chegar a hora.

Uma coisa de cada vez.

Desligamos sem nos despedir.

Sirvo duas taças de vinho e volto para a sala. Nat está exatamente onde a deixei, olhando pela janela.

Ela pega a taça que entrego sem dizer uma palavra.

— Quero te mostrar uma coisa — digo.

Ela toma um gole e me olha.

— Por aqui.

Eu me viro e começo a andar, sabendo que o melhor jeito de convencê-la a fazer algo é não insistir.

A menos que esteja amarrada na cama, ela odeia receber ordens.

Como esperado, ela me segue, os passos leves no piso de madeira. Passamos pela cozinha, pela sala de jantar formal e atravessamos um corredor até um dos quartos de hóspedes no final. Então abro a porta e me afasto para ela entrar.

Ela espia o quarto com um olhar cuidadoso e se sobressalta.

— É seu — murmuro, me divertindo com a expressão surpresa no rosto dela.

Ela fica parada por alguns instantes, olhando tudo com os olhos arregalados.

— Há quanto tempo você fez isso?

— Comecei na primeira vez em que você disse que era minha.

— Mas você disse que nunca poderíamos morar juntos. Que eu nunca poderia nem visitar você. Então por que fazer tudo isso?

Ela gesticula para o quarto. É um estúdio de arte, cheio de materiais: tinta, pincéis, cavaletes e telas de diversos tamanhos prontas para uso.

Estendo a mão para tocar a pele macia do rosto dela.

— Quando a saudade apertava demais, eu sentava aqui e imaginava você no banco, em frente a uma tela, pintando algo que te fizesse feliz. Talvez um retrato meu.

Ela me encara com os olhos cheios de lágrimas.

Quero beijá-la, mas não o faço. O que vai acontecer a partir de agora precisa partir dela.

Posso ser o novo rei da máfia russa, mas minha rainha tem o poder maior. Apenas ela pode acabar comigo com uma só palavra.

— Você disse que nunca poderia me trazer aqui. O que mudou?

— Max está morto.

Ela me encara, em choque. Eu aguardo que ela processe o que acabei de falar.

— Você...

— Sim.

— Por quê?

— Qualquer homem que ameaçar sua vida vai perder a dele. Sem exceções — respondo baixinho.

Natalie umedece os lábios e toma mais um gole de vinho.

Vejo sua mão tremendo.

— Isso é algo grande pra você, né? Politicamente falando.

— É.

— Vai ser complicado?

— Como assim?

— Agora que o Max se foi, vão aparecer outros caras querendo assumir o trono?

Ela morde o lábio e franze o cenho. Por um segundo, não sei o que ela quer dizer, até entender que está preocupada.

Com minha segurança.

Comigo.

Há um sentimento desconhecido expandindo meu peito como se fosse um balão de ar quente.

— Não. Vai haver uma votação, mas é uma formalidade — respondo.

Ela assente e desvia o olhar.

— Que bom — diz ela, com a voz baixa.

Estou usando todas as minhas forças para não jogar essa maldita taça de vinho no chão e beijá-la. Quero tanto sentir o gosto dela que estou salivando.

Natalie percebe. Ao olhar para meu rosto, ela fica com as bochechas coradas. Ela desvia o olhar e engole em seco.

— Preciso falar com meus pais. Devem estar achando que eu surtei. Eu estava gritando como uma louca quando liguei pra eles.

— Claro. Vou te dar um pouco de privacidade. Vou ficar na cozinha — digo, com a voz calma para não a assustar com minha necessidade pungente.

Eu me viro para ir embora, mas ela me chama.

Ao me virar, vejo como ela está lutando para se manter firme. O lábio inferior está tremendo e o rosto está pálido, mas os ombros e a postura estão eretos.

— Obrigada.

— Pelo quê?

— Por salvar minha vida.

Nós nos encaramos. Há eletricidade no ar.

— Eu disse, baby. É meu dever e um prazer cuidar de você.

Em seguida, dou meia-volta e saio, deixando-a sozinha para decidir se isso é o bastante para perdoar todos os meus outros pecados.

Que pena que não sou o tipo de homem que reza.

A ajuda de alguma força maior seria muito bem-vinda.

44

NAT

Quando liguei para meus pais antes de ir embora de Tahoe, estava supernervosa e disse que um ex-namorado ameaçou ir na casa deles e atacá-los com uma machadinha a menos que eu aceitasse voltar com ele.

Dramático, porém eficiente.

Os dois adoram documentários de *true crime*. Há anos minha mãe espera pelo dia em que alguém vai invadir a casa deles e assassinar os dois.

Então, quando liguei de volta e disse que o tal do ex foi preso, ela soou quase decepcionada.

Quando ela me pergunta como está a vida, respondo apenas "Ótima".

Porque nenhuma mãe quer saber que o novo namorado da filha é o líder da máfia russa que tinha a missão de matá-la, mas acabou se apaixonando e recentemente a salvou de levar um tiro na cara de outro assassino cujo cérebro está decorando o teto da casa onde ela cresceu.

Seria um pouco demais. Até para ela.

Desligo e ligo para Sloane.

Quando ela atende, começa a gritar:

— Eu tava aqui morrendo de preocupação! Você tá bem?

Deslizo por uma parede até o chão e puxo os joelhos contra o corpo, com os olhos fechados.

— Desculpa. Sei que saí daí meio nervosa.

— *Nervosa*? Parecia que você estava sendo perseguida por um demônio devoradores de almas! E você não me contou o que caralhos estava acontecendo! O que houve?

Penso por um instante, tomo um gole do vinho e decido começar do começo.

— Um assassino da máfia chamado Viktor foi até a minha casa pra me matar.

Silêncio.

— Bom, primeiro ele devia vir pra coletar informações sobre o David...

— *David?*

— O nome verdadeiro dele é Damon, por sinal. Também era da máfia. Longa história, depois volto nisso. Aí o assassino apareceu e estava prestes a atirar em mim, mas Kage apareceu e explodiu a cabeça dele. Finalmente eu tive sorte. Depois minha sorte virou, porque descobri que o Kage devia ter feito o mesmo trabalho do Viktor, mas ficou distraído com minha linda vagina. — Faço uma pausa para respirar. — Ainda tá aí?

— Só tô pegando uma pipoca. Pode continuar.

— Então, acontece que o Kage desobedeceu uma ordem do chefe, Max, que também era o chefe do David antes de o David roubar cem milhões de dólares dele e entregar provas pro FBI em troca de o governo dar uma nova identidade pra ele poder escapar da máfia e se mudar.

— *Aquele mão de vaca tinha cem milhões de dólares esse tempo todo*?

Ela fica puta por causa do dinheiro. O que me faz questionar as prioridades da minha amiga.

— É. Também tem uma nova esposa. Ah, eu pulei uma parte: o David tá vivo. Encontrei ele no Panamá.

Sloane começa a rir.

— Óbvio que encontrou. Meu Deus do céu.

— Ele já tinha uma esposa antes dessa nova. Durante todo o nosso tempo juntos, ele era casado com uma princesa da máfia siciliana. E tinha dois filhos. Acredita? Um traidor!

Sloane ri mais alto.

— Dá licença, isso aqui é minha vida. Não é engraçado — digo, irritada.

— Amiga, essa é a coisa mais engraçada que já ouvi desde que tínhamos doze anos e você ficou com um absorvente preso dentro de você e seu pai teve que te levar no pronto-socorro pra tirar.

— Foi minha primeira menstruação! Eu não sabia como usar aquilo! E por que você não está preocupada com minha sanidade mental? Eu quase morri! Tô tendo uma crise aqui.

Ela suspira. Eu a imagino enxugando as lágrimas de riso dos olhos e sujando o rosto de manteiga da pipoca.

— Você não tá tendo uma crise. Mas eu não julgo você por estar chateada. Todo esse tempo e o sovina do David era cheio da grana. Que safado.

Esfrego as têmporas e balanço a cabeça, incrédula.

— Você não vai perguntar onde eu estou?

— Com o Kage, óbvio.

— Por que isso é óbvio?

— Porque, apesar de você ter quase morrido e de o seu noivo morto estar vivo e ser um babaca... e sabe-se lá o que mais aconteceu e você ainda não me contou... você está bem. E as únicas vezes em que você esteve bem nos últimos cinco anos foram quando você estava com ele.

Sinto um nó se formar na garganta e o estômago revirar.

— Ele mentiu pra mim — digo baixinho.

— Pff. Ele é um homem. É só fazer greve de sexo por uma semana que ele nunca mais vai mentir.

— Não acho que greve de sexo seja um jeito apropriado de punir alguém.

— Não seja idiota. É a maior arma que você tem.

— O que vai acontecer quando você conhecer alguém de quem você goste de verdade, Sloane?

— Nossa. Você não larga esse osso, né?

— Não. Eu sei que você ainda não conheceu a pessoa certa.

— É porque você ficou com sequelas daquele dia que tinha seis anos e caiu da bicicleta de cabeça na rua.

— Eu estava de capacete.

— Não importa. Você nunca mais foi a mesma. Tentei convencer seus pais a desligarem os aparelhos, mas eles eram muito apegados. Idiotas.

Nessa hora, percebo que estou sorrindo.

— Nunca fui parar no hospital, mas obrigada pela parte que me toca.

— De nada. E eu sei que você tá sorrindo, então nem tenta fingir que ficou ofendida por eu achar sua vida amorosa divertida.

— Por falar em vida amorosa, como tá o Brad Pitt Jr.?

Ela pausa.

— Quem?

— O loiro bonitão que você conheceu no Uber.

— Ah. Ele. Já era, amiga.

Quanto mais as coisas mudam, mais continuam as mesmas.

— Saudades de você.

— Eu também. Volta logo. Esse seu cachorro é o bicho mais chato do mundo. Ele só dorme.

— E se eu te dissesse que ele atacou o Viktor, o assassino que veio me matar?

— Ah, claro. Até parece. Por falar nisso, vi o Chris no mercado ontem.

— Ai, não.

— Ai, sim. Ele pediu pra eu te falar que pede desculpas se tiver feito alguma coisa que te ofendeu e espera que você possa perdoá-lo. Depois saiu correndo. O que você acha que aconteceu?

Faço uma careta ao me lembrar do meu último encontro com Chris.

— O Kage teve uma conversinha com ele depois que contei que ele ficava passando de carro pela minha casa várias vezes por dia.

— Foi o que eu pensei. Queria ter um homem que me protegesse de todos os babacas do mundo.

— Você poderia ter, mas aí ficaria entediada.

— Você entendeu. O Kage é louco por você, amiga. Dá uma folga pra ele. Preciso ir, porque tem um encontro de solteiras na biblioteca daqui a pouco e eu tô atrasada. Soube que vai ter até bingo.

Ela desliga na minha cara, seu jeito de dizer que não sente pena de mim.

Sloane é a rainha do amor durão, mas acho que, debaixo de toda aquela armadura, está o coração mais mole do mundo.

Mas nunca vou ter essa certeza, porque ela prefere se jogar de um penhasco do que admitir.

Termino a taça de vinho e passeio pelo quarto, abrindo gavetas e passando os dedos pelos pincéis e tubos de tinta. Minha mente está agitada e meu corpo está tão cansado que mal consigo ficar em pé.

Então me deito de lado no chão e fico observando a cidade de Nova York pela janela até pegar no sono.

~

Acordo nos braços de Kage. Ele está me carregando pelo corredor.

— Pra onde você tá me levando? — pergunto, em meio a um bocejo.

— Para a cama.

Não resisto. Não tenho energia para isso.

Ele me leva para a suíte principal, decorada com tons de bege e marrom e detalhes de madeira.

Há outra janela gigante com uma vista absurda que desaparece quando ele manda a Alexa fechar as cortinas.

Ele me coloca na cama, tira meus sapatos e me cobre.

Depois se vira para sair.

— Você vai sair?

Ele para e me olha. Vejo um pequeno sorriso surgir nos seus lábios. Sei que ele gostou do meu tom, mas está tentando não ser insuportável.

— Não quer que eu vá?

— Não. Sim. Não sei. — Suspiro e me enfio mais nas cobertas. — Talvez?

— Me avisa quando tiver certeza. Até lá, dorme bem.

Agora estou completamente sem sono.

Eu me deito de costas, tiro as cobertas e olho fixo para o teto por um bom tempo, pensando em tudo que aconteceu. Mas parece que meu cérebro virou purê de batata. É como se eu estivesse tentando fazer cálculo. Não consigo pensar em nada.

A única coisa que sei é que, não importa o que ele tenha feito, ou o quão brava eu estou, me sentiria melhor se estivesse deitada nos braços de Kage.

Saio da cama, vou até a porta e a abro.

De repente, paro no lugar.

Kage está ali, encostado no batente com os braços cruzados e a cabeça baixa.

Ele levanta os olhos para mim. Nossos olhares se encontram. Sinto como se uma corrente elétrica me atravessasse, intensa e quente, dos pés à cabeça.

Ficamos nos encarando até eu falar:

— Você pode, por favor, entrar e…

Ele me empurra contra a parede e me agarra, a boca se chocando contra a minha.

O beijo é desesperado. Selvagem. Quando paro para respirar, completo:

— Me abraçar?

Ele me leva de volta para a cama e rosna em resposta:

— *Te abraçar?* Claro. Logo depois que eu te comer.

— Kage…

— Vermelho ou verde, baby?

Ele me empurra na cama, se ajoelha, segura minha cabeça e me beija de novo, voraz.

É como se minhas mãos tivessem vida própria, porque voam para o cabelo dele e começam a puxar. Kage interrompe o beijo apenas por tempo suficiente para dizer:

— Foi o que eu pensei.

Ele volta a ficar de joelhos, tira a camiseta e a joga para longe.

Ele é tão lindo que me dá vontade de chorar.

— Eu amo quando você me olha assim — diz ele, com o sorriso cada vez mais largo.

— Assim como?

— Como se fosse minha.

Ele tira minha camiseta. Arranca o sutiã. A calça e a calcinha voam em poucos segundos e agora estou nua debaixo dele.

Kage para por um segundo e passa as mãos pelo meu corpo, descendo do meu peito até as coxas, me encarando com um olhar faminto. Em seguida, abre o zíper da calça.

— Diz.

Minha voz sai como um sussurro.

— Eu sou sua.

Ele fecha os olhos por um instante e solta o ar. Quando os abre de novo, leva a mão até a ereção e começa a se tocar.

— Fala de novo, baby.

Respiro fundo. Todas as células do meu corpo estão gritando.

— Eu sou sua, Kage. Mesmo quando eu te odeio, eu te amo. Não importa o que aconteça, a gente vai dar um jeito.

Kage solta um gemido e cai sobre mim. Ele me beija de novo, se apoia nos cotovelos e usa os quadris para afastar minhas coxas. Passo as mãos pelas suas costas musculosas até a bunda, deslizando as mãos por baixo da calça e enfiando as unhas na pele dele.

Eu rio baixinho.

Ele estava com tanta pressa que não tirou a calça, nem as botas.

— Se você rir enquanto eu te como, vai ganhar umas palmadas — diz ele.

— Então acho melhor eu continuar rindo.

Ele me encara com seu olhar de devoção e sussurra:

— *Ia tebia liubliu*. Eu te amo. *Ty nujnah mne*. Eu preciso de você. *Ty moia*. Você é minha.

Então ele entra em mim e prova que tudo isso é verdade.

45

NAT

Ao longo da semana seguinte, tenho a impressão de que uma centena de homens de terno passa na cobertura para cumprimentar o novo rei.

Há apertos de mão muito sérios. Dois beijos formais no rosto. Conversas sussurradas na biblioteca, regadas a uísque e charutos.

E, como sempre, na chegada e na saída, uma reverência e um beijo no anel de Kage.

Ele me apresenta a alguns dos homens. Mas há outros que, quando chegam, Kage me pede para sair da sala. Sei que a intenção não é guardar segredos, e sim me proteger.

Nenhum elenco de filme mafioso que já vi chega perto do terror e da ameaça que aqueles homens parecem vestir como uma armadura. É algo palpável. Há uma vibração estranha no ar. Eles emanam uma energia violenta inconfundível com seus olhos observadores e semicerrados.

Se Sloane estivesse aqui, estaria no paraíso.

Faço o que posso para ser educada e elegante, apesar de não saber o que é esperado de mim. Não sei como me encaixo neste mundo, nem *se* eu me encaixo. A única certeza que tenho é que Kage me quer sempre ao seu lado.

Se estou na outra ponta da sala, ele se aproxima e fica perto de mim. Se está falando com alguém e eu não estou por ali, me chama com um gesto.

Seu olhar está sempre em mim, me seguindo, concentrado a ponto de eu sentir a pele formigar.

Falei que o amo, mas não sei se amor consegue definir o sentimento.

Há um peso no que eu sinto por ele. Algo sombrio e violento. Como o que vejo nos olhos desses homens perigosos.

Isso me assusta, porque sei que a vida dele, por natureza, é perigosa. Achei que nunca iria me recuperar do desaparecimento de David, mas, no fim das contas, sobrevivi. E estou bem melhor agora.

Se alguma coisa acontecer com Kage, duvido que vou ser tão resiliente assim. Existe algo quebrado em mim que ele preenche. Mas se eu o perder, vou me desfazer em pedaços.

Então, não posso perdê-lo. É simples.

— Aí está você.

Eu me sobressalto quando Kage beija minha nuca. Estava perdida nos meus próprios pensamentos, olhando pela janela da casa para o Central Park. O sol está se pondo. As sombras ficam cada vez maiores sobre os lagos, as trilhas de caminhada e as árvores.

— Queria deixar você a sós um minuto com o Stavros — explico. — O coitado parecia prestes a fazer xixi nas calças. Não queria que minha presença piorasse a situação.

Kage sorri, passa um braço pela minha cintura e me puxa para si.

— Que bom que você não estava lá. Teria ficado furiosa.

— Por quê?

— Ele pediu permissão pra sequestrar a Sloane.

— *O quê?*

— Ele não a superou ainda. Quer ela de volta. Acha que o melhor jeito de fazer isso é forçá-la a ficar por perto.

Eu o encaro, horrorizada, até ele continuar.

— Eu disse não, baby.

— Não estou preocupada com a Sloane. Fico preocupada com o que aconteceria com o coitado do Stavros se ele tentasse. Ela iria castrá-lo com uma faca de manteiga enferrujada e fazer ele comer o próprio pau.

Ele ri.

— É. Ela é encrenca. — Os olhos dele ficam mais gentis e a voz, mais grave. — Não é como minha garota boazinha.

Dou um sorriso e o cutuco nas costelas com o cotovelo.

— Não fica aí achando que eu sou boazinha. Há um motivo pra sermos melhores amigas, gângster. Somos almas gêmeas.

Ele segura meu queixo e me beija na boca.

— É por causa da sua alma gêmea que estamos em guerra.

— Como assim?

— O tiroteio no La Cantina começou porque um dos irlandeses bateu na bunda dela quando ela foi se sentar. Sloane impediu o Stavros de atirar no cara, mas quando eu e você nos levantamos, eles começaram a discutir. Perguntaram o que ela estava fazendo com um monte de covardes russos. O resto você pode imaginar.

— Meu Deus.

— Exato. Depois, na reunião anual da véspera de Natal com todas as famílias, os irlandeses estavam putos e queriam uma compensação pela quebra da trégua e por terem perdido seus homens. Eu recusei, claro. Se você bate na bunda de uma mulher e chama um homem de covarde, está pedindo pra levar um tiro. Os irlandeses não gostaram da minha resposta. Dessa vez, eles que atiraram primeiro. E foi ladeira abaixo desde então.

— Uau. — Paro e penso por um instante. — Quando eu contar pra Sloane que ela é o motivo da guerra entre as máfias dos Estados Unidos, ela vai ficar em êxtase. Já posso ouvir as comparações com Helena de Tróia.

— Você pode contar quando ela chegar aqui hoje à noite.

— Ela tá vindo pra cá? — pergunto, surpresa e empolgada.

Ele assente.

— Com o Mojo. Mandei o jatinho buscá-la.

Eu rio.

— Não fique surpreso se ela não devolver o avião. E obrigada. Significa muito pra mim.

— Achei que você iria gostar de ter companhia. As coisas não são muito normais por aqui.

O sorriso de Kage é gentil. Ele está vestindo um terno Brioni preto sob medida e uma camisa branca com a gola aberta, expondo seu pescoço grosso. Nunca esteve tão bonito nem tão viril.

Sinto meus ovários gritando e desvio o olhar.

— O que foi?

Ele soa nervoso.

Fecho os olhos e solto o ar. Morar com alguém que sempre lê minha mente vai ser difícil.

— Estava pensando em uma coisa.

— Ih...

— Não consigo falar isso olhando pra você, então, por favor, não peça que eu olhe.

Ele me abraça e olha para meu perfil, mas espera em silêncio.

Perco a coragem e balanço a cabeça.

— Esquece. Não é uma boa hora pra falar disso.

Kage ri.

— Boa tentativa. Fala comigo.

Estou tão nervosa de tocar no assunto, mas preciso contar a verdade agora. Pauso por um instante, tomo coragem e falo:

— É o seguinte. Eu... eu nunca pensei muito sobre ser mãe. Tipo, presumi que teria filhos em algum momento, mas nunca planejei. Não era uma meta nem nada do tipo. Mas agora que sei que não vou ter...

— O quê? — pergunta ele, com a voz rouca.

Mudo o peso do corpo de um pé para o outro, umedeço os lábios e tento fazer meu coração parar de bater tão rápido. É difícil manter a voz estável.

— Acho que eu gostaria de ter essa opção.

Ele me vira e segura meu queixo para que eu não possa desviar o olhar. Com a voz grave, ele pergunta:

— Você está me dizendo que quer ter filhos comigo?

— Sei que você disse que não queria trazer crianças para essa vida...

— *Você está me dizendo que quer ter filhos comigo?*

—... e você já fez a vasectomia...

— Responde a porra da pergunta.

—... mas acho que dá pra reverter essas coisas.

— Se você não me responder "sim" ou "não", vou te dar umas palmadas — rosna ele.

Olho para Stavros, parado do outro lado da sala, falando baixinho com dois homens, nos encarando, preocupado.

— Há outras pessoas aqui.

— Você acha que isso me impediria?

— Não. Então aqui vai uma palavra que vai: vermelho.

Kage trava a mandíbula e seus olhos escuros estão em chamas. Parece que o topo da sua cabeça vai explodir como um vulcão. Ele fala meu nome, pronunciando cada sílaba bem devagar.

— Estou dizendo que eu queria saber se você está aberto a essa ideia.

A resposta dele é imediata.

— Se eu disser que sim, você se casa comigo?

Arregalo os olhos e o encaro com o coração na boca.

Sinto o estômago completamente revirado quando abaixo o olhar para o peito dele e balanço a cabeça.

— Não pode ser uma negociação. Tem que ser algo que você realmente quer. Que nós dois queremos. Você não pode usar filhos como moeda de troca.

Depois de um minuto de silêncio, ele me solta.

— Vai no meu escritório. Abre a primeira gaveta.

Não consigo decifrar a expressão dele, então fico confusa.

— Agora? Estamos no meio de uma conversa bem importante.

— Vai agora antes que eu perca a paciência e faça algo de que eu vou me arrepender depois.

Sinto uma onda de raiva e o encaro, me deliciando com seu jeito de homem alfa.

— Não precisa ser tão mandão.

— E você não precisa ser tão teimosa. Vai.

Kage se vira, passa a mão pelo cabelo e volta para onde estão Stavros e os outros homens.

Quero ir à cozinha pegar um pouco de vinho, mas obedeço, resmungando baixinho sobre homens mandões.

Quando chego ao escritório, vou direto para a mesa de carvalho. Abro a primeira gaveta, mas não há nada além de um bloco de notas, selos, algumas canetas e um envelope pardo.

Estou prestes a fechá-la quando decido olhar com mais atenção para o envelope.

Depois da carta na caixa de segurança de David, todo envelope é suspeito. Nunca mais vou conseguir entrar em uma loja de materiais de escritório e não ficar paranoica.

Tiro-o da gaveta, levanto a aba e vejo o que tem dentro.

É um catálogo da Clínica Mayo sobre reversão de vasectomia.

Mentes brilhantes pensam igual.

Coloco as mãos na mesa para me apoiar e respiro fundo. Depois de alguns segundos, começo a rir.

— Algo engraçado, baby?

A voz doce de Kage soa atrás de mim, tentando conter uma risada. Ele passa a mão pelas minhas costas até o pescoço e começa a me massagear.

— Ah, nada demais. Só estou me perguntando quantas conversas como essa vou ter no futuro.

— Quer dizer conversas em que você me deve um pedido de desculpa por ser tão obstinada?

— Obstinada? Você tá lendo romances de época de novo, pelo visto.

Ele me puxa e me abraça forte, sorrindo para meu rosto feliz e corado. Passo os braços pela sua cintura e me apoio nele.

— Estou mesmo — provoca ele. — Foi de um desses que tirei a ideia de colocar seu anel no bolso da calça. Esses heróis de livros de romance têm boas ideias.

— Não sei. Só leio não ficção.

— Ah. Bom, talvez você deva olhar meu bolso de novo.

— Meu bem, acho que não é uma boa hora pra gente começar a se pegar, por causa dos meninos lá fora e tal.

Ele balança a cabeça, rindo, e me beija.

— Não quero que você pegue no meu pau, amor.

— Desde quando?

— Só coloca a mão no meu bolso, vai.

Olho para seu lindo terno sob medida.

— Do paletó. Bolso esquerdo — diz ele.

Começo a me sentir nervosa quando coloco a mão no bolso do paletó e toco algo pequeno, redondo e metálico.

Diferente da outra coisa redonda e metálica que peguei no bolso dele, esta tem um grande quadrado macio e frio.

— Se dez quilates não for o bastante, eu devolvo e pego outro maior — diz Kage, soando nervoso.

Fecho os olhos e deixo a cabeça cair no seu peito enquanto seguro o anel.

Meu coração está na boca e minha alma está leve.

— Dez quilates? Que pequeno. Nossa, como você é mão de vaca, gângster.

Kage me abraça forte, beija o topo da minha cabeça, minha orelha e meu pescoço. Então leva a boca até meu ouvido e diz:

— Casa comigo.

Claro que é uma ordem e não um pedido.

— Deixa eu ver esse anelzinho primeiro e aí eu te aviso.

— É um diamante com corte almofada em um anel de platina. Harry Winston.

Pressiono a bochecha contra o peito dele e ouço as batidas do seu coração.

— Aff. Parece horrível.

— Isso é um "sim" ou um "não"? — Quando eu não respondo, ele continua, impaciente: — Usa as cores, sua garota teimosa.

Com uma lágrima escorrendo pelo rosto, eu digo:

— Verde, amor. Todo o verde do mundo.

EPÍLOGO

SLOANE

Quando desembarco do jatinho particular no terminal do aeroporto LaGuardia, já é noite, está frio e chove. Mas estou tão feliz que parece ser o dia mais lindo e ensolarado da minha vida.

Do topo das escadas do jatinho chique de Kage, abro os braços e grito:

— Cheguei, Nova York!

O motorista uniformizado esperando com um guarda-chuva na base da escada me olha como se eu fosse louca, mas o ignoro. Nunca vim para Nova York, então vou aproveitar cada segundinho.

Talvez eu tenha sorte e conheça um bilionário qualquer.

Se não, posso fazer compras. Estou ouvindo o chamado da loja da Louis Vuitton na Quinta Avenida desde que saí de Tahoe.

— Vamos, cachorro. Hora de ir ver a mamãe.

Mojo levanta a cabeça do assento de couro bege perto da saída, onde dormiu durante o voo inteiro, então olha para a porta, confuso, e depois para mim.

Sorrio para ele.

— Levanta essa bunda, senão vou transformar você em tapete, peludão.

Na velocidade de uma lesma, ele pula para o chão, boceja, coça a orelha com a pata traseira e me encara.

Balançando a cabeça, rio para mim mesma.

— Duvido que você tenha atacado alguém. Precisa de muita energia pra isso.

Ele boceja de novo.

Desço a escada estreita e o cachorro me segue. Quando chego ao fim, o motorista me cumprimenta.

— Bem-vinda a Nova York, senhorita. Meu nome é Sergei, sou seu motorista.

Sergei é jovem, tem olhos verdes e parece grande o bastante para levantar um carro.

Boa energia de pica das galáxias. Gostei dele.

— Eu pego as malas. Por favor, me acompanhe.

Ele gesticula para o Bentley preto estacionado a poucos metros do avião. Eu o deixo segurar o guarda-chuva para mim e o sigo até o carro, um pouco culpada por ele ter que lidar com as malas, porque eu não trouxe pouca bagagem.

Na verdade, trouxe praticamente tudo que tenho.

Ninguém pode esperar que uma mulher saiba o que vai vestir com antecedência. A roupa depende do humor.

Eu e Mojo nos acomodamos no carro enquanto o coitado do Sergei vira meu carregador pessoal e coloca toda a bagagem no porta-malas. Quando ele finalmente se senta no banco do motorista e fecha a porta, está suado.

— Desculpa pelas malas, Sergei. Tenho dificuldades pra escolher roupas.

Ele me olha pelo retrovisor e dá de ombros.

— Você é uma mulher.

Decido não me sentir ofendida pelo comentário machista e sorrio.

— Você notou! Foram os peitos?

O olhar dele vai para meus peitos e depois de volta para os olhos.

— Sim.

Ele engata a marcha e sai com o carro, encerrando a conversa.

Energia de pica das galáxias, mas zero humor. Próximo.

Atravessamos a cidade e fico maravilhada com todas as luzes e prédios altos. Mojo está roncando ao meu lado. Entramos na garagem de um arranha-céu e descemos pelos andares vazios até estacionar ao lado de vários elevadores.

Na frente, vejo vários homens gigantes vestindo ternos pretos, encarando o carro como se ele estivesse prestes a explodir.

Ah, mafiosos russos. Que galera gente boa. Fico até com vontade de apertar as bochechas deles.

Espero Sergei abrir minha porta, porque não há nada melhor do que fazer uma entrada triunfal na frente do público.

Ainda mais quando esse público é composto por vários homens fortes e perigosos.

Tenho a sensação de que esta viagem vai ser *épica.*

Saio do carro com um sorriso no rosto. Eu me pergunto se acenar como uma miss para uma tropa de gângsters é demais.

Provavelmente. Não acho que iriam entender a piada.

De repente, não estão mais olhando para mim. Um carro que aparece atrás do nosso chama a atenção.

É uma SUV preta com fumê nas janelas, mas, pela reação dos russos, parece que há um letreiro neon no teto escrito: "Vocês vão todos morrer!"

Com uma ação coordenada que deixaria militares com inveja, todos abrem os paletós, sacam as armas e apontam para o para-brisa do carro. Um dos homens começa a gritar em russo.

Em seguida, mais cinco SUVs aparecem atrás da primeira e o cara que estava gritando enlouquece. Fica de joelhos e começa a atirar.

Putz. Não vem coisa boa.

Eu devia ter trazido a .357 que roubei de Stavros. Acho que foi a única coisa que não trouxe. Mergulho de volta no Bentley, quase esmagando Mojo quando aterrisso em cima dele. O cachorro se desvencilha de mim e se deita no chão. Há uma sequência de tiros ao redor, ecoando ainda mais com a estrutura de cimento da garagem.

Fico deitada no banco com as orelhas cobertas e os joelhos no peito, esperando a munição de todo mundo acabar e quem estiver vivo começar a lutar mano a mano até todos se matarem.

Nessa hora, vou sair escondida. Quando começarem a lutar, não vão nem perceber.

Quando eu estava no Mar Mediterrâneo com o Stavros e a gangue, eles brigavam toda hora. Eu poderia passar pelada no meio e não iam nem perceber. Eram como pitbulls, completamente focados na briga.

Meu plano vai por água abaixo quando alguém agarra meu ombro e me arrasta para fora do carro.

Caio de costas no chão, e o baque me deixa sem fôlego. Minha cabeça bate no cimento.

Antes que eu consiga me recuperar, alguém me pega no colo e me joga com tanta força no banco traseiro de uma das SUVs que eu voo pelo carro. Minha cabeça bate na porta do outro lado fazendo um som que parece um ovo sendo jogado contra uma superfície sólida.

Vejo estrelas.

O mundo perde o foco.

Os tiros continuam.

Ouço o latido de Mojo, mas o som fica cada vez mais baixo, abafado pelo barulho do motor do carro e dos pneus cantando.

Tento me sentar, mas não consigo. Algo não está funcionando. Meu cérebro não está se comunicando com meus músculos.

Vejo um rosto.

Um homem se aproxima de mim. Trinta e poucos anos, cabelo preto, mandíbula quadrada e olhos da cor do mar do Caribe. O tom vívido de azul me tira o fôlego.

Com a voz baixa e um sotaque irlandês, ele fala:

— Então essa é a culpada pela morte dos meus homens.

Ele passeia o olhar pelo meu rosto e para na minha boca.

— Mal posso esperar para ver se valeu a pena.

Quero dar um soco nele, mas não consigo me mexer. Talvez mais tarde, quando meu cérebro não estiver derretido dentro da minha cabeça.

Depois de um certo esforço, consigo formar palavras.

— Quem é você? Pra onde tá me levando?

— Meu nome é Declan. Estou levando você pra Boston para falar com meu chefe. O que vai acontecer quando chegar lá… não é comigo, fofinha. — O estranho de olhos azuis se aproxima mais. — Mas você começou uma guerra, então acho que não vai gostar.

Saímos da garagem cantando pneu, e o movimento faz minha cabeça já zonza ser esmagada contra o assento.

As últimas coisas que vejo antes de o mundo escurecer são os penetrantes olhos azuis de Declan olhando para os meus com uma intensidade arrebatadora.

AGRADECIMENTOS

Ufa! Essa foi intensa. Com licença, vou pegar um drinque e trocar as pilhas do meu vibrador.

(Para qualquer parente meu lendo este livro, é brincadeira, tá?)

Dá para acreditar que este é meu vigésimo sexto romance? Eu não consigo. Geralmente tenho a concentração de um esquilo. Passei a maior parte da vida indo de uma coisa para outra, atrás de coisas brilhantes que me chamavam a atenção. Sou a rainha das modas passageiras. Mas aqui estamos, no vigésimo sexto livro, e agora que consigo me concentrar em pelo menos uma coisa, minha meta de carreira é escrever cem romances.

Agradeço ao meu marido, Kay, por lavar todas as louças até isso acontecer.

À minha capista, Letitia Hasser, pela paciência com todas as minhas alterações, sugestões e ajustes. Só você sabe que, quando aprovo uma capa e pago pelo arquivo final, é apenas o começo de uma enxurrada de e-mails às três da manhã perguntando se podemos mudar isso ou aquilo que mais ninguém no mundo vai perceber.

À Linda Ingmanson, por pegar meus erros multitudinários.

Ao universo, que me deu uma carreira em que posso usar palavras como "multitudinários".

À Daniela Prieto Cereijo e Anait Simonian pelas traduções em russo! Vocês são INCRÍVEIS. O Google Tradutor precisa contratá-las.

À minha professora de inglês da quinta série, sra. Prouse, por lidar com aquela minha versão e cultivar em mim um amor completo pelo idioma, quase como uma religião. Assim como um talento para o exagero tão pronunciado que fazia meu pai revirar os olhos e suspirar várias vezes. (Ele era engenheiro. Não gostava de discursos rebuscados. O que era um mistério, porque minha mãe nunca perdia a oportunidade de deixar uma história mais interessante com alguns floreios que não eram verdade.)

À minha gata, Zoe. Depois de Jay, você é minha melhor amiga. Nem me importo se isso for estranho. A mamãe ama você.

E, finalmente, às minhas queridas leitoras, por acompanharem minhas ideias e me mandarem mensagem maravilhosas sobre como ajudei a melhorar a vida sexual delas. Eu me sinto honrada. Da próxima vez que um estranho me perguntar o que faço da vida, vou dizer que presto um serviço público.

É meu dever e um grande prazer escrever histórias para vocês.

Fiquem bem.

Impressão e Acabamento:
GEOGRÁFICA EDITORA LTDA.